打花匠

曹鹏伟 | 著

天津出版传媒集团
百花文艺出版社

图书在版编目（CIP）数据

打花匠 / 曹鹏伟著 . —天津：百花文艺出版社，2023. 4

ISBN 978 - 7 - 5306 - 8242 - 5

Ⅰ. ①打… Ⅱ. ①曹… Ⅲ. ①中篇小说—小说集—中国—当代 ②短篇小说—小说集—中国—当代 Ⅳ. ①I247. 7

中国版本图书馆 CIP 数据核字（2022）第 003734 号

打花匠

DAHUAJIANG

曹鹏伟　著

出 版 人：薛印胜

选题策划：胡晓童　**责任编辑：**徐丽梅

装帧设计：中联华文

出版发行：百花文艺出版社

地址：天津市和平区西康路 35 号　**邮编：**300051

电话传真：+86-22-23332651（发行部）

+86-22-23332656（总编室）

+86-22-23332478（邮购部）

网址：http：//www. baihuawenyi. com

印刷：三河市华东印刷有限公司

开本：710 毫米×1000 毫米　1/16

字数：200 千字

印张：14

版次：2023 年 4 月第 1 版

印次：2023 年 4 月第 1 次印刷

定价：58. 00 元

如有印装质量问题，请与三河市华东印刷有限公司联系调换

地址：河北省三河市汇福路 68 号

电话：0316-3313228　邮编：065200

序：文学之路寂寞又不寂寞

马步升

说起文学之路，习惯性的说法是：文学是一条寂寞之路。说这话的意思，并不是执意要判定文学之路必须是一条先天的寂寞之路，而是激励正在艰难跋涉于文学之路的人要甘于寂寞，不要两耳只想听掌声，双手只想捧鲜花，心浮意躁间，那种蓄积于心田的澎湃之气早已消散，那种本来看得见文学之神的目光早已混沌。确实，文学是一种既要看重天赋，更要比拼耐心耐力的活动，怨不得，又急不得。

在文学之路上，当你走过一段旅程后，前后左右看看，恍然惊觉，那些一同出发，但中途离开者，未必没有你有才华，缺少的只是你的耐心耐力。而反观自己，多少次被堵在一道道坎儿下，多少次也都生了就此别过之心，终究还是提起一口口真气，迈过一道道坎儿，走到了现在。在这个过程中的寂寞、无助、迷茫，乃至失望绝望，种种郁闷，也只能留给自己在长夜孤灯下独自消化，不足为外人道也。

文学之路真的不好走，可是，话说回来，人世间哪条路又是好走的。不走这条不好走的路，必然要走别的不好走的路，人生在世，总是要走一条路的啊。

相比较而言，文学之路还算是一条好走的路。怎么说呢，这是一条相对可以自控的路。别的路，极尽心力也未必会有收获，因为很多事情是不由自主的。而文学之路，只要尽心尽力了，一定会有收获，只是收获多少而已。另外，文学之路是一条可以实现个体自洽的路。有钱难买我愿意，当进入自洽状态后，完全可以无视现实世界中的利益得失，阅读时，书籍就是自己不离不弃的精神伴侣；书写时，人生万物可以凭着自己手中的一支笔任意安排。起承转合，恩爱情仇，一个人，一支笔，一种自己理想的天地人生，于是一一生成。如是一来，时时都有大欢喜，处处都是大天地，又何言寂寞。

这就是文学之路的寂寞和不寂寞。

又有人时常说，哪里哪里是文学的沃土，哪里哪里又是文学的沙漠。看似言之凿凿，理之昭昭，实则都是经不起任何逻辑推敲的简单判断。本是膏腴之地，无人耕种，很快会成为撂荒地，而沙漠变绿洲也是经常的故事。话说到平凉文学，几千年的文明史，饱学才子随手就能扒拉出好多位，算不算文学沃土呢，当然算，标准的米粮川。可是，又经常会出现不算短暂的文学荒芜期，这个时段，算不算文学的盐碱地呢，当然也不能假装看不见。

庄稼长势如何，要看庄稼人是如何对待土地的。

客观说，平凉自古以来，学术名家、诗文名家，并不匮乏，唯小说尚嫌薄弱。而近几年，小说有了新气象，先有马宇龙，随即李新立、宋亚平、曹鹏伟、田华、尚元诸人，紧随其后，而且，以他们的锦心绣手，创作出一个又一个华章佳制，渐成群体，渐成阵势，荦荦然，成为一种地方文学现象。

《猫先生》《陌生人》《思无邪》《蓝鼻子》《打花匠》五部小说集摆在案头已经时日不短了，时常抽空翻阅，风格各异，所选内容却都是省刊发表过的，这个门槛立得好。我对他们几位都很熟悉，想说的话很多。熟人评说熟人作品，免不了戴着一副熟人面具，作品是写给大众看的，还是留给读者去说为好。总之，要真正写出好小说是很难的，而他们的小说都写得很好，各有各的好。

是为序。

壬寅良月于兰州

（马步升，甘肃省作家协会第六届主席团主席，甘肃省社会科学院文化研究所所长、研究员。多次担任茅盾文学奖、鲁迅文学奖、骏马奖等国内重要文学奖评委）

目 录
CONTENTS

赞美从一只杯子开始

那只杯子的杯身，浮着一条红色的鲤鱼，鳞片整齐排列，如新剥开的石榴，鲜润，明亮。眼睛又大又圆，眼仁黑漆漆的，鱼头朝下，尾巴从杯口断了，杯底滔起几朵水浪，鱼的身体悬空。

妻子焦虑地把杯子转了一下，鱼剩余的尾巴出现在杯身的另一面，这个创意可以。

我觉得这个杯子挺好，喝咖啡非常配，样子呢也很漂亮，目测能盛三百五十毫升的水，够大——可能是男用的马克杯，但这杯并不是买给我的，没准是买给另一个男人的，谁知道呢？它作为佐证男女感情深浅的礼物又显得有点寒碜。

妻子嘟囔着说，和图片相比，色差太大，原图是乳白色的，现在泛了绿；最要不得的是杯子的把手偏着呢，我要退货。说完这句，她隔桌把杯子递了过来，让我一起会诊、确认杯的缺陷。我把杯口朝我，闭了左眼瞄准，像是端了一枚要朝妻子发射的火箭炮。把手确实有点偏，但也差强人意，起码能起到把手的作用。我不无遗憾地说，或许只是一个设计，杯太大，不好上手，把手偏一点，好拿好放。妻子边写差评边嘲讽地说，就你聪明，别人都是笨蛋。事实证明，和我一样聪明的人起码还有一个，十分钟后，这个聪明的淘宝网店工作人员就打来电话。

这个年轻男子甜腻的一声一个姐，蛮亲热。他首先道歉，说他们是景德镇的一个陶瓷作坊，姐对他们产品的不满意让他们很惭愧；又说事情好商量，尽量不要退货。颜色偏绿是因为图片处理的时候过了火，瓷面上本来就是这个颜色；又说杯的把手有点偏是人性化设计，是为了让姐这样的美女用起来能一手把握……

妻子生气了，明明是缺陷，说什么人性化设计！男子又叫了一声姐，这可是纯手工制作啊，不是模子压出来的，再说偏也不影响姐的正常使用……

妻子对这个答复并不满意，男子总算明白了一声声的姐虽然甜得像蜜，但妻子不是熊，她不喜欢蜂蜜，她只是一个喜欢穷讲究的女人而已，她蓬勃着义无反顾的退货欲望。男子说，姐，我退钱吧，退货不好，易碎品，坏在了路上，对咱们都不好。

妻子朝我伸手，我把杯子重还给她，她边打量杯子边问退多少钱。男子说十元。妻子不满意，他们掰扯了几个来回，男子说：退二十元吧，姐给我留个五星好评，截图过来，我退钱给你。妻子用手指在手机屏上划拉了几下，换了几句如“精美优雅、值得拥有”之类的话，截图过去，男子通过微信马上退钱回来。

妻子放下手机，站起来，她怀孕六个月的肚腹累赘地从桌下升到桌上，她用右手小拇指优雅地把杯子挑到我面前，杯口看进去黑乎乎的。妻子说，送你好了，六十八元的手造马克杯。

这杯子成了她送我的礼物，那条鱼鲜润地悬浮在水浪的上空，它的尾巴仿佛被捏在了妻子的手里，让我的喉头莫名地一紧，像被一只手扼住了脖颈。

我的电话响了，原来是好久不见的老魏。我接通，他问我，你装修房子了没？

我看见老魏的电话，心里挺来气的，但我还是故作温和地告诉他，还没有动工。老魏说，那就好，兄弟，出来坐坐？他说了一个我们小区附近烤吧的名字。

五个月前，老魏兜售他的房子，我凑巧成了他的下家，我们达成了买卖房子的协议。我俩算不得朋友，甚至不够友好，怎么说呢，我们曾经还吵过一次架，隔着电话酣畅地对骂，当面骂的话我未必能发挥那么好。电话的媒介给我提供了一个容身的穴口，我躲进这个壕沟里和老魏用相当恶毒的语言对射，作为一个半专业的文字工作者，我从来不知道我在耍嘴皮上居然也颇有潜力，可以全面压制老魏的火力。那件事“砥砺”了我的战斗力，所以脾性也突然多了点戾气。

半年前，我的妻子怀孕了。人都说我们80后总是遭遇最尴尬的历史节点，在我看来其实不然，我们面临的最大问题还不是不能生逢其时，而是应对生活的态度多半看着都相当蹩脚，我就是诸多糟糕的蹩脚人士之一，我们深感生活的无情挤对，却难有合理的应对之举，自甘平庸又拥抱平庸，还要使点嘴劲，显得自己和别的蹩脚人士有所不同。

原来两居室的房子马上显得功能区欠缺，不得不换购更大的房子，为了和妻子的父母住得近一点，只好在小区周边寻找合适的房源。妻子不信任高层，也不愿意为高层分摊的公用面积埋单，因为“太没有道理了”，如果她知道我们县上还没有完备的高层灭火设施，肯定得更加抵触。在我看来，高层小区最能诠释万家灯火的烟火气，我走过那些小区的夜晚，总会由衷地被感动。

五个月前，我们看见本小区有一套一百四十多平方米的大房子出售的启事，习惯性地去实地查看。房子是三楼，结构非常之好，我们都喜欢客厅和饭厅南北拉通的敞亮，卧室分布科学，北面看过窗，正对县城最北，俗称北屏风的苍云山山顶。我们小区朝南两里路，就可以抵达鲁公河畔，所以房主老魏说这个房子枕山望水。我觉得这个枕山望水也有点站不住脚，枕头离得太远了些，水呢，一个小区都望，算不得是这个房子独有的特点。

老魏看上去四十五六岁，皮肤很白，头发自然卷，个头矮，一说话，眼睛就跟着直滴溜，显得非常精干。老魏做生意，生意重心即将转移到外地去，只好把房子卖掉，他信不过房屋中介，觉着他们净添乱。他说完这话，我和妻子对视了一眼，都觉得这事有好好考虑的价值。

实不相瞒，从妻子怀孕起，我们就开始考虑换房子的事，但是看了十来家，要么价钱高得出奇，要么房子结构不好，总之性价比难得平衡，我在很多事上都是大拿，对生活的态度相当粗放，但在买房子这件大事上，我赞成妻子的细致无余。像妻子所说，我们把一起过日子的所有没用得着的细致都攒到这一件事上了。

老魏的房子装修很凑合，木工家具的分崩离析让房子非常显旧，好在地板砖看着还算亮堂。

老魏一报价格，我和妻子对视了一眼，果然，价格出奇地硬逞，并不是他所说的“贱卖”，一口就打消了我们再次磋商的想法。

首次见面匆匆结束，我们回家之后，横向纵向对比，还是觉得老魏的开价高得离奇，所以事情就搁置了下来。

一周之后，老魏又打电话跟我讲，要不他再让一万元，让我接手算了，我说价呢还是太高，我们承受不起。老魏就呵呵笑，实心买，还可以商量。

我知道，一周的市场试水已经让他难以再硬撑下去，如果有人要接盘，早就接走了，轮不着我。

我和妻子又去了老魏家，那一次，我们初次见到了老魏的老婆陈玉华。

陈玉华有一头过度浓密的头发，她站在餐桌前，身材高而枯瘦，有一种被岁月干煸了的感觉，像是一根高茎蘑菇。进门之后，我们照例在房子里出出进进打量了几眼。老魏赔着笑，介绍这是女主人陈玉华，又客套说要倒水，我们并不打算久坐，所以都想直奔主题，赶紧说出个子丑寅卯。

这时候陈玉华说话了：谁说我们要卖房子？她的眼角本来就有点挑，当时更加要立起来了。我和妻子面面相觑，又一起看向老魏，有点不明所以。我们都等着老魏说话，老魏却只看着我，用舌尖左右来回刷润着嘴唇，仿佛我的脸上写着卖房的启事，真是莫名其妙！我说：你们不是要卖房子的吗？

老魏当天刚刚拿出的富含诚意的有所商量的意见化整为零，不见了影子，他一言不发，我心里愤愤然起来，搞的什么事儿嘛！

老魏不吱声，我和妻子只好离开。出了门，我们还在说这家人怎么这么不靠谱，神经兮兮。正说着，楼上就扔下了一个酸奶盒子，酸奶溅了一地，楼上传来陈玉华愤怒的斥责声：魏国良，我再给你重申一遍，我就是死也不能卖房子……

十天之后，老魏又给我打电话过来，问我想好了没。我当时愣了几秒才回过神。我问他，想好什么？上次去他家是什么情况，他的妻子陈玉华好像并没有要出售房屋的打算，让我们吃了梗不算，差点还要把酸奶盒子扣我们头上去。老魏听了这话，同样愣了一阵，他说，女人嘛，别当回事，咱们都是男人，说卖就卖，说话算数。

我问他，陈玉华的思想工作做通了没？

老魏说，没问题的，他和陈玉华现在谈好了。我问他：还能不能再便宜一点？

老魏说这价格算是低的了。

我没有说话，价钱够劲，但房子结构好，所以这个标价听上去似乎还可以再考虑下。但我兜里没有多余的银钱，慌张是常态，于是我挣扎了一下：你上次说还能便宜些。老魏哼了一声，大概是觉得我提出的要求实在有点难以启齿。但他还是说了：过来谈，可以商量。

晚些时候，一个农行工作的朋友给我打电话过来，说老魏问他认不认识我，要他当中间人，给我们说和这件事。他说老魏可以在原来价格上再便宜五千元，这样价格就到底了。我接听电话时，妻子就在身边，她正在网上给肚中孩子购置一些诸如奶瓶、奶嘴、护衣之类的用物，她停下了手里的活，听我说明情况，然后就站起身：我们过去吧。我认为还是矜持一点好，慢节奏会把时间的压力加诸给老魏，我希望老魏能再便宜两万至三万元。但妻子说，别为两三万元就把机会丧失了。不过她还是听从了我的建议，把见面时间挪到了第二天晚上。

我们去老魏家，陈玉华也在，依旧一副落落难和的神情，不过还算客气，她给我们倒茶水，她看人的时候，眉头皱巴巴的，坐在那里，隔一会儿就叹口气。

老魏打了一个电话，一阵时间，农行的朋友也过来了，我本想在价钱上再争取一下，但妻子不矜持的态度助长了老魏死守价格的决心，好像眼看鱼儿已经上钩，就再没有了加饵的道理。

陈玉华脸色苍白，看得出是施了很多粉，房子里香气浓郁，让我想打喷嚏，那些多余的粉饰没能压得住她脸上的怨气，她眉梢吊起，一脸不情愿，仿佛是我们强买，他们被强卖一样。

在中间人的说和下，价钱算是折中。我们口头商定，后天签订合同，签订合同时，付三万元定金；然后三天之内，付一半房款；一个月后付另一半。我觉得这样的交付速度有点过猛，老魏皱着眉说：我急用钱，不然这房子我也不敢卖，谅解下吧。人与人的沟通就是这样，你谅解他，意味着让步和屈就，妻子显然比我更谅解他，她说行，那就行吧。

我们又一次在房里转了一圈，他们的房子和我们的房子八年前同一时间交付使用，但他们家明显破旧得多，除了上次看见的木工的桌柜的损坏，甚至有两套门都坏了，顺着墙靠立，还有一个门从门板里面散了架，只剩两张木壳的皮子支应着，我想了一想，反正要重新装修，所以三成新和七成新也没什么差别。

老魏说，家具旧了，他要全部带走；又说，灯要摘走，窗帘也要摘走。我没有意见，我用不惯别人的旧物，窗帘的颜色灰不溜秋，充分彰显了老魏两口子审美水准的低下，他不摘走我也不想用。农行的朋友多问了一句话：进户门不带走吧，带走的话就是添乱呢。老魏说：你真会说笑话，门能摘嘛。

我们告辞的时候，农行的朋友也一同下了楼。他告诉我，老魏这两年搞网上博彩，输了不少钱，去年秋季，老魏躲债换了手机号，那帮追债的混蛋居然给老魏的朋友挨个打了一遍电话，当然，他本人也荣幸地被打了电话，他接了电话就说起他们老家的闽南语，跟外语一样，那边听不懂话就挂了电话。所以他估摸着老魏这次是要卖房还债。

我有点不爽，老魏既然着急用钱，那么这个价格就可能再压下去，农行的朋友隐瞒情况不吱声，我的妻子跟着瞎搅和，最后导致多出了钱，这让我不高兴。

这般计较隔夜还在影响我的情绪，可一旦说定了的事，一言九鼎是必须的，我按照昨晚的商量，草拟了一个合同，给老魏用微信发了过去。老魏回复说，等晚上陈玉华回来了看，再给我答复。但接下来两天他都不吱声，我就有点怀疑他是转了主意，这么一想，我又有点担忧，怕这个交易完蛋。

我给老魏打去电话，老魏说卖呢卖呢，怎么能不卖呢，是陈玉华不在家，还没看上。我心里有点不舒服，你家老婆拽得很，使不得了。再过两天之后的早晨，老魏打来电话，支支吾吾天上地下乱侃，我听出来了，他可能要变卦，我就直说了：你是不是变了主意？老魏受惊似的啊了一声：没有啊。我说那就签合同吧。老魏说：陈玉华，对这个价钱不满意。我说商量的时候她也在，当时不挺满意的吗？

老魏说，女人家的心思，你猜不着。

女人家怎么了？女人家就可以嘴巴里含了珠子说囫囵话？老魏说：我老婆说再加五千块，咱们就签合同。

我说：钱呢，就这些，不可能再加。

老魏口气硬了起来：我这房子面积大，结构合理，这个钱不算贵。

我心想，你自己弄下的倒霉事你自己心里没数，这房子得多倒霉才能住下你这么一个活宝？你爱卖不卖。所以我说：要卖就中午前答复我，不卖拉倒。

我挂了电话，心里挺生气的。

十一点多，老魏又来了电话：房子卖呢，钱呢，不加也行，但是你得给我交过户时候的税金。我说：这不和加钱一样吗？你要是实心搞，咱们就把合同签了，要不能搞，你再找有钱的下家给你纳税去。

老魏叹口气：行行行，中午在我家见，咱们签合同。

签合同时，老魏又说要和我平摊一下税金，也就是说，他的税金和我的税金相加，我们一家一半。我很纳闷，卖方税金少，买方税金多，你跟我平摊个什么！我怀疑这是他设计的包围圈，有点不敢应，只好给了解税务政策的朋友打去电话，让老魏好好吃透下政策。他打问好了政策，喜笑颜开，说完事后要请我吃饭。

合同签完的下午，我在微信上看见老魏在兜售自家房子里的家具、灯具、墙上插座的广告，我心里糊涂了，打电话过去问他：你怎么可以卖插座呢？

老魏说：房里一共三十二个插座，五孔的二十四个，十孔的四个，二十孔的四个，还有好些一开二开三开四开的开关，这些都是今年初才换的，公牛牌，好贵的，我就想能卖俩钱是俩钱。

我说你卖了插座我装修时候咋办？

老魏说：我说过，什么都要带走，灯和窗帘都不剩的，你记得吗？我说：你这么说就没意思了，别的带走可以，插座不行。

老魏说：房子和插座有什么关系？我卖给你的是房子，不是插座。

就是这个“没有关系”，让我突然感到人格和智商被他双重侮辱了。我说：把农行那谁喊来评评理，他要说你脑瓜合适拆得对，我带改锥来帮你拆。

老魏说：你脑瓜不合适吧？不就是一些插座嘛，你怎么出口伤人呢？

我们在争执中吵得越来越凶，我失去理智，骂他嘴巴里说的不是人话，是放屁。在我拿出超乎预料的强大攻势的时候，他只反复指责我说：你怎么骂人呢？我和他吵过三四分钟之后，才想起应该把办公室的门关起来，但为时已晚，我只好坚持骂完，我最后对他说：我没兴趣为你的破插座和你继续争执，说好的明早转款，你准时到银行来，可别迟到！

说完我就挂了电话，心里生气，抽了三支闷烟，隔壁和对面办公室的同事都进来劝我看开点，说“大动肝火易短命”之类的玩笑，这些玩笑让我表面变得慢慢活泛起来，但我心里的弦子并没有松弛下来，甚至比吵架时候绷得更加紧了。

撕破脸，我怕他不能准时出现在银行，那我不就被晾下了嘛。

我给农行的朋友打了电话，说了我们刚才吵架的事情，他一听就明白了我的意思：你放心，我给他说几句，保证他准时到银行来。又责备我说：他不懂事，你也不懂事？那用过的破玩意儿值几个钱，他能卖掉吗？谁愿意给家里装别人用过的破插座？

我怎么会不明白老魏的插座卖不出去的道理呢？这事不是几个插座的问题。

看样子老魏真是缺钱，他第二天准时到了银行，我虎着脸一言不发，他陪着我贱兮兮地笑，说卖插座那件事他也不清楚，是陈玉华的主意。不就是几个插座吗？吵那样多伤和气。

我给老魏递烟，两耳光扇完再给三颗枣，老传统，我懂。既然关系没建立好，咱们重新建立，没问题。就从那天开始，他改口叫我曹老师，说他看过我写的小说，在临州县，数我写得最好。

我是一个容易患得患失的人，我把七拼八凑的几十万元打进了老魏的账户，这让我胸口有点闷。我现住的房子还有十万元公积金的贷款，屁股不算干净，现在又搞这么一张大单，这让我有点喘不过气。

我开始兜售我现住的房子，它一百〇七平方米，有两个卧室一个客厅，当初装修马马虎虎，后来儿子在墙面上涂鸦乱抹，在软包的电视墙上用指头抠出道道疤痕，留下了很多生活消磨的痕迹，那些明目张胆的琐碎提示，总是逼迫我一次又一次完成对人生无主又无助的自我否定。但我们的房子也有得天独厚之处，小区所在的位置决定了它一旦开卖就受到了多方打听，那些潜在的买家纷纷来家里看，还有那些聒噪的房屋中介，操着一口别扭的“临普”跟我商量替我卖房子的可能。中介费用当然不低，我是个务实的人，我宁可让房屋价格商议中产生的差价让买方占了便宜，也不愿意把便宜交给中介，她们干指头蘸盐，穿着小短裙带着买家跑跑路、敲敲门就要抽成，真是没有天理。

因为老魏要求一个月左右就要付清房款，我只能选择房款一次性付清的卖法，把房价落低一些。我的运气不错，不过十天时间，房子就卖给了一个在外地高校教书的讲师，他买房子是为了给父母住，父母现在住在他的学校公寓里。他告诉我，半年之后，供暖开始，父母就回到临州来。本来我打算卖了房子再租个房子住，等二胎出生之后，妻子和孩子就住她父母那边去，新的房子装修之后再搬进去，一切有条不紊，虽然貌似麻烦了一些。

我给讲师说，就当我是租房子住，我给他半年的房租，讲师人很大度，说房子过户到他名下就行，租金就算了，本来房子的价钱不算高，他也给我返点福利——这话可真够暖心的。

我用新收的房款去还了公积金的贷款余款，领回了抵押中的房产证，和讲师迅速完成了过户。虽然我和老魏签订了合同，但我思前想后，还是有点不放心，老魏和陈玉华都不靠谱，很难让我放心。在距离交付剩余款项还有十天的时候，我在微信上问老魏，可不可以看下他的房产证，我怀疑他有难在身，有可能把房子抵押了贷款。

一阵儿工夫，老魏发来了证件的封面和内容照片，不是房产证，是一本他权证，我看着脑门一热，汗都出来了，赶紧打电话过去，质问他怎么回事。老魏居然表现得很诧异，这老小子太能装了。老魏说：我这里就这么一张证书。我说他权证不是房产证，房产证抵押出去才会有他权证。我问他是不是用房屋贷款了？他说是，不过已经还清了。我说你赶紧把房产证换回来。他说这个不着急。我有点怒火攻心：这时候了你跟我说房产证不重要，那你说什么重要？没有房产证，你能说明白这房子是在你名下吗？老魏说：没问题，我明天就把房产证拿回来！

十天之后，我们去银行进行了转款，最后余留了五万元的尾款，等待过户之后再付给他。接着我们去政务中心过户，让我意外的是，老魏的妻子陈玉华居然没来。事前我给老魏发过一张清单，过户所用的原始材料及复印件种类、份数都列在了上面，包括他和陈玉华，人都要在场。不但陈玉华人没来，他们的结婚证也没带来。工作人员告诉老魏，证件不齐全，人也没来齐，所以不能办。老魏遗憾地说，他们的结婚证在吵架时候撕成了碎片子，所以要补办，他还要回到老家村上去出具证明，这样说来，没有两三天也是办不好的。

我心里五味杂陈，真想两记重拳把老魏给放倒，就在我心里七上八下的时候，老魏空前地识趣起来。他把房产证交给我，要我暂行保管，又说三天之后见，一举搞定。房产证给我也没用，但好歹是一种积极的态度。

三天之后，我再打电话联系，老魏说，他有急事外出呢，暂时过不了户。

我不知道老魏是怎么回事，说实话，我要是知道他是这样，这笔买卖早就黄了，现在石头推到半山腰，说不行也晚了，气得我一夜难眠。

老魏说：曹老师，你也别动气，我把房门钥匙留在了我们楼下的孕婴用品店里，你找店主老黄要；家具什么的，我全搬走了，你可以先装修，后面的手续，我回来再办，对不起了！

隔天我去拿了钥匙，进到了这个既是老魏家，也是我家的房子里，里面的家具腾空了，看上去面积仿佛又大了一些，有一个衣柜没有挪，因为后挡板已经掉了，他把这个摇摇晃晃的麻烦留给了我。

房子的卫生没有经过打扫，瓶瓶罐罐、塑料袋、废纸张等生活垃圾丢了一地，在主卧的门口，丢着一个碗状结构还相当挺的黑色胸罩，我边扫边骂老魏，这个房子可真让人揪心。

大约半个月之后，老魏还是没有现身，我给他打电话，他说有事，离不得身，叫我海涵。海是没有情感的，所以不择细流，我的心胸能和大海比阔？玩笑。但妻子已经等不及了，她约了装修公司，去房子里拿尺子量了半天，不过三天时间，装修公司就发过来一套装修效果图。妻子叫我看效果，我不想看。现在这房子还没有落实到我手里，我怕有什么变故，但妻子胸怀如大海，能装得下这些天大的埋伏，她拽着我看图纸，发表意见，我除了要求把书柜再多打一倍之外，再无别的意见。妻子也听从了我的建议，设计就这么定了，但施工要等房子过户之后再办，不然装修别人家的房子，那是雨下到了荒地，浪费。

轰轰烈烈买房的事情就搁下了，似乎骤然冷却了下来，二十天、三十天、四十天、五十天，直到时间来到了现在，我和妻子都不再谈关于那个貌似很好却住了一个倒霉蛋的房子，似乎它的大小、面积、可能的富丽堂皇的装修，都和我们没有了关系。

直到今晚老魏重新出现，出现就罢了，居然还要约我出去喝两杯。我特别想知道这个屡次让我怀疑人生的老魏干吗去了，他应该有很多话要给我讲。没准他是被外星人掳走了，回头又被空降到了这里，他的脑瓜里现在什么都记不得了——如果是我，作为合同的甲方，因为我的无耻和荒诞造成了乙方的焦虑，所以我只能这样说——我换位思考，觉得只有这样才能说得通。像老魏这样不辞而别，已经超出了庸常的生活逻辑，他躲到哪里去了？或者北上广，或是老家的村庄，或是他们老家地面下的老鼠王国，对我来说，其效果都是一样的。

老魏在烤吧里等我，他精神不是很好，眼白苍黄，神色很倦，眼皮子有点挂不住，仿佛即刻要跌落下来。老魏见我进来，只略微欠身，指了指桌上的菜单说，点菜！

我要了一碟卤煮花生和酸白菜，我们喝金徽酒，天气又闷又热，酒水也热乎乎的。老魏说：你怕是等急了。

能不急吗？不过他人都回来了，还请我喝酒，急也不能说急。老魏说：我老婆死了。

老魏惊着了我，我认为我是听错了话。

老魏重申了一遍：年初她体检的时候发现得了癌，发现时，已经没救了，医生说做手术，不过是权宜之计。她不做，她甚至不愿意住医院，但我还是想给她试试，绝望的时候，我只能去相信奇迹。我卖房子，她不许，但我还是卖了，她一直抱怨我，把房子卖掉干吗，她想死在自己的房子里都不行。

我已经放下了筷子，酒可以喝，东西吃不下去了。

老魏哽咽了一下，看上去不是那种很深重的悲痛，仿佛重新陷入了那段手足无措之中。老魏吃了一颗花生米，牙齿缓慢而犹豫地将花生碾碎，发出了满是踟蹰感的咀嚼声。

老魏伸出了手，叫我看他手掌的纹路。在我看来，那些纹路和我的并无不同。老魏说：我这人，手相不好，没有财运；没读下书，只能做生意，一辈子没出息，老婆跟了我，生了一儿一女，现在都上了大学。你知道我从前是干吗的吗？我去北京掌勺，她是大堂经理，我们为在一起，也不容易。她家不同意，我们只能私奔。刚开始手头没几个银钱，我卖袜子，她卖水果。她头脑灵活，把葡萄吊挂起来卖，看着舒展，卖相好一些，生意比我好。我们徐徐缓缓地走，最后终于赚了几疙瘩钱，开了餐馆，最后又开饭店……

我心想，照老魏那窝囊废样子，实在看不出来有什么魄力去做什么大生意，仿佛超过一千元的拍板都会把他难住。老魏好像猜透了我的疑虑，说：说实话，这些年，家里的生意都是靠了她，我就是个“轴胡子”（木偶）。那些年我们相互扶持，兢兢业业（他读成了“克克”），社会形势也好，生意好做，还真红火了几年。

两年前，生意半死不活，我呢，又热衷于林下养鸡，包了两座山，养了二十万只鸡，还养了十来只大公鹅看家。鸡那么多，黄鼠狼叼不走几只，瘟疫来得快，一吹一大片，一天少比一天，后来都懒得打口哨叫鸡仔回圈了，真是糟糕透了。

老天爷踩人，一脚下来，是没轻没重的，他把我彻底踢出生意行当还不算，一屁股债还没清，老婆就得病了。

她身体好，好几年连个感冒都没有，病来又像山倒，我这才着急卖房子……老魏开始抽着鼻子啜泣，我给他递过去两张纸，他胡乱在眼眶上抹了两把说：有钱也不顶事，钱留不住人，最后还是完蛋。

我默默地倒酒，似乎我此前对老魏的不满让自己惭愧，对这么一个家庭我就该再多些耐心，不该整天催来催去。

我把酒递给老魏，我们碰了一下杯，各自想心事。

老魏说：我心里可真闷，难受。我老婆最后说话气短得很，胸脯跟拉风箱一样，她还是挣扎着说了几句话，她说她不放心老二，那个姑娘有点彪；还有，自从生意做起来之后，我再没有称赞过她，一句都没有。

老魏说：她作为女人，太强势了，我是有点力不从心，可不是嘛，你愿意被人喊软蛋吗？吃软饭的？她那样骂我，我还赞她什么嘛，但是我没想到，她居然把这茬当了事，我心里难受……老魏最后说，我交给他的钱都在，没花出去，他现在就想把房子留住；我要是觉得房子里住过病人，不愿意再履行合同，他可以终止协议——他倾向于把钱退给我们。

这事情我刚才已经寻思上了，这个老魏，是个黑口袋，把我装进去了，不管他多么哀哀欲绝，我还是不能绕过这个问题，虽然他看上去那么可怜，我还是直言说：你这套做法，听上去像是行骗。

老魏说：我也是没有办法呀，所以你如果愿意把房子退我，我可以将定金双倍偿还，你就当是转手赚了点钱……

我生气了：你今晚摆的是鸿门宴吗？老魏双手一摊：曹老师，我也是没有办法。

老魏脸上已经没有了闪闪的泪痕，这一切像是一个表演，这些只是作为他说服我的催化剂，这个可鄙的东西！

老魏说：其实我要价不低，你用这个钱，在新城买一套南北通透的三居室的高层房子，绰绰有余，还能精装修……

我想，妻子听了这个消息不知道会怎么想，她是个讲究的人，一定不会想去住那么一个房子，那个曾住过重症病人的房子。没准一觉醒来，就会看见高茎蘑菇一样的陈玉华站在餐桌旁，我想起了陈玉华，禁不住后背发凉。

我说：你太不靠谱了，我已经把现住的房子卖了。

老魏说：你可以退，也可以不退，你要是不退，咱们明天就可以完成过户。

我看着老魏的脸，感到他又可怜又可鄙：你真是高瞻远瞩，这么深的套路都能设计出来。

老魏微笑，接受了我的称赞：回去和弟妹商量下，房子是身外之物，你还年轻，有人就有一切，你要和弟妹搞好关系，多把她赞一赞……

这话也没什么错，我想，今晚要不先从赞美一只杯子开始吧。

启　程

那个男孩——老男孩一直在练习三步上篮，但多数都打了铁。每次进球，他就说一声好球，如果进不了，他会骂一句粗话。我们的证券老师站在不远处，看他的儿子独自练习。

十五年前，我们的证券老师在课堂上讲，他作为吉林省证券交易领域的权威专家，二十世纪九十年代曾经从股票买卖中赚回了一百多万，但后面逐渐颓势，不出几年时间，不但把赚到手的钱重新扔了回去，自己的本钱也用来堵了窟窿。他登上学院教学楼的第十二层——这栋建筑的顶端也是学院的制高点，站在上面可以一览整个院区，他踟蹰中把脚伸出去又撤回来，如此再三，泪眼婆娑中想到自己的儿子，那个十五岁的男孩当时连《三只小猪》都讲不清楚，如果没有自己的照顾是无法独自生存的，所以他最后悄悄走下教学楼，夹着教案回到了家里。

十五年前，老师就经常带着孩子在这个球场打球，那时孩子的个儿还没长起来，也是一个人跑篮，进了说一声好球，不进就骂骂咧咧。

当时我们也喜欢在这个操场上打球。我用办院报所得的“第一桶金”及家里寄来的生活费买了一双“答案 4”复刻版球鞋，得意扬扬穿了几个月才知道，复刻版没有缓震功能，心里不舒服了一段时间，仿佛受了骗。那双心爱的鞋子在一次洗刷之后，搭放在向阳的窗台上晾干，晚上一丝儿风带走了摆在一边的一只鞋垫，这双残缺的鞋成了我读书期间一大遗憾。我把这件事说给我的同学李万基，他哈哈大笑：我叫你别买那双破鞋你非买不可，不是自己的不要太强求哟！

此刻我和李万基坐在学院操场边的石椅上，头顶的樱花树在晚风中哗哗响动。很奇怪，在来长春母校的途中，我对读书时候的事情好像忘得差不多了，但一踏进校园，像是某种看不见摸不着的东西忽然惊醒，很多过往渐次变得清晰。

今年七月底，李万基和几个混得有头有脸的同学在班级微信群里商量举办毕业十五年同学聚会，我没有参与讨论。后来李万基和我私聊，问我，他提的这个主意怎么样。我说不怎么样。他愕然，他以为我会用十二分的热情回应他。

所谓聚会，不过是穿金戴银者夸张地秀一下成功人士的肌肉而已，充其量就是孔雀开屏，纯动物行为。我一个基层公务员，收入微薄，无心参与也无兴掺和。

时间来到九月，秋分当日，二十多个同学在长春参加聚会，长春本地的倒有十一二人，其余以辽宁、河北、山东、北京居多。李万基在聚会中给我发来微信视频，叫我和大家“说两句”。我上学时候和别人话少，十多年后更是说不着了，勉为其难，只好一个一个寒暄上两句，一轮下来闹心至极，因为有些人我已经叫不上名字了。他们纷纷捋直了酒水灌麻了的舌头喊我“文学家”“大文豪”，我无非是发表过几篇小说而已，闹得我像诺贝尔文学奖候选人一般。

正巧，几天之后我被安排了一个培训，就在北京。转国家博物馆时，我看见了老家临州县孟和镇出土的两件文物，拍照发了朋友圈，被李万基看见，叫我一定一定在培训结束之后来下长春，我如果不来他就要和我决裂。

李万基和我决不决裂都没关系，关键是我也想回母校看看，所以培训结束后就到长春，这才有了两个一脸颓相的胖子并排坐在学校操场边茫然四顾的情景。

趁着天没黑尽，我们两个齐肩在校园里溜达，把学院从南到北、从东到西参观了一遍。我们同时感觉到，那种温馨的旧地重游的感觉只是此前自己一厢情愿的设想，此刻，我们都觉得有些无聊。

我们仰脖子朝会计楼上看，上面突然传出水木年华的《启程》：

…………

别害怕现在的离别啊

微笑着挥挥手说再见吧

明天就等在

下一个路口

再远的风景啊

我们会到达

向过去的悲伤说再见吧

还是好好珍惜现在吧

…………

我恍然与昨天相遇。二〇〇六年六月，我从这个校园离开，当时我还和女朋友在一起，对感情的过分倚重让我相信未来可期，但不过三年之后，她就跟了别人。我当然不好过，但是再过几年，回头再想，这些事情就合情合理起来。换作是我，一样不想在一棵树上吊死，起码得换第二棵再试试。

故地重游之后，我们去寻找住处。原来学校西面有一条巷子，巷口是一个移动公司，经常有学生因被多收了几元话费而去讨要。朝里走，就是几家饭馆子，其中有一家叮当餐馆最受我们青睐，女主人细腰大臀圆脸盘，一副欧美人种的模样，我们总讨论她是中国人还是俄国人的后裔，当时我们喜欢去那里吃饭，多半是为了能看到她。

如今巷子已经被改造了，那些有烟火气的小馆子被宾馆、饭店所代替，我们站在街边，像是两头迷路的猹。

李万基问：要是叮当在，怕有四十多了。

我说可不是，咱们都快四十了。

我们住进了一家寻常宾馆，要了一个标准间，其实我更倾向于和他分开住。一是我睡眠差，怕杂声打扰；二是面对重逢，我心里有点来历不明的尴尬——说不清是为什么。

李万基开始洗漱，看着他胖胖的身影在卫生间忙碌，我想起我们初见的时候。那一年九月入学，我怀着忐忑的心情拎着箱子走上会计楼 705 号宿舍，刚一开门，就看见一个男生正光着身子在窗边擦身上的水滴，显然是刚洗完澡。尽管都是男的，但我心里还是膈应了一下，只好放下箱子在门口躲了一阵。再进来，他已经穿好了衣裳，大方地伸出了手，说：你好，我叫李万基！

我和李万基就这样认识了，后来宿舍里又住进来两个同学，一个叫陈程，来自公主岭，喜欢讲李洪志的轶事。当年我毕业回乡，是他送我到校门口的，但他去年已经故去；一个是吉林延边的朝鲜族，开学军训完就得了紫癜，只好回家静养，从此一去不回。

陈程有一个高中同学，关系很铁，每到晚上，他的铁子就来到我们宿舍，一个读《沙僧日记》，另一个哈哈大笑；隔两天换第一个人笑，第二个人读，低俗且张狂，令人发指。

此情此景之下，我要么和李万基成为朋友，要么没有朋友，我不得不和李万基成为朋友。

我和李万基都喜欢打篮球，那会儿 NBA（美国职业篮球联赛）“四大分卫”正火，我喜欢麦迪，他喜欢科比；在球场上，他就喜欢钻人缝儿，在群魔乱舞中擎起皮球，在最近的距离入框；我呢，打球拘谨，喜欢突破中分球，得分倚重投篮，怕与人正面对抗。温州来的李万基和我——一个西北农民家庭的学生相比，从基因上就有很大差异，他热爱冒险、对抗、争取，有着顶端掠食的欲望；而我，按部就班，循规蹈矩。李万基说，他能提前看清我的未来，那真是小胡同赶猪，一眼到头。

李万基其实看不上这个学校，他更希望复习一年，去更好的财经类大学。那他干吗着急上这里呢？他说还不是因为他的父亲，生意做烂了，等着自己擦屁股呢，他现在着急上学，完了就得回去接父亲的烂摊子。

跟恋爱一样，其实同寝之间的交往也有一个试探的过程，很快我就开始反感李万基的做派。首先他想当班长，走仕途，这让我很纳闷，他甚至给那个长得像毕加索作品的女辅导员送了一盒价格不菲的巧克力，可是没有什么用，最后班长被别人当了；其次，他早早开始编织毕业之后的生意网络，重点结交杭州、宁波、绍兴、嘉兴等地的同学，甚至在金融系某同学的母亲来看儿子时，他主动去陪饭，那位母亲离别时还留了话，叫李万基假期去丽水玩；最后一点是他无处不在的猖狂，任何时候都显得自信爆棚，话说得很满，但事儿却难以做绝。

我们的院报招收学生编辑的时候，采取了交作品、再面试的方式。虽然现在看去，我那时候写的东西很烂，又造作，所以递交上去也没存什么希望，也不知道做编辑有什么好，反正自己是文学爱好者，混个圈子吧。

李万基说，他上高中时候写小说，在《萌芽》上有发表，还写过一部长篇小说，字数不多，二十来万吧……我说拿出来看看，他说写是写了，但是写得够烂，早撕毁了。说到这里，他满是惋惜地拍拍我的肩，说：能给我做陪衬，你也算挺幸运了！

李万基的嚣张的确打击了我的积极性。说实话，我写作文都很少被老师在班上表扬，自己写自己的，算是抽屉文学，没怎么见过光，不过跟过去一样，我一直平庸，也不缺这一次被轻慢，习惯了。

但没想到，最后被招入的是我。院报的青眼有加，让我对文学有了空前的兴趣，整天泡在图书馆看小说，这样的恶补让我对财经相关的专业开始抵制，最终的结果是，我到毕业都没有考取会计从业资格证，我相信我的生活在别处。

李万基自然是想不通的，他说那破报纸有什么水平，王小波活过来他们也是看不上眼的，毕竟不过一个院报嘛，有眼不识泰山！我问他谁是王小波，他哈哈大笑，我当时还真不知道王小波是谁。

王小波不是校团委书记，校团委书记才能决定院报编辑人选，所以我最后顺利被录用。院报一共四个版，四个人做，我期待的文艺三版没有分配给我，我得到的是二版，校务工作类，主要写活动信息，有时候也要写通讯。我认认真真做，一月一期，每期有一百元的酬金。虽然钱不算多，但名字总在报纸上出现，赚了一点薄名，后来院刊也喊我，这次好了，小说部分安排我组稿，真是不亦快哉。

于是我朝李万基约稿，他轻蔑地笑：我才不会给王小波都不知道的编辑投稿，冒牌货！冒牌不冒牌没关系，我编的院刊小说部分仍然很快获得了同学们的青睐，直到我毕业五六年后，负责院刊的老师和我打电话说，自我走后，小说这块就撂荒了。

看我兴致勃勃搞院报院刊，李万基告诫我说，男怕入错行，文学创作太清贫，你钻得越深，对你伤害越大。我当时在兴头上，他冷嘲热讽我都接受，羡慕嫉妒恨，人之常情。

下一个学期开始，李万基神秘兮兮地对我讲，他看见了一个商机，这事儿必须两人配合，且不能走漏风声。我此时是“万般皆下品，唯有读书高”，就不想理他。他说你要是干，一个月能赚几百块，你不是喜欢买书吗？书挺贵的吧？是不是花钱跟割肉一样？

动之以情不如诱之以利，我答应李万基，叫他放心地全盘托出计划，我要是参与，那就两人做；我要是不想做，绝不透漏风声，保护他的商业机密。

原来他是想在寝室卖东西，其实就是方便面火腿肠卤蛋之类的速食品。我听完他的计划，觉得不可行。首先，货要从楼口搬进705宿舍，必须经过楼厅，值班的小老头肯定不放行；其次，卖东西就要守宿舍，我还想去图书馆看书，想在外面溜达呢。

李万基说我鼠目寸光，小老头是个大活人，是人就有攻克的办法，不就是睁一只眼闭一只眼的事情吗？看书哪不能看？人家大隐都隐于市，你还真会装……他开始给我算方便面、火腿肠之类批发价多少，零售价多少，利润的确可以。我终于动了心，于是很快就干了起来。

我们挑了一个晚上去附近的批发市场，批回了一些速食品，盯着看门的小老头离开的一阵儿——他每天晚上七点都要给孙子打奶，端一只短柄小锅就奔校门口去了，每次来去得十分钟，我们趁这当儿搬了东西。正好宿舍缺了一人，有地儿安置货物。

但卖东西又不能叫卖，李万基有办法。他拿出几张白纸，裁成小片，在上面写：饿了就到 705，泡面卤蛋火腿肠。然后给我几十张，说：分头塞到宿舍去，你一到四楼，上面归我。我觉得有点斯文扫地，不想执行。他说：钱难赚，屎难吃，偷腥还怕糊了嘴巴，不可能。我就和他分头去发纸片子，没想到当晚就开市大吉，不到十一点，东西就卖光了。原来大家晚上买东西就要到楼下的小卖部去，东北天气，此时还冷，天黑得早，亮得也早，多数人为一碗泡面跑趟路有点划不来，现在服务到了神经末梢最后一厘米，真是足不出户的便利，李万基顺应需求，终于缔造了 705 宿舍的商业奇迹。

接下来的几天时间，各种食品销量持续上升，李万基顺势要求批发部给我们送货，这就不能偷偷摸摸地从看门的小老头眼皮子底下搞运输了。李万基买了一条长白山香烟，塞给了小老头。小老头其实不老，年龄不到五十岁，但是头发全白，他很宽容地连连摆手，说这事儿没问题。从此李万基按月给小老头送烟，两人称兄道弟，热乎得很。

我和李万基排了班，每人一个晚上值班，一人外出活动，偶尔文学社团有活动，我得过去，两人还能调班。

我成了一棵不完全自由行动的树，所以那段时间只好坐在宿舍里看书，同时经受陈程和他的铁子的折磨。我不知道人类怎么会有这样持之以恒的爱好，一本《沙僧日记》能叫他们获得如此长久且强烈的欢乐。我的懦弱决定了我只能逆来顺受，我买了一个蓝壳子的松下随身听，边听姜昕、朴树、水木年华，边看王小波、潘军、刘恒、蒋韵的小说。时至今日，我一翻开王小波的书，耳畔便会响起姜昕的《野罂粟》《潘多拉》，经年的风从 705 宿舍的双层窗户里缓缓吹来，如一双温柔之手把我拉进燥热的回忆里。

李万基说，他本来想把陈程拉进来，但是陈程不愿意。夫子曰：三人行，必有人不行。其实我也希望陈程加入进来，三人一轮班，我就能腾出时间躲躲清闲。李万基刚开始邀约陈程时，陈程惺忪着眼睛很轻蔑地说：滚一边去，你遮住了我的灯光。他的床头总是放着各类没有营养成分的玄幻小说，我劝他看看名著，他回我说：这些就跟你俩卖的那些垃圾食品一样，不垃圾的话人还不爱吃呢！这话也对，甚至是有点哲学的意味了。后来我参加工作，发现人爱吃的多是对身体有害的垃圾食品，而我们同样喜欢着三不着两的伙伴，口吐芬芳远远比说真话美劲多了。

后来我感觉陈程对我们这事有点兴趣，因为第一个季度下来，我和李万基每人分了五百多元，那时候我们老家一个小工的日工钱是十元钱。李万基分钱的时候当了陈程的面儿，陈程正看书，偷眼看李万基的表演。李万基不含糊，不过一千多元，在床头摔得震天响，简直山呼海啸。

陈程看了看，又低头看书。李万基对他说：现在加入还不晚。陈程没抬头：滚犊子！

陈程是一个颓败分子，在他的身上基本看不到未来，既没有如我一般，对未来的惶恐，也没有跟李万基一样，对未来炽烈的期待。陈程甚至不去上课，他总是托同学在课上给他签到，或者应付随机的点名。他坐在学校对面的网吧里，一条腿屈起来，脚放在椅子上，嘴里吞云吐雾，一脸落落寡合的样子。那个时候，他和他的铁子已经不怎么对味了，至于谁抛弃了谁，还真说不准。我只记得有一回他的铁子来到我们宿舍，问陈程这几天到哪孵蛋去了。陈程没理，铁子又问：我来一直不见你人，你啥时候有空我来找你。陈程开腔了：我睡着的时候有空。

等我们的生意做过了两个学期，我已经感觉我对这事很不耐烦了。天暖之后的课后，我想去南湖白桦树林，想去重庆路，想去同仁书店，可是我哪儿都去不了。我和李万基不得不蹲在宿舍，看着我们的货，等待垃圾食品爱好者光临；同时，陈程对我们的憎恶也抵达了顶点。一次酒后，因晚上来买东西的人多，吵吵嚷嚷，陈程很烦，腾地跳下床，赤了脚就冲上前，一把卡了李万基的脖子。那时候李万基很瘦，脖颈跟玉米棒一样粗，李万基被擎了起来，像是举起了一把笨重的墩布。照陈程的凶狠程度，没准会把李万基一把撅断。我赶紧上前拉开，陈程愤愤然穿上了衣裳，摔门而出，大概是网吧包夜，一夜未归。

这次打架事件之后，我对李万基说，这事儿的确是挺累人的，而且陈程那样子……

你怕他？李万基冷峻地问我，他一边嘴角吊起，神情很戏谑。我是有点怕，但话不能这么说，说破了我脸上挂不住。

我反问：你不怕？

李万基哼了一声，他和我一样不敢承认，但其实心里都怕。

当时恰逢建校四十周年，校团委老师找我谈，要我编一本纪念增刊，需要把过去三十年的院刊全部翻一遍，把好的文章搜罗在一起。我便趁了这事，向李万基摆困难，李万基听了我的话，只笑，最后说：好吧好吧，再不结束陈程就要把我杀死了。又问：咱俩一起的，他干吗卡我脖子不卡你？我说：你是老板，擒贼先擒王嘛。

然而没有多久，陈程又把李万基的脖子卡住了。陈程喜欢呼朋引类来宿舍打麻将，噼噼啪啪好不烦人，而且是整宿地打，李万基和我都很不爽，但不爽又干不掉陈程，这就有点难堪了。我俩只能摔摔打打，表达不满情绪，恰好陈程手冷，输钱输到发慌，就又卡了李万基的脖子，在他的牌友们的劝说下，陈程才放开了李万基。

表面上，705 宿舍又慢慢回落到安静的状态，但是我看得出来，李万基和陈程的斗争从未结束。

当年冬，李万基又神神秘秘告诉我说，他有门路，能搞到英语四级考试题答案，问我这个答案一份卖多少钱合适。我知道他又显摆开了，我说肯定是假的。李万基嘿嘿笑了：怎么是假的？拿这个要是考过了怎么办？我说：我请你吃叮当餐馆。

李万基在校园四处张贴小广告，一份英语四级答案四十元，同时祝同学们考试过关。不知道这个答案卖了多少钱，李万基在这个上面栽了跟头。临近考试的一天，两个警察突然出现在我们宿舍，叫走了李万基。虽然当夜李万基就回到了宿舍，但他贩卖考试题答案的恶行依然在学院不胫而走，这让李万基非常沮丧。

那晚窗外下着大团大团的雪，豪爽得很。李万基从派出所回来，一头一肩的白雪，他抖抖身子，去卫生间洗脸，完了爬上床，背身而睡，一言不发。我问他，警察叫他去干吗。他说做个笔录。我问他犯了什么事。他说卖答案呗。我就不再多问，似乎多问一句都会让我变得形迹可疑。但我的确很可疑，因为李万基只把这件事告诉了我。那时候办电话卡不用身份证，上街去，老大妈的跳蚤摊上就有，三十元一张，里面含二十元话费，李万基就是留了这样一个电话号，弄他见不得人的勾当。

李万基后来对我说，那事儿肯定是陈程做的。李万基说起陈程，咬牙切齿，像说起了一道爽口的食物。

好在李万基的四级考试顺利通过，他得意扬扬地说，答案假不假？咱看疗效！

有一天晚上，我从自习室回到宿舍，正巧看见李万基洗完了脚，洗脚水还没倒，他手里拿着陈程的水杯。看他有一点鬼祟，我问他在干吗。

李万基说：我叫他喝我的洗脚水。

李万基说着，就拿水杯在洗脚水里划了一下，少许洗脚水被刮进了水杯。

我说：你怎么可以这么做？

李万基说：我怎么不可以这么做？

他又说：你要是挡我，你就不是我的好兄弟。

我心里很惊骇：这样太过分了吧。

李万基不理我，他把水杯重放回陈程的床头。

我对李万基太失望了。等他出寝室的时候，我把陈程的杯中水倒掉，又把杯子冲洗了一番，重新放回原位置。

后来一直到毕业，李万基和陈程都是不说话的。我和陈程偶尔说几句，也是出于客气。

临毕业的最后一个学期，同学们纷纷寻找实习单位，因为我决意不做财经类工作，所以就想找个文秘或者编辑之类的工作。

李万基那时候率先找到了工作，据说是一个小杂志社。我问李万基，能不能去问下老板，还需要人吗？李万基嘿嘿笑：你啊，只能去吉林省的《作家》杂志当编辑。话虽这么说，他回头还是问了问，最后给我答复，那边人手够用，叫我不要去碰钉子，自取其辱。

不久之后，院报的一个学姐给我发来一个电话，说一家杂志社招收编辑，问我是否有兴趣。我当然有兴趣，兴冲冲联系，精精神神去面试，果然顺利通过。但我上班第一天才发现，李万基正好就在这里供职，这就有点尴尬了。

要说这家杂志社，其实有点像地下组织，一共十多个人，办二十多种学生杂志，内容主要是中学生学科知识。因为我写文学作品，所以就编初中三年的语文。杂志社的编辑部位于一座破旧的七层楼上，除了主编有单独的办公间，其他人都是拳头大的隔间。我们每天在书架前挑书，找故事，找素材，然后用扫描仪扫描，编辑，做成文档，交给美编——你们一定感到意外，李万基这个时候已经成了美编，我不知道他什么时候学会了Photoshop（图像处理软件），排起版来利索得很，当然也高傲得很，美编月工资一千八百元，而文字编辑只有一千二百元，我们并不创作，只是文字的搬运工，这么一想，其实一千二百元也真成了高工资，起码比老家的公务员高出好多了。

李万基见了我居然也不尴尬，他向别人介绍，我是他同寝的兄弟。他因为比我早来，所以就以领导自居，经常耳提面命，告诉我需要注意的事情。因为编刊最忌讳的就是和过刊编重了内容，他建议我把过去几年的刊物内容都复制进一个文档里，通过查找，去排除重稿，这一点还是很实用的。

因为每天都要赶129路公交车去编辑部，而早晨的车流高峰总导致我们迟到，李万基向我建议，可以在编辑部附近合租房子，上班方便。

不久我们就找了一个一室一厅的房子，月租金三百元，我俩平摊。

我们一起住了五个月，他住客厅，我住卧室。每晚下班，他待在房子里学习注册会计师的考试资料，我则趴在书桌上码字写文章。那时候我一直在了解北京文学枪手的那些事儿，我有志于投身文学事业，愿意为之献身，去走崇高却前程模糊的苦难历程。有时候我们出去放松一下，吃烤肉，喝金士百，抽长白山。记得有一个冬夜，我俩突然兴致上来，步行十公里，穿越整个南湖公园回到宿舍。没想到里面四个男生正在打麻将，灯光让他们的头颅在桌上拓出了一块块不停晃动的阴影。房子里乌烟瘴气，我们的床上，原来摆放整齐的书本衣物都变得乱七八糟，烟屁股、啤酒罐到处都是。我很生气，正想发作，李万基拍拍我的背，悄悄说：别跟低级动物一般见识。

我俩装模作样各自整理了一下床铺，就离开了宿舍，仿佛我们进错了房间，重新回到漫天飞雪的大院，李万基仰天大喊：我恨你，长春！

时间匆匆来到五月，我提前给编辑部主编说，我过段时间将离开长春。我的诚实换来的是被安排得密密匝匝的加班，他几乎要把我榨干吃净。到了五月底，结工资的时候他只给了我六百元，剩下的不给。我去质问，他坐在班台后面，两只厚厚的手掌柔中带刚地抱在一起，一脸不屑地说，够意思了，要走，留个买路钱。我说过，像我这样生性胆怯的男人反而自尊心更强，竟然一下子想到了杀人，但那只是浮光掠影的一个瞬间而已，后来想起，有点后怕。主编说：拿上钱，滚犊子，别想着跟我掰手腕，白道黑道你随便整。

我们的争吵发生在一个平淡无奇的周末，所以无人劝解，虽然剑拔弩张，但并没有动手，我可悲地发现自己的确只是纸面上的强者，距离现实世界，我仍然是一个没有主意的巨婴。

晚上回到住所，我给李万基说起这件事——我早先计划的是，到月底领完工资再摊牌，能保证全身而退，但李万基告诉我，做人要厚道。于是我忘了李万基平素做人的特点，就厚道了一次，结果被别人不厚道地讹了一把。

李万基安慰我说：强龙不压地头蛇，你吃一堑长一智，不然呢？为六百元还跟他拼命去？

这话说得对。六百元钱不值得我拼命，没准将来我还要得茅盾文学奖、鲁迅文学奖，不能在长春翻车，所以第二天我就回了学校，准备整理东西，离开长春，先回老家去，休养一段时间，然后去早前想好了的两个去处，一个是兰州，一个是西安。

当夜住回宿舍，白天的郁气还没有消解，心里很不好。当然，我不单是为自己失去的六百元钱郁闷，更多的是为被人硬生生的掠夺感到难过，同时为自己表现出的懦弱感到羞愧难当。我的血性呢？我有什么血性？我哭了，眼泪哗哗流淌。

我知道我不是因为被主编讹了钱吃了亏而难过，而是我遭遇了毕业前夕的某种精神上的综合征，面对未来我有更为深沉的恐惧感。

也不知道陈程什么时候进到宿舍的，他拿纸巾给我，我胡乱擦了眼泪，重新戴上了面具。陈程给我发烟，他的眼圈发灰，一看就是连日没睡好觉。我说：你不要整日上网了，对身体不好。

陈程说：写小说对身体好？你看你，一脸褶子。

我说：但写小说是正事儿。

陈程笑了，给我递烟，我俩抽了起来。

陈程说：写小说是正事儿，你将来肯定会成为一个作家。

我心说你懂蛋，但还是谦虚地说：你继续赌呗，没准就成赌神了。

陈程哈哈大笑：都快分别了，我才发现你真是个人才。

这句话褒贬成分不明，我叹口气：你滚犊子。

陈程说：你哭啥呢？现在的女朋友也挺好的嘛，我看那胸真是凶巴巴的哦，南湖水荡啊荡的。

我便把白天的事情说了一遍，说主编是江苏人，比东北人还横呢。

陈程嘿嘿笑：你说的这个人，我认识。

我不信：真的？

陈程说：骗你干啥？爷们儿说话，一言九鼎。

陈程又说：明天咱们一起去。

本来不想回编辑部，但恰好我的住处还有他们的几本书，所以第二天我回去了下，陈程非要跟着我去：你去还书，我去见朋友，各办各的事。

陈程去了编辑部，进了主编的办公室，我听见里面吵起来时，才推门进去，看来他俩根本就不认识。

主编说：你是给小曹要钱来的吧？撒泡尿照照自己哈，老子白道黑道都有人……

陈程突然站起身，一只手压了主编的肩，一只手在腰里一摸，银光一闪，一把匕首扎在了桌上，吓得我心里咣当一下。再细看，主编眼睛瞪得比鸡蛋还大，一口涎水挂在嘴边，五官扭曲，表情很诡异。那把刀把主编外套左边袖子扎在了桌上，他的左手在袖子里抖得像三九天的树梢，那把刀是擦着他的食指下去的，正好插在虎口中间。

陈程说：什么白道黑道，老子这把刀黑白不分，要钱还是要命？你当什么垃圾主编？还知识分子？呸！

主编不说白道黑道，变得很人道，即刻拿钱给我，赔笑说：你这同学脾气还真暴！咱们不打不相识，下午我做东，吃个饭！李万基，你们不是同学吗？都来都来！

七八个人站在主编门口，既像劝架又像看热闹，李万基笑眯眯地说：我哪有这么厉害的同学？主编你看走眼了。

回头我要请陈程去叮当餐馆吃饭，他没有客气，随便点了几个菜，买了一瓶劲酒，吃饱喝足，回了宿舍。

陈程爬上床，靠着床头看我：咱宿舍，我只对你有好感。

我说：你怕是在讨厌和更讨厌之间选择了我。

陈程哈哈大笑：你这人，说话是刀刀见肉，但人善良。

窗外月光明亮，喝点酒，我们都有了倾诉的欲望和超脱的感觉。

我俩聊了很多，陈程告诉我，如果我将来成了作家，一定要写写他，像他这么有意思的人，真不多。

我说是。

他说：你要是写了我，一定要告诉我，我好好拜读。

不经意，时间到了深夜两点，我已经很瞌睡了，陈程还在说话，他最后说的一句话是：我睡不着，一直睡不着。

到了六月初，我和女友一同离开，那天李万基给我打了电话，说他还要考注册会计师，只能秋季离开，他那天忙，不能来送我。最后是陈程和其他两个同学送了我。

我重新登上306路公交，沿着宽阔的人民大街开往火车站。几年前，我从甘肃临州坐客车到西安，乘 K128 次火车，摇摇晃晃三十个小时来到了长春，然后乘坐 306 路公交车抵达学院……我从车上看下去，长春的夏天到处绿荫匝地，气候正适宜。我们终于结束了这段“在别处”的生活，重新踏上颠沛流离的漫漫人生路。

我在兰州干了一年。先做了半年电视台策划，玩不转，灰头土脸离开，又做了半年民营企业的文秘，可能因为无聊，技术性太低，所以工资也低得离谱。当年的雄心在反复的辗转中消磨殆尽，一年之后，我如丧家之犬悻悻然回到故乡，通过考取公务员进入体制，虽然父母终于放了心，但我心里不畅快，要习惯新的生活，我还需要一段时间。

那时候的大学同学联络还算频繁，因为对人生还有得吐槽。

陈程打电话祝贺我：好嘛，成官人了。我问他在哪高就，他说：托了亲戚，到银行当柜员，但没做多长时间。

我们毕业之后，多数同学都进入了银行系统和会计师事务所，有一个从来不上课的男生，一毕业就进了省财政厅，到我考上公务员时，人家已经当了科长。

陈程说，他坐不住，蹲在家，替人当游戏代练。我叹口气，这是什么生活嘛。陈程笑了：各有各的活法，对不对？

李万基也打来电话，问我多少工资。他惊讶地说：那点钱怎么够生活？又问临州的楼市，更惊讶了：这跟白送一样，太便宜了！

毕业之后，李万基等到当年八月考完注册会计师才回了温州，最终他考过了两门。此前他坚信，我校历史上第二个毕业前能拿上注册会计师证的，当仁不让，只能是他，他头脑好，又勤勉努力，拿不上此证简直没天理了。他还曾上某公司，请教那位院史上第一位在毕业前拿到注册会计师证，已经成为神话传说的师兄，结果师兄尊李万基为天人，认可了有且只有李万基才能和他共享这样的荣耀。但最终，李万基并没有带着这个金灿灿的光环回家去接续父亲的生意。师兄考上注册会计师是真的，但师兄未卜先知的能力是假的。

李万基大呼小叫之后，说温州的公务员好，他当天刚好和一群阿拉伯人谈生意，晚饭时请他们区的工商局局长过来作陪，虽然他和局长称兄道弟，但临别还是送上了一只鼓囊囊的红包……

我很敬佩李万基的“转场”技术，他总是在讲甲事件的时候，丝滑地把话题转移到乙事件上面去。无论是从中美、朝韩关系，还是他脾虚内寒、痔疮发作等话题，都能归拢到自身的优越中去，变成毫不吝啬的自我肯定和奖掖。任何话题都会成为他的背景材料，话锋一转，图穷匕见：我李万基，是人生的赢家，是中国商业的未来，是一个名副其实的顶端掠食者。

李万基一边发圈嘲笑公务员工资太低，不值一干，一边喊英语、阿拉伯语、日语、韩语反正不是汉语的语言专业领域的学生加入他的团体，共谋大业。对此我挺反感，我们班后来考了公务员的人特别少，这么一想，就会感觉他的打击目标实在有点太精准了。他经常自嘲勤学数年，注册会计师考试只过了一半，又说这是自然法则，老天爷不给他那一碗饭吃，因为他太优秀了，早前他要进的池子太小也太浅，只能养王八，养他这么一个“北冥有鱼，其名为鲲”的“鲲”，太小了。

李万基毕业之后第四年结婚，从他发给我的照片上看，那年在校时提前重点结交的丽水同学已经变成了他的小舅子。我笑他是昭君出塞，李万基说：不出塞的昭君只能叫王嫱，怎么能流传千古?

我们忙于工作、家庭，完成家族的繁衍，身陷生活的泥淖，以至于忘了抬头看路，忘记了愈行愈远的青葱时光。

到了二〇一六年，同学们建起了微信班级群，都在群里喊，把某某拉进来……仿佛是军统提审革命党人。一个班里四十六人，一顿左拉右扯，进来了四十五人，大家对账似的核实了几遍，发现只缺一人，那就是陈程。

我查看电话簿，陈程当年的电话号已经成了空号。

很奇怪，陈程去了哪里，无人知悉。有人在群里喊了一声，发起了一个名为“寻找陈程”的计划，成功人士李万基在群里表态，谁能找到陈程，他可以奖励一部最新款的苹果手机。

一个多月之后，有人把陈程拉进了群，大家将此当成了一场重大胜利，纷纷撒花。虽然入了群，但陈程并不说话，大家又都觉得，这不是陈程，只是一个冒牌货而已。

我加了陈程的微信，聊了几句，他说自己至今没有稳定的工作，处了三个女朋友，都掰了。问我怎么样，我说就那样，上班、读书、写作。他说好嘛，他这几年一直在生病，好像跟那谁一样，是生病的间隙生活那么一阵儿……我说是史铁生。陈程说是，就是那个北京作家。我问陈程得了什么病，他就说是“不开心且很闹心”的病，避开了话题。

无论当初的同学情谊有多深，多半都会败在时间和距离面前，人世消磨，容不得三心二意。

直到前年秋季，陈程在班级群里问：有没有能卖力气的地方，介绍一个。群中寂静，无人应答，一阵儿李万基回复：我这里缺人，来不来？

这年除夕，久未联系的李万基打来电话，要给我拜个年。我知道，李万基没有什么事是不会给我打电话的，我们的友谊，已经被时间的炼金术炼成了渣，其成分只有贫富的差异和价值观的分歧而已。果然，他没说几句闲话就开始发牢骚，说陈程来投奔他，他收留了下来，当自班能（自己人），但陡辣难（大烂人）就是陡辣难，一个烂沦（烂人），不管是十多年前，还是十多年后，不管是在长春、公主岭，还是在温州，烂沦就是烂沦，烂沦不以时空的转换为转移，只和烂沦本身有多烂有关系。我不爱听这话，他成了有钱人，说话倨傲而不留口德。我这些年聊以自慰的是，读书没读狗肚子里去，是非上面拎得清，所以我当面怼了回去：李老板，你没干过烂事儿？清清白白想上胡润榜，你怕是脑子坏了。李万基一愣：你个厚佬（脸皮厚的人），怎么还护那个烂沦呢……

春节期间，我思考再三，拨通了陈程的电话，他没接，但几小时之后打了回来。我没有提说他去温州找李万基的事，他也没多说，只说：头疼，睡不着觉。

他说：我总是梦见我死了，正在进行一场葬礼。悼念者络绎不绝，连我都怀疑，我有这么多的朋友吗？他们不停地走着，用脚使劲地踩踏着，搞得我胸闷肚子疼；当所有人进入一座黑色建筑的时候，仪式才正式开始，影影绰绰有敲鼓的声音，不停地敲打，直到我的意识变得麻木……我有点分不清梦境和现实，其实分清了也没什么好……

成人世界的亲密大概如此，言语不尽，你知我知，说完就忘。

去年夏季的一天，班级群里突然炸开了锅，说陈程“去了”。于是大家纷纷发出双手合十的表情，二三十人无一例外地打出了八个字：同学好走，节哀顺变。大概是一人写，大家复制粘贴，这八个字和陈程无关，是同学之间的善意提醒，说透了就是前车之鉴、诸君小心。我们的年龄还未到不惑之年，当年生龙活虎的陈程便这样走了，真是让人动魄惊心。有人说陈程死于车祸，有人说跳楼，还有人说，他是抑郁症病人。

他们很快“顺变”了过来，大谈最近的股市，一个叫“审计系阿基米德”的家伙大言不惭地说：跟你们谈个屁，层次太低，我这见识应该跑到美国和巴菲特对饮！

这时候李万基出来说话了：别吵了，陈程的确是抑郁症。李万基当年没有当上班长，自认为是“天子呼来不上船，且插梅花醉洛阳”的在野遗珠，如今他在群里说话，一般都会是话题中心，这会儿他一强调，顿时鸦雀无声。

那时候想起陈程，形象已经模糊了，心里有点硌，但也没硌几天，很快，我把这件事也淡忘了。

我没想到今年的这会，能这么快见到李万基，而我此刻想起最多的，居然是陈程。

几杯啤酒下肚，我的那点儿莫名其妙的尴尬病才好了起来，李万基问我：为什么不来参加同学聚会？我说没意思。

李万基说：的确是没意思，我这次回长春，一是到温州商会办点事；二呢就是到陈程老家去，给他烧个纸。又说：开什么同学会，那就是开玩笑。

我问他：你去公主岭了？

李万基说：是，陈程的父母开着一家早餐店，我进去吃了一笼包子，一碗馄饨。那包子和馄饨真实诚，一个包子能顶我家那边的两个，馄饨也真香，量足。你说人咋就这么操蛋，活着吃包子不香吗？非得死掉。

他还说：陈程他爸很瘦，鬓发斑白，却围着一个花里胡哨的围裙。当时已经上午十点，看他们手头闲，我就和他爸搭话，他爸说，家里两个儿，大儿不学好，毕业之后去葫芦岛找高中女友，回来就得了抑郁症，已经殇了；二儿在军工部门工作，有出息……

我又打开了一瓶酒，李万基压了一下我的手：不喝了，我现在喝不了多少，要不是为陪兄弟你，我也喝不了这么多。

是，李万基的眼仁儿都红了。

李万基说：

前年陈程在群里问话，我应了一声，是为了羞辱他。想当年，他揍过我两回，当时我就动了杀心，但只是一晃而过，就是那么一晃也够吓人的。我怕他，他两次都卡了我的脖子，让我出不来气。我这么说你可能觉得可笑，他卡住我的时候，我觉得我就是他裤裆里的那个东西，被捏住甩啊甩的——那种屈辱感，你无法理解。谁拳头大谁就有话事权，去他妈的！我离开长春，最恨的人就是他，他个山炮儿！我没想到他这么没尊严，我给他一碗饭就来了，这就好玩了。

我的天，重逢之后的陈程真瘦，皮包骨。社会跟榨汁机一样，把他摧残成什么样儿了！我真以为他很有能耐的，看来真是名不副实。因为瘦，他的五官好像都不在原来的位置上了，尤其他一低头，那M形的发际线，简直和未经开发的海滩一样沧桑。那时候因为我的库管刚跳了槽，我就叫他当了库管。我为啥叫他当库管？为难他呗。你想想看，汽油发动机，由机体、曲柄连杆、配气、燃料供给、冷却、润滑、起动等七部分组成，就机体而言，包括气缸盖、气缸体、下曲轴箱等配件，一台发动机所需的配件不下几百件，他不是不耐烦我吗？我对症下药，磨磨他的性子。

我不给他宿舍住，叫他住材料库，那些所谓的工程师、技师，个个都是眼中无人之辈，小小一个库管，人家根本不往眼里搁。陈程对情况生，难免效率低，交错了材料，这下可好，人人看他不顺眼。一个五大三粗的工人去提材料，因陈程手下慢，又发错了配件，那人等不及就发了脾气，也卡了他的脖子。我在监控里看，陈程没有还手，或者他根本没有还手之力。我心说陈程你个古惑仔，你个陈浩南山鸡，你不是很能打吗？咋不打了？陈程没有还手。

时间不长，有人说陈程朝外面偷东西，我又借题发挥，他不是说他只是整理库房垃圾的吗？我叫盘下库，果然少了东西，虽然不多，没准还是早前库管的事，但我不管怎么回事，我复仇的机会来了。我骂他狗行千里改不了吃屎，烂沦就是烂沦，一辈子好不了。你猜怎么着？他真行，一袋面一样站着，哑巴一样一言不发……

当晚他提了一扎啤酒来找我，就凭他？想和我称兄道弟，晚咯！我现在哪是跟他凑一起喝酒的人嘛，但我猜他是求情来了，所以宽容地坐了下来，高风亮节，我也会。

陈程喝得很快，一个人干掉了三分之二，完了抹下嘴，很清晰地说了一句：万基，对不起。

我笑：有什么对不起的？

陈程说：那时候我脾气坏……

我问：怎么的，现在一点儿脾气都没有了？

陈程说：没了。

我说：因为你，我对大学生活没有任何留恋，被你这么一个不学无术的人欺负，我居然一点办法都没有……

陈程居然笑了：嗯，阴影至今未退？

我一脚踢翻了桌子：你算什么东西?！和当年一样，我半只眼睛都看不上你！

陈程说：那你也卡我脖子，还回去？

我扇了他一耳光，他笑着看我，一动不动，这让我更愤怒，于是又扇了一下、两下、三下……

第二天，陈程就不见了，他只干了一个半月，工资都没拿就离开了。

我到他的简易住房里，看见抽屉里丢着的氯丙嗪和丙米嗪等药物的盒子，我才知道他那时得了抑郁症，怪不得突然那么瘦呢。

我有些后悔了，所以给他打电话、发微信，他不接，也不回。

最后，李万基说：我心里内疚，如果我不叫他过来，他没准还活着呢。

我说：他既然有病，你拦不住的。

李万基说：我去公主岭是想知道一件事，我和陈程他爸聊了几句。我问他，你大儿子是怎么走的？那时我很难受，几乎要掉下眼泪，问这话，无疑是撕开他们血淋淋的记忆的伤口。我满以为他爸会很痛苦，没想到他笑了一下，反问我，反正是走了，怎么走有什么不一样吗？

我问：难道不一样吗？

李万基说：车祸好点吧，跳楼，心里多绝望。陈程一头跳下去，眼前是无尽的黑暗……

李万基流出了眼泪。

李万基又说：我只能安慰自己，那也是另一种启程吧，我尊重他的选择。

我耳畔突然又响起了黄昏时候听见的歌：

…………

再远的风景啊

我们会到达

向过去的悲伤

说再见吧

…………

麦青草黄

韩小七请我给她写回忆录时，是二〇二二年四月。

整整半年过去，我按期交稿，发去了电子版，她在微信上挑了大拇指，说我写得好。隔几天，给我转账发来事先约定的酬劳。我拨她电话，想感谢一声，她回短信：正忙，容后联系。

但隔夜就传来消息，韩小七服了一把安眠药，去了。

韩小七的离去让我难过了好几天。

后来听说，韩小七身患抑郁症已经好些年，那些花花绿绿的药物没有少吃，但身体状况一直没好起来。还有人说她患了宫颈癌，时日不多，怕受苦自杀了事。对这两点，我都有点存疑，她叫我写回忆录时，显然经过了重重考量，她开玩笑说，后面还要续写，不过应该在二十年后了吧。

写回忆录需要采访，韩小七在临州县城区的企业办公室约见我。在那个装饰相当普通的房间里，她仔细讲述自己的经历，她业务繁忙，电话很多，她带着两部手机，一部是挺新的一款华为，另一部是早已过时了的老款苹果。

最后一次采访结束之后，韩小七要请我去她家吃饭，我不想去，谎说当天下午县上有会。在我的老家孟和镇，人们向来都要把最要紧的客人请回家吃饭，算是个旧俗。

韩小七的泰迪生了病，我有个当兽医的堂哥被请过去，到韩小七位于县西城新区的家里治病。堂哥后来见了我，感慨地说他以为贫穷会限制他的想象力，没想到太一般化了，那么有钱却过得那穷酸样，简直不像话。

韩小七说，如果堂哥能治好糖糖（狗名），她会拿出相当的诚意感谢，因堂哥是名牌大学毕业的高才生，如今是全县最权威的畜牧兽医专家，所以应该靠谱。虽然堂哥自诩给金丝猴打过针，但还是没能挽救糖糖的小生命。

糖糖死后，韩小七特别伤心，眼睛都哭肿了，但她还是给出了一份丰厚的酬金，让堂哥深为感激。

所以韩小七打电话说，想请我写回忆录时，我的心里委实鹿撞了几下。按道理，以她的身份要请到省内知名作家执笔应该不难，所以我猜测酬金应该比较可观，最后事实也是如此。她说，要写尽她一生的故事。我略微恭维说，她还年轻，一生还早呢。韩小七腰身轻盈，胖瘦适中，面颊光洁，打扮恰到好处，看不出来她真实的年龄。按辈分，我叫韩小七婶婶，韩小七今年五十一岁，正好大我一轮，如果要写尽她的一生，应该还不到时候。

韩小七说：你现在当了领导，这事别勉强自己。

我连忙说：婶婶可别拿我开玩笑，不勉强，我愿意的。

韩小七就笑：你给晓雯送的书我看了，写得真好，不然我也不知道你是作家。

我脸上一热，晓雯是韩小七的女儿，我给晓雯送的那本书名为《尘芒》，是一本和本地民俗文化有关的长篇小说，里面的一些故事就是我们老家孟和镇孟家庄的事，有些情节是村上真人真事的改编。

说实话，书中有个漂亮又风流的女性人物，原型正是韩小七，虽然她的风流多半只是别人口中的流言而已，我喜欢把她朝好处想。

我知道，孟和镇人民政府的几位领导，还有我们镇上有头脸的几个读书人，都向我索要这本书看，他们不会关心这本书写得怎么样，只是担心有没有写过他们的什么事情，或者哪些人物有他们的影子，我当然不会那么笨，文学来源于生活且高于生活，如果我不懂这个，还不得把人都得罪干净。

韩小七说：我刚嫁到咱们村，你躲在嫂子身后不敢看我，跟看见了妖精一样，没想到时间过得这么快，现在都能写书了。

韩小七到孟家庄是一九八八年，我只有六岁，记得当时庄客围观的架势，仿佛是村里开进了电影放映队。我年龄稍长，听村里人嚼舌头，说韩小七是山里的女子，孟金柱去收木材，住韩小七家，一回生，两回熟，三回就摸到了人家窑垴里去，被韩小七他爹抓到了炕上，没办法，只好把人家女子带了回来。

一开始，孟金柱对韩小七很好。孟金柱开着手扶拖拉机，旁边坐着韩小七，随着拖拉机的转弯，两人一顺儿朝左边突突，朝右边突突，腻歪得很，两张笑脸像是两朵金灿灿的向阳花。时隔多年，这一幕依然在我的脑海里重复浮现，我觉得那就是爱情。

韩小七死去之后，按照她的社会地位，一场体面的追悼活动不可避免，但韩小七留下遗书，要薄葬，骨灰埋到城区红山公墓向阳处的墓坑即可。

晚秋的清晨起了霜，日出前后的山上冷得嘎嘣响，能冻死鬼。我从众人来来去去的身影夹缝里看见韩小七的女儿孟晓雯跪在地上不停烧纸，这个英气逼人的姑娘半年前刚结婚，这么快又办上了丧事，让人痛惜，但她的情绪似乎很稳定，没见哭，还时不时抬起头看身边走动的亲戚朋友。

按道理，烧纸是家属的事，但因为太冷，我就凑过去，跪在塞了麦草的蛇皮袋蒲团上烧开了纸，烧纸的时候偷眼看，帮孝子烧纸的人不少，都是冷得吸不住鼻涕的人。

就在这时，一个瘦如枯树的男人在韩小七的遗像前跪了下去，跪得很有诚意，额头抵在泥土上，拜了三拜，然后站起身，站到了人群之外。我偷眼看他，脸又长又瘦，下巴尖削，额头显圆，像是一把小头朝下的熨斗，看着有点儿眼熟。

直到入土仪式结束，这个熨斗脸男人的形象终于从我的脑海中清晰地站了起来。他的名字叫李志平，我小时候的偶像人物。虽然我成年之后，偶尔想起他，觉得不过是一个哄孩子们开心的无聊大人而已，但同时又想，童年总是充满魔幻色彩，就像马孔多需要梅尔吉亚德斯的魔法一样，我也需要过李志平，他其实是我人生中的第一位导师，我后来想象力过人，没准还得感谢他。

从陵园返城时，我追着李志平的背影过去，叫了一声：李叔。李志平回头看我，他衰老了很多，脸很皱巴，像一颗硕大的草果，他睁大眼睛问我：你是谁家的娃？我还没说，他又追问：你爹是栓狗？

栓狗是我大爹，我爹叫栓福。我这么一解释，本以为他要尴尬，没想到他顺势就问起我的大爹。我说我大爹已经过世五年了。他沉吟着说，可惜了。我大爹四十五岁出门去了新疆，最后葬在了黄沙梁，我大爹和李志平素无来往，也不知道李志平有什么可惜的。

李志平问我干什么营生，我说在县委宣传部，他就连声夸我，说我有出息，那会儿他在孟家庄看麦草场，七八个娃娃里数我灵光，看着将来就有出息。我嘿嘿笑，觉得有点渲染过度，他可能压根儿都不记得我是谁了。李志平说：你写的宣传咱孟和镇历史由来的文章在报纸上登出来，我看过。这样一看，他是确实记得我的，这让我有点轻微感动。李志平说：孟和镇风水一般，出不了大官，我看你行。

家乡孟和镇地处塬上，算是八面来风之地。风吹过、水淌过，没有兜得住风水的盆地，虽然镇上在镇域四面都浇了水泥的照壁，没用，这里还是不出大官。

李志平年轻时候在我们村的麦草场看场子，和我们这些小屁孩有很多互动，后来离开了麦草场。虽然李志平离开了孟家庄，但孟家庄一直有他的传说，李志平和韩小七关系很不一般，有多不一般，有点不好说。

说起李志平和韩小七的关系，我的记忆不得不拉回到孟家庄的麦草场，当年的麦草场就像是皮影戏的“亮子”（幕布），李志平、韩小七及韩小七的男人孟金柱成了亮子上的主角。

麦草场因何叫麦草场，谁都说不清。二十世纪九十年代初，一伙山东栖霞人在麦草场修起了牛舍，大门外挂起了金色的牌子，里面养起了几百头牛，但仅仅一年，事业就败了，人和牛都一哄而散。

那些人撤退时，留了一堆债，镇政府吞不下这个梗，就把牛场低价卖给了孟金柱还银行贷款，孟金柱答应继续开牛场，但要了这块地就不开牛场了，仍旧搞木头生意，跟刘备入川一样，进了门就要流氓，占地为王。

当时高中毕业的邻乡青年李志平无事可干，孟金柱就雇来看门。

孟金柱买麦草场，算是撞了狗屎运，不经意做成了一件时髦的圈地运动，在他死去十多年之后，这块地皮完成了泥巴变云朵的嬗变，韩小七成了奇迹的发起者和福利的享用者，乡人就说孟金柱真是神了，走一步能看十步。

孟金柱做木材生意，对麦草场并没有物尽其用，只有大门进来的场面开阔，垒起了横平竖直的木料，牛舍墩在原地，无声地荒芜着。

我们孟和镇有些土话，外面人听不懂。比如说，麦草场地方很“硬”，硬是邪乎的意思。孟金柱还没有置办麦草场的时候，夜里谈完生意，本应该朝南回家去，但却晕晕乎乎朝北来，进了麦草场的门。

孟金柱误以为自己走在旷野，遇见了一堆又一堆的人，那些人架篝火、吃纸烟，划拳喝白酒，还喊他一起吃喝。孟金柱贪杯，但太晚了，他着急回家，但怎么走都不对，半夜都在转，始终找不到回家的路。最后雄鸡一声叫，他清醒了过来，才意识到这里是凌晨的麦草场，只有荒芜着的牛舍。

孟金柱杀气盛，和乡人经常打架，他胆大不怵人，对方一个人或三五人，一个字，打。打得过或打不过都没问题，能打到什么程度算什么程度。这么一个杀气腾腾的莽夫，居然在麦草场迷了眼睛，他对这块地面怯上了，这就是他明明住在麦草场边却要雇李志平看门的缘故，因为李志平虽然看着文弱，但在这么硬的地方却睡得着吃得下，看上去没有一点不适应的迹象。

李志平不去学点手艺，居然来这里看了大门，庄里的人都说他是个窝囊废。

起初，我们一群小孩子也觉得李志平是个窝囊废。他脸长如番瓜，中等身材，瘦如麦秆，尖尖的屁股坐在木椅上，一条腿伸展得很长，脚尖点了地，像是拉紧了弦子的弓，一条腿折放在椅子上，悠闲自得地抽着烟，别提有多惬意。

很快，李志平被孩子们传成了一名武林高手，不知从何而起，没准和他敢住在麦草场所显示出的胆气有关。

据说李志平端着洋瓷碗，蹲在门槛上吃面条，眼前突然窜过来一条蛇，他没有站起，小腿一使力，就倒飞上了身后的碗筷柜，饭没洒，筷子还在手里，吸溜得正美，嘴巴忙，眼睛盯着蛇，蛇上了对面的墙，盘上檐头回头觑他，李志平眯了眼，一根筷子激射而出，蛇就被扎在了檐头上；又说李志平要进麦草场的大门，不用钥匙，脚下一晃，就飞了进去，地上的浮尘都不见飘起；更有离奇的传说，在镇街道孟和祠墙角下作业的剃头匠有一次走到麦草场门口，发现自己盛热水的家什漏了洞，水洒了大半，这时见屋檐下晒太阳的李志平招呼他进去。李志平提掌发力，铁桶上的破口子慢慢自己熔合到一起。李志平给桶里添了水，微微发功，炉灶里就火势汹涌，水开得翻滚，剃头匠喜气洋洋到街上干活去了。

李志平英名在外，我们这帮小孩子正是崇拜偶像的年龄，就喜欢去李志平那里玩。

李志平除了不让人动他炕头上的一摞子书，别的东西都不管。

我们问他：你这枕头咋没装荞麦皮，瓷块子硌不硌脑壳？

不硌，铁头功，怕啥？

你这席子上面只铺一层薄褥，硌腰子。

不硌，铁脊背睡刀子都不怕，就这？

你的切面刀都嘣了口子，能切得动面条不？

能，我拿刀砍手，刀刃给磨下去了。

你这盆里的面可真黑！

黑了好，你看我的手脚，和你们的有啥不一样？黑，是吧，铁砂掌吃黑才补！

街上来了和尚，用锡纸铺在我爹腿上发功治病，我爹的腿像火烧一样，烧得他喊出了声。

那和尚是假的，他要敢在我老李面前晃，一指头点得他躺半天！

…………

李志平说得兴起，就拿了门后的顶门棍子，在院子里要几下，倒真有模有样。一圈耍完，气喘如狗。我们鼓掌，李志平一拳一脚，可不是花拳绣腿，都是带了真气的，能不累吗？耍完棍子，我们给他擦汗、捶肩，李志平嘿嘿笑，惬意起来，便说要收个关门弟子，他有五个弟子，分别在少室山、武当山、峨眉山、白塔山、崆峒山当掌派，都没空回来看他。

当然，李志平也不是闲了就打拳，他还看书，我们上门去玩，他才丢开书陪我们聊江湖。偶尔，我们也见到他的女东家韩小七会坐在他炕边看书。有一次，我看见李志平炕边放着几页方格纸，上面扭扭歪歪写满了字，我拿起来看，李志平就气咻咻地抢了过去，放在了柜顶。正巧韩小七从门外进来，就掩了嘴笑，她身段细溜如涝池边的柳树，露出来的手腕白如豆腐，我看呆了，一直觉得韩小七好看，可平时都没那会儿好看。

李志平是武林高手，却没见他打过谁，倒见过他被人打。

第一次是个女人家，说她蹲厕时，李志平躲墙后面看了她的屁股。女人在麦草场里骂人，被附近人家听到，都去看热闹，我也站在人群里，想看李志平怎么修理那女人。

女人很瘦，细脚伶仃，多数时候把手叉在腰里，叉累了又抱在胸前，嘴巴里骂得极爽快，不但骂李志平，连李志平的爹妈都骂了进去。

李志平不还嘴，坐着抽烟。李志平是武林高手，看得出，他犯不着和女人计较。我心里很矛盾，我的偶像受了这样的窝囊气，还气定神闲，把脸丢在了大家的面前，实在难堪。那女人也可怜，骂的时候眼泪不停滚落，让人同情。我恳切希望李志平即刻用铁砂掌给那女人一点教训，不就是看屁股吗？你的屁股不是金子浇的、不是银子打的，看不得吗？李志平要是爱看屁股，只要给我说一声，我给他看上半天都行，屁股看完了还是屁股，又不能变小、消失或变成别的什么东西，有什么大不了的！所以不能由着女人的性子，咱们武林高手都是有面儿的人，士可杀不可辱，就是这个道理。可是李志平就是不吭声，最后女人上前一把打掉他的烟卷，看他无动于衷，更得寸进尺，挠了李志平的脸。

这个过程持续了几十秒，李志平用手拨开女人的手，女人的手快，他拨不及，脸上还是开了花。我心里猴急，为李志平叫屈。李志平说过，男人的力气是留给庄稼的，打女人算什么本事？这是孟金柱打韩小七时，李志平边拉架边说的话，所以英雄打不过女人，我信。

但没过几个月，李志平又被孟金柱打了。

孟金柱和韩小七突然就不再恩爱了，他家院子里经常传出男人的谩骂和女人的号哭声，韩小七走在路上，脸上常有瘀青，一块一块触目惊心。

一九九二年夏季的一个黄昏，庄里人看见孟金柱拽着韩小七的头发，一路拖进了麦草场，韩小七的衣服被拽了起来，露出了细腰上的肚脐。韩小七全身酥上了一层灰尘，成了一个土袋子，她被扔在地上，躺着没起来，跟个死人一样。

孟金柱问李志平，你俩是咋弄呢？你今天要不给老子演示一遍，老子把你的×揪下来喂狗。

路过的庄客邻家进院子里劝，孟金柱从腰里抽出一把刀，咄一声扎进桌子里：谁多话我扎谁，扎死一个算一个，反正老子没脸活了！

正逢傍晚学生放学，镇上的集市也散了，人来人往都停了步，朝麦草场院子里涌，比看秦腔戏还热闹。

李志平跪了下去，像秦腔里的丑角，用膝盖垫吧着朝前走，一直到了孟金柱跟前：金柱，你不要再折磨小七，你要看我不顺眼，我一阵儿就走，行不？

孟金柱说：咋，害怕了？你拾掇我媳妇的时候你不怕？看你软得和蚕虫一样，她把你裆里东西给咬了不是？你是不是没有了？脱了叫乡里乡亲看看，你到底是个啥货色？

孟金柱骂骂咧咧半天，韩小七站了起来，仔仔细细拍打上衣的灰尘，然后又拍打裤子，直到她站立的那块变得灰蒙蒙一片。尘散后，韩小七说：李志平，有什么说什么，敢做就敢说，啥事不是人弄的？

李志平就喊：小七你胡说啥?!

孟金柱一脚踹翻了李志平，又踩了李志平的肚子，半蹲着身子问李志平：是不是？李志平不答，他就一耳光；他再问，还是这一句：是不是？李志平依旧不答。孟金柱就一耳光一耳光贴上去，像是我奶在墙上用面糊糊一层一层、边浆边贴用来做鞋帮的布片子。李志平不愧是武林高手，他说过要学武先学挨打，所以这会儿他正显这方面的本事。

韩小七转身走了，她身上的灰尘还是没有拍打干净，走几步就扬起了一波儿灰尘，人们在麦草场的门口分开了一条窄窄的过道，韩小七一边嘴角扬起，看上去既凄美又戏谑，慢慢走远，把一团儿麻烦丢在了身后。

我趴在麦草场的豁口上看，猜李志平要怎么把孟金柱撂地上去，没想到李志平对东家这么谦虚，只挨打不还手。

好歹是神功护体，李志平的脸肿了好大，但是没有出血。

孟金柱打累了，起身坐到了房檐台下。孟金柱掏出了纸烟，哆哆嗦嗦点不上火，就啜泣了起来，啜泣还不能拦住他心里汹涌的悲伤，索性号啕大哭。

李志平爬了起来，他太瘦了，适才被打得的确良衬衫前襟也开了，露出凸起的鸡胸，他边走边扣上衣裳，浮尘在他身上落下。

李志平居然和孟金柱坐到了一起，他给孟金柱点上了烟，孟金柱哭了起来，李志平居然把手放在孟金柱的背上安慰他。

以德服人，绝对以德服人！

我站在高墙的豁口外面泪眼婆娑，见证了武林高手李志平最了不起的招数，身后大片的玉米和高粱迎风沙沙作响，为李志平鼓掌。我哭了，一滴一滴眼泪都是滚烫的献礼。

后来听大人说起才知道，韩小七老去李志平的房子里和李志平说话，看李志平的书，李志平教她识字，两人头对头挨一起，被孟金柱看到，所以都挨了揍。但李志平以德服人，从心灵深处把孟金柱净化了一次。

于是庄里人看见李志平就笑，问他钻韩小七被窝了没。李志平只嘿嘿笑，人就说你肯定钻了，钻了不止一次。李志平的心情很好，噘了嘴巴吹起了口哨，于是人们都传起闲话，说李志平这顿打挨得值。

但两个月之后，孟金柱去陕西送木材，连夜返回时贩了一车红辣椒，在孟家庄十字路口出了车祸。凌晨最早起床的人在公路边看见了这一幕，公路两边是两米多深的壕沟，壕沟里栽种了粗壮的白杨树。货车冲进壕沟，撞上了树，孟金柱被甩出了挡风玻璃，头朝下，栽在白杨树下，双腿不合常规的弯曲摆放，红辣椒红艳艳地散落在树间和草丛里。

孟金柱死了。

韩小七抱着一岁半的女儿从村尾跑到了村头，一帮婆姨拦住了她，韩小七号哭的声音被秋风拽成了碎片，多年之后我妈回忆起来还说：韩小七那时候多年轻，抱着女儿像是一个大孩子带着一个小孩子。

这本是一起简单的车祸，但因为副驾驶上坐了一个给孟金柱做伴儿的李志平，事情就有点复杂了。

乡人说李志平和韩小七好着呢，孟金柱开始对韩小七好，后来也不怎么好了，韩小七看上了读书郎李志平，所以偷偷摸摸钻了被窝。李志平跟个癞皮狗一样，打也打不远，还不是馋韩小七？李志平爬了人家炕就罢了，还要害人家的命。据说李志平在驾驶室抢了一把孟金柱的方向盘，让车翻下了路边的壕沟，李志平要干吗，当然是接手韩小七和她的女儿。这话一听就有破绽，李志平就不怕死？

孟金柱死去之后，韩小七一度无所依靠，她单身带着孟晓雯，种了七八亩庄稼，虽然据有麦草场，但这里刨不出一颗麦粒。

人都说，李志平这下好了，虽然韩小七拖着个小油瓶，但娶了韩小七还是值得的。

李志平去了韩小七的家，邻家听见韩小七的哭声和怒骂声，最后李志平出了小寡妇的院子，眼角还挂着眼泪。

没过几天，李志平就离开了孟家庄。

孟金柱死去的时候只有三十岁，韩小七只有二十二岁，想娶韩小七的人还挺多，但韩小七没把自己嫁出去。

韩小七失了孟金柱，后面才知道男人在外欠了很多钱。那些人拿着孟金柱签字的欠条来讨钱，韩小七一看一愣，脑瓜里面起了沙尘暴。原来孟金柱写下的欠条这么多，一张一张比烧给他的阴票还多。

一个人字写得好，会被人临摹，临摹的人天长地久地学，总能得点道道，但凡人的丑字摹不明白，孟金柱的签名就是其中的典型。远看三个字，是三只蜘蛛，近里看更丑，长相不如蜘蛛。有人拿了条子来，韩小七概不推诿，能还就还。

韩小七边骂边还钱，恶言恶语骂完了没词了，钱还光了债还在。

那时候镇上的范阴阳上了门，说麦草场地面硬，看你一个女人家可怎么镇得住！他言下之意是叫韩小七把麦草场盘给他，算是各取所需。韩小七一口应了范阴阳，夜里看窗外树梢映了月光鬼祟晃动，突然明白了范阴阳的心思，他不是来想办法的，是想得到麦草场。

一夜之后，范阴阳兴冲冲过来说事，一听韩小七变了主意，气得脸黄。

韩小七开始了创业生涯，一切都是为了孟晓雯，孩子像是一棵小小的种子落了地，四季会让她长大，光阴朝下游汹涌而去，升起又落下的日头，吃穿住行的生活，成了最大的道理。

韩小七头一年在县上最大的酒店“北方饭店”刷盘子，半年赚了一笔钱，过年时候喜滋滋回家，猪肉、粉条，各类绿菜在她眼里跃动，都像长了腿的温驯牲口，摇头晃脑地朝她行来，摇摇晃晃地班车让她的妄想愈加逼真，当她醒来之后，发现她的钱已经被小偷摸了包，她身上空空如也。韩小七站在孟和镇的车站，特别想哭，但是周边都是认识她的人。她是孟金柱留下的寡妇，她不能把人丢在车站，她想回到冰锅冷灶的家里，美美地哭上一场，此刻眼泪只能朝心里流淌。

第二年韩小七开始卖菜。她买了一杆秤，从孟金柱的弟弟家借得一辆推车——那个定做的推车车厢偏小，恰和韩小七娇小的身材匹配，从日后来看，韩小七和蔬菜打交道是合老天意思的。

每天凌晨，韩小七披星戴月，穿越无人行走的夜，赶到镇上做生意的兄弟家，推出车子，带上筐子、油布，去菜市场的菜贩子手里“过菜”，然后在镇邮电所楼下卖菜。别看韩小七一届女流，但泼起来真是扎实。野摊卖菜要受季节的限制，三伏天的热，三九天的冷，都要受得，有的菜贩遇到天色不好时就歇了，韩小七不歇，一年四季风雨无阻，仅仅两年，手里就攒了一疙瘩钱。

两年之后，韩小七的推车换成了三轮车，摆菜的油布换成了钢丝床，卖的菜品也慢慢增多，韩小七在街上租了一爿小小的铺子，专门存放东西。

再过三年，韩小七已经开始给自己定点联系的单位和饭馆供菜，久经市场磨炼的韩小七通过科学的体量管控，可以保证腐坏量降到最低，净利润大幅提高。十年之后，孟和镇第一家蔬菜店开业，女老板韩小七已经成了一个成功的女商人。“城里蔬菜店很多，但镇上还没有，首先是卫生整洁，其次抓住了顾客的心理，似乎到了店里价就实了、秤也更准了……”当韩小七对着县电视台的摄像机说这些话的时候，大家从电视节目上看见了她，好些人心里居然一颤，这个匆匆忙忙的女人似乎一直在发育，如今到了成熟的时候，她口吐莲花，态度谦和，贵气骤生，有了钱就是不一样。

同期声说：韩小七在外面摆摊很辛苦，下雨天还得停止买卖，她开店既卖菜，又卖粮油，扩大了经营规模，方便了周边群众，加之多年与蔬菜打交道，顾客也熟知她的好脾气，蔬菜店一经营业就很受欢迎，而且很快就把分店开到了县上。

麦草场上矗立起孟和镇最早的居民小区时，已经到了二〇〇五年，这栋当时还算洋气的商品楼一经推出，就被镇政府、学校、卫生院等单位的干部职工买了个干净。

人说韩小七搞开发赚了大钱，也说韩小七没开发，只是卖了地皮，没赚几个钱，到最后也是个谜，我给韩小七写回忆录，里面也没提这件事。

麦草场就这样没有影子了，但麦草场的故事却恒久流传，里面牵扯到的这几个人，也成了孟家庄村民念念不忘的话题人物。

韩小七是个奇女子，孟金柱是个无福之人，力气还没使光呢就埋到了平荡荡的野地里；李志平呢，我们眼中武林高手的神话已经破灭，因为那时候他已经不见了人，去哪了，无人知晓。

此时我和李志平站在县城的一座桥上，不约而同地说起了当年的那些事、那些人，他只笑，眼睛边的纹路很多，后来他叹口气：要是韩小七愿意和我过日子，没准现在还活得好好的呢。

我想告诉他，我给韩小七写过回忆录，韩小七讲过她小时候受过的苦，上山砍柴，下地刨柴胡，苦得很，但她最难以释然的，是她的父母不让她念书，她看见那些背着花花绿绿的百纳布包从远处学校归来的娃娃，她就低了头，在路边的壕沟里默默地割起了猪草，不敢抬头，怕被那些从小和自己玩的孩子看见她不争气的眼泪。孟金柱是她的恩人，带她离开了深山，她其实很感激，即便后来挨了孟金柱的打，她还是不恨他。孟金柱赌场吃瘪，性子一下子坏了，老打她，她也理解。孟金柱的死去，和她关系挺大，因为她跟了别人学写字，让孟金柱吃醋，慌了神，那段日子孟金柱一直睡不踏实，所以她觉得，孟金柱是死于疲劳驾驶。

我想，李志平一定对这些记载有兴趣。

但我没说，出于礼貌，我和他互相留了电话，就此作别，他说，他今天就要离开这里，他如今在兰州混生活，父母都已经过世，自己没事也不会回来。

李志平又说：韩小七，可惜了一个人。我那会儿就是喜欢她，庄里人说她和我好，怎么可能，她哪能看上我啊。孟金柱打我，韩小七气不过，叫我干了啥就说啥，那是刺激孟金柱呢，孟金柱也知道我俩没啥，那就是赌钱输急眼了瞎使性子呢，他那人，其实挺实诚的。

两个月后的一个晚上，孟晓雯给我打电话，叫我去喝几杯。

孟晓雯又换了新的发式，她老公陪她一起来，那小伙面如冠玉，衣冠楚楚，看着像文化人。孟晓雯说，她老公是个才子，初中时候能把小说刊发到《儿童文艺》上去，惊动了语文老师，还请他吃了一碗羊下水。

孟晓雯的老公和我聊起来，他觉得吧，文学创作太边缘化，所以最后只好把文学扔下了，大意是他玩剩下的给我玩，没准我也能玩出个高度来，实在有点胡言乱语。最后他又说，我那本长篇小说里问题挺多，改天他请我坐一坐，专门反馈下意见。

我俩着三不着两地聊完，孟晓雯才说：你给我妈写了回忆录，我得谢谢你。

她一说韩小七，我就有点伤感。我不知道她为什么要写什么回忆录，后来猜测，韩小七并非需要找一个人写她的过去，她只不过是想找个人，把她三十年猫四十年狗的过去讲讲而已。

孟晓雯性子随了她妈，性子刚烈，欲表真心都是酒中见分晓，于是一杯一杯接一杯，会饮三百八十杯，我们没吃多少东西，就有点喝高了。

后来孟晓雯从身后的包里拿出一份装订整齐的打印稿：二百二十页，一页不少，你验一下。她把稿子放在我旁边的椅子上。

我的面颊一下子热了起来：晓雯，你这是干吗？婶婶是给我转过钱的。

孟晓雯眼角吊了起来：我妈有病，我就想不通了，她年轻时候也不找个人再嫁，好歹也是一个聪明睿智的女企业家，居然从网上和人对上了号，耍得哪门子花腔！

我迷糊了：你这是什么意思？

孟晓雯红了眼睛，看得出来，她喝了点酒，感情变得丰富，对韩小七爱恨交织起来：我妈抑郁很多年了，经常去西安开药；二〇二二年陷入杀猪盘之后，两个月时间就把前半辈子大部分积攒被人骗了进去，心碎了，自杀了，你不是给她写回忆录吗？这么重要的情节她没给你说？

我默默地抽上了烟，心里越发沉重。

孟晓雯叹了一口气：哥，你也别生气，我这心里乱糟糟的，整日里老想这破事……我妈过得太累了，有时候想，老天早该把她带走了……

孟晓雯又说：我妈留了遗言，说这本书让我留着——我留它干吗呀，值钱东西都被她败给了别人，我拿一沓打印纸干吗！她踢了一脚身旁的椅子。

一瞬间心情全无。也不是孟晓雯的态度刺激了我，怎么说呢，我突然觉得坐在这里谈韩小七非常不合时宜，我便辞别了孟晓雯，抱着我的书稿出了门。

路边的梧桐被罩上了斑斓的灯光，我在凄清的冷风中站了一会儿，我想，总有一个人会对一个女人的一生有点兴趣，一个女人的奋斗抑或挣扎史不应该像此时掠过耳畔的风一样，无声无息。

我拨了李志平的电话，要问他，我想把韩小七的一生交给他，他要不要。

韦伯的流动球场

我坐在贾庄篮球场的边上，等待下午 6 点比赛的开始。露天球场，塑胶地面，红色绿色都新鲜养眼。水泥看台五层。虽然是春天，但天色略为昏暗，头顶的灯光已经提前打开。

十天之前，单位有一次考察学习的机会，前往秦岭山麓的某地观摩学习美丽乡村建设。我一看到“贾庄美丽乡村篮球健身行”，就赶紧找领导申请前往。因为路途遥远，所以有兴致者寥寥，我最后顺利成行。

此刻我坐在球场边，好生惬意。我在等一个人，他叫赵简文，是我的大学同学。我此番前来，并没有和他联系。我一到这边就问了村上的“村民篮球协会”，他们说赵简文今晚会专程来参加比赛。我是个幸运儿。

去年秋季，我们县上开全民篮球运动会，我们单位要独立组队，领导拍了板儿，叫我领队去为单位争光。

当然，如果我愿意上场的话，拿下七八分没有问题，但是到了我这个年龄，基本上已经和“对抗”绝缘了。

我试了试，想利索地站起身，发现自己的肚腩已经很蓬松地和桌子杠在一起，有点和命运较劲的意思。

今年我 39 岁，行政单位小科长。参加工作以来，长期干秘书工作，腹如山丘，臀平如原，战斗力被体态刀枪入库了。

但我还是有一个虚幻的可以打篮球的历史形象，虽然这个形象只具有供我个人不断回想的价值而已。

在读书生涯，我们的课余生活始终和篮球密不可分。高中的周末如果不安排一场球赛，就浑身不得劲。后来到长春读大学时，时间比高中更加宽松，春夏秋三个季节自不用说，冬季厚厚的白雪覆盖了户外的球场，我们争不到室内球馆，只好委委屈屈地在滑溜溜的球场比画几下，甚至有人摔伤了腿脚。是的，在那雪花飘洒的日子，你能看见真正的篮球爱好者是什么样子，即便是大雪天，我们也要听到篮球在篮筐上磕碰的声音，听那激荡着青春与荷尔蒙的脆响。

去年的比赛是一面照妖镜，让我的孱弱纤毫毕现。我听见自己的肚腩如同海浪在皮下涌动，由此产生的油腻可笑又无比悲怆的情绪玷污着我，让我的自卑无处安放。那个皮革的600多克的小家伙根本不听我的话，它不沾手，自己跑路，它和青春一样，已经和我分道扬镳。在球场上跑了几个来回，我就开始害怕这个小东西了，每个传向我的球都是万恶的炮弹，一发一发打垮了我的遮丑墙。

过程很辣眼睛，我成了球场上最尴尬的亮点。所幸体力不支，半场下来就汗下如雨，气喘如牛，因此可以坐到场边，列席观看了这场野蛮的拼杀。我想从技术上居高临下地指点年轻人，没想到他们能跑能跳，用昂扬的气势弥补了技术的不足，最终在上半场落后的情况下，最后乱拳打死对面那群一板一眼打配合的师父，赢得了比赛的胜利。

我决定下场比赛还是不要去丢人现眼，消消停停待场边看看好了，我恬不知耻地想，我依然在发挥精神鼓励的作用。

比赛之后的当晚，我回到家，磨磨蹭蹭洗个澡，然后躺在沙发上，美美地摊开一身肥肉，身体和灵魂都得到了妥善的安置，刷一刷小红书，进入每天难得的休憩时光。

就在这时，我久未联系的大学同寝兄弟给我发来一条微信链接，题目叫《韦伯的流动球场》。

这是一组摄影作品，在一辆半挂车的车身上，插着一块简易的蓝色篮板，上面有橙色的篮筐，篮下四个人，正在打小半场，脚下没有场地边线，车后的背景则是连绵青山如黛。

这组照片共有12幅，10幅是有人的，2幅是没有人的，只有一辆孤零零的电影里擎天柱似的大车，停在空山的寂静处。

粗略拉到底浏览一下，我再朝头看起，一看，吃惊不小，照片上居然有我的大学同学赵简文，他怎么会出现在这组照片上呢？

我又收到一条小红书的链接，是一场比赛的片段：场边人头簇拥的篮球比赛，一人带球，假传真突，丝滑地掠过双人包夹，上篮得分——真是漂亮！

那人回头，朝天竖起两根指头，但镜头一晃，所以我只能看见他小半张脸。

——太熟悉了，这个帖子的题目叫《贾庄的比赛水深火热》。

这题目狗屁不通的帖子来自一个叫“贾庄篮球”的号。我从这个号中寻找其他的视频，终于多次看见了这个绰号叫“韦伯”的男人。没错，我认识他，他是我的大学同学，名叫赵简文的校园篮球明星。

毕业之后，我再没见过赵简文的面儿，甚至，我几乎已经忘记了有这么一个同学。多年未见，赵简文的体形居然保持这么好。他在球场上左突右冲，如入无人之境，刚柔并济地切入，大鸟展翅般舒展地投篮，让我怀疑匆忙岁月的冷雨在降临人世的时候，他是唯一打了伞的人。

这一切让人欣慰而又嫉妒。欣慰的是，赵简文拽住了岁月猛兽的尾巴，让我惊觉我们并未走出年轻的光阴；嫉妒不言而喻，他轻巧的身姿仿佛是踩踏在了我软绵绵的肚腩之上，让我自惭形秽。

我通过同班同学群寻找到了赵简文的电话，当晚就联系上了他。我记得他一毕业就去了北京，后面又辗转到西安，听说是一直干企业——后面谁知道呢。

我加了赵简文的微信，但直到第二天深夜两点多，他才通过验证，说他忙，这会儿才休息下来。我说他事业肯定不错，枕戈待旦创业，这么有激情。

赵简文发了笑脸：兄弟你想多了，我如今跑大车，连夜跑，很累人的……

我有点蒙：我看见你在打篮球。

赵简文解释说：那都是风雨兼程的间隙。

他又说：欢迎到贾庄来打篮球，那里的篮球氛围太好了！

浅尝辄止，草草结束。

赵简文是我们学院的风云人物。

那时候我们刚一入学，就开始了为期十天的军训。那个站起来比教官还挺拔、军体拳打得虎虎生风的新生就是赵简文。

赵简文虽然个头只有1.77米，但臂长手大，天生就是打篮球的料。在军训快结束的前夕，负责审计系的5个教官邀请学生组队，和他们打一场比赛。

自信的我第一时间举起了手臂，有幸和赵简文成了临时队友。

在那场比赛中，我爆棚的自信心被深深地挫伤了。整场比赛成了赵简文的表演赛，5个教官轮流防守，纷纷成了木头人，只能看着赵简文不停突破、远射、中投，比赛早早失去了悬念，赵简文带着四个不停往返跑的队友取得了胜利。更让我绝望的是，他居然可以只手抓起篮球，只是因为要留对手一点面子，所以全场没有扣篮，但他从篮筐的边上干脆地抓下篮板，如同伸手摘桃，知其可为而不为，简直谦虚得有点虚伪。

Because You blieved that was about me（那是我一个人做的）。麦格雷迪的这句广告语成了那天黄昏最动人的注脚，赵简文征服了教官，也征服了我们，征服了所有审计系的同学，他们不厌其烦地大声喝彩：球给赵简文……

我从此成了赵简文的粉丝。

和赵简文打球，压力与挑战共存。赵简文臂长手大，还多了一种天然的猎手嗅觉。赵简文的对手中没有我，我只能是他的陪练，而且只能是陪练之一。

开学不久的国庆，长春市内高校篮球队举行了几场邀请赛，我们去看球。校队发挥不好，上场之后，演出了葫芦娃救爷爷一个一个送的好戏。我们痛心疾首，先是群情激奋地鼓励，后来便喝开倒彩，弄的校队队员非常尴尬，最后他们说：有本事你们上！没想到赵简文一点儿都不含糊，他从看台上一跃而下，就跑进了球场，校队队员看到这种情况，惊讶之余，要求裁判将赵简文逐出球场。

新生的集体观念和爱校之心都是最强的。赵简文后来说，对手那一声声篮球穿过篮筐拂动篮网的声音深深地刺痛了他的心，他生气的不单是那些校队队员让校队颜面尽丧，而是这几位自称学院最强却疏于配合的球员，在场上如行尸走肉被摧枯拉朽地凌虐，简直是打假球，简直是开展学雷锋送胜场献爱心活动！

要说校队的表现，那真是一顿重力加速度的俯冲，一场不如一场。第二场第三场是客场吃瘪，我们看不到，丢脸丢到隔壁，眼不见心不烦。到了第四场，已经输皮了，磨开了洋工，大抵是想着完成议程就好，等比赛结束而已。赵简文坐在看台上，两条细长的小腿青筋暴起，一直抖动，怒气越来越膨胀，后来他踢了一脚椅子，站起身头也不回地离开，仿佛场上沦丧的是属于他的主场胜利。

每天饭后，我们这些球迷就会去体育场，要么上场打一阵，要么就在场边看人家玩，此时我发现，赵简文对球鞋真不是一般的有研究。他看着场上跑来跑去的篮球鞋如数家珍——其实穷学生能有几个钱，愿意在鞋子上花钱的无疑都是家境好的学生，往往有那么几双可圈可点的鞋子，此时，赵简文总是低头看自己的鞋子，轻叹一声：好鞋子抓地性好，急转急停、突然起动和跳跃没有迟滞感……

我笑问他：你怎么知道？

赵简文说：猜呗，没吃过猪肉还没见过猪跑？

这话还真有问题，吃过猪肉和见过猪跑的确是两回事儿。

赵简文的家庭情况一般，刚入学打球，穿一双黑色的民乐球鞋。如今民乐体育已不知所踪，但在本世纪初的那几年，这种亲民的运动服饰还是很受我们欢迎的，我也曾有过那么一双民乐球鞋，穿着很舒服，至今让我怀念。

我们入学这一年的 12 月 10 日，麦迪在休斯敦丰田中心，35 秒得到 13

分，带领火箭取得了一场几乎不可能赢的比赛。那一天，我们一起在赵简文宿舍看球，上午有格外严厉的微积分老师的课，到了上课时间，比赛还没结束，我们都赶紧整理东西去上课，只有赵简文没有出门。结果他见证了千载难逢的麦迪时刻。

从后来的视频上看，主场球迷都丧失了希望，所以纷纷离席，提前告别了这一场看上去天命难违的比赛，而在我们学院，只有赵简文默默地独享了这道意想不到的传奇盛宴。

赵简文得意扬扬地说：麦迪穿着 T-MAC4，一双惺忪之眼显得又傲慢又无所谓……

我说：只要你打败了宫志强，我们哥几个凑钱，给你买双 T-MAC4……

当然，我是当一个玩笑说出来的，没想到赵简文弹簧般弹坐了起来：真的假的？

没想到我的提议得到了几个一起打球的哥们儿的认可，他们起哄：真的真的，怎么能有假呢？打败宫志强，我们给你凑份子送 T-MAC4……

这场随口发起的体育博彩活动在十分钟后变成白纸黑字的协议，我们六个人在上面整齐地签字画押，立此存照。

宫志强高 1.83 米，运球好，有力量，远近投射能力好，是长春高校篮球圈里的名人，据说还曾在东北虎的训练场和马岩崧比试过，被虎王孙军挑过大拇指。如今我们学院能拿出来晒的球员也就是宫志强，门面啊。

我们当玩笑说，是觉得赵简文不可能挑战宫志强，毕竟，单挑是很严肃的，宫志强输不起，赵简文也伤不起。

没想到赵简文是个火药桶，见不得一点火星，总之当晚我就有点后悔，生怕害了赵简文。

三天之后，赵简文的“战书”就放到了校团委书记的案头，赵简文痛述校篮球队的不作为，从竞技技术和竞技精神两个方面进行了理论，说难听点就是校队打不好球在其次，主要是不想赢，最后提出了自己的想法，他愿意和宫志强公开单挑，如果他赢了，就要进入校队，先发控卫的位置，宫志强要让给他。

赵简文是个阴谋家，他给校团委下战书，是为了扩大影响，校队是校团委管理的，所以他这个告状也算是按程序办事。校团委当然不会鼓励赵简文和宫志强单挑，那不是拉仇恨造矛盾嘛。

赵简文的战书没有得到校团委书记的重视，但没有不透风的墙。没过两天，校队两名代表到宿舍来找赵简文。赵简文当时刚洗完头，头发上的水正滴滴答答，看见两人进来，丝毫不怵，挑衅地说了一句话，惹得校队队员对视一眼，乐了。

赵简文说：你们要迎接我去校队吗？

校队中锋，新疆人，身高 1.98 米，粗壮的身躯站在赵简文面前，仿佛是一座小山丘，笑起来就像拧开了低音炮。

控球后卫宫志强，细胳膊细腿儿，慵懒得像一只摇过黄昏的猫。他嘴里叼支烟，噗，吹到地上：单挑才刺激，但不要说让不让位什么的，那不是我能决定的。

宫志强又说：时间你定，别跑路。

赵简文当然不会跑路，他开始每天早晨都去跑步。开始的时候他拉我同跑，我体力可以，一周跑三次 5 公里，可是比起赵简文我就差远了，他每次都能跑到 10 公里以上，而且每天都跑。

赵简文告诉我，他家地处陕西某山村，上学的道路崎岖难行，且路远，他的小学读书生涯都是在跑步中度过的，每天来回两趟，就是 15 公里。其实不单是他跑，村上的孩子都在跑。每天早晨和黄昏，个头差不多的几个小孩子精瘦精瘦的身影从旷野跑过，像是一支支呼啸而过的青葱秸秆。

到了初中和高中，就住校，冷了冷，热了热，好受罪的。

赵简文说：这些都是被逼出来的。我家穷，这双民乐，是我爸专门到城里买的。读书时候我很自卑，是篮球给了我自信，我有这样的天赋，我可以随心所欲地在篮球场上……你信不信？我感觉自己在篮球场上就像李白斗酒诗百篇那样，灵感不是乍现，而是像雨落池塘一样，一个水泡接一个水泡出现……

热爱篮球运动的人都会有这样的错觉，仿佛在这片28米×15米的有限空间里能够把握住自己的人生，那只皮球，像所有生活元素汇聚起来的具体镜像，我们可以一手把握，随时享受那音律般美好的刷网声。

篮球让赵简文获得了人格和尊严，让赵简文觉得，人生平等却又不平等，但通过自己的努力总会公平那么一点。他感谢篮球，其实他更应该感谢的是自己的天赋和勤奋。

翌年1月，赵简文迎来了挑战宫志强的机会。一对一，五个球赢，三轮制。

我们审计系的十几个球友簇拥着赵简文一起进入学院室内篮球馆，就看见宫志强坐在场边的座椅上。

嗬，好大的排场。有人给他捏肩膀，有人给他捏腿，场边围了一圈人，还有人拿着手绘漫画的牌子，画得还挺好呢，流川枫般的宫志强飞在空中，单手劈扣，脚下是趔趄着要跌屁股蹲的对手。还好，赵简文名气不大，所以他的五官被艺术化地模糊了，成了一种失败的象征。

宫志强是艾弗森的球迷，他穿着一身黑色的锐步运动服，脱下，依旧是黑色锐步球衣，黑色护腕、头箍，脚穿Question Mid中帮运动鞋，因为皮肤白，更显得俊朗过人，他笑容温暖纯真，举手投足都自信无比。

赵简文穿着他那双名不见经传的民乐，一身陈旧的深蓝色运动服脱下，露出一身大红色的球衣，衣服上面一行字：临州一中，9号。

这么一比较，我们顿时有点沮丧，仿佛不是来比赛的，而是来输球的。我对赵简文耳语：兄弟，加油，T-MAC4在橱窗里看着你笑呢。

赵简文笑了笑，开始做拉伸。

十多分钟后，两人猜拳开球，宫志强赢得先手。一声哨响，比赛开始，宫志强反复胯下运球，赵简文抢断，宫志强趁赵简文重心不稳，一步晃过，上篮得分。对面喝彩声四起，有人发出尖锐的口哨声。

心跳真快，仿佛在场上对抗的人是我。

接下来两个球，宫志强都是依靠灵巧的胯下运球，利用赵简文对自己嗅觉的过度信赖，急于抢断而造成的失误得分。

一切都在宫志强的掌控之中，他双手扬起，球馆里的加油声一波赶着一波汹涌而来。

平日里我们看宫志强打球，懒洋洋，慢吞吞，稳妥地运球，精准的外线冷枪，很少看到他如此花哨地表演。此时他和赵简文一对一比试，我们才发现人家的单打技术实在太好，只是平时在正式比赛中用不着表现得那么扎眼而已。

随着宫志强的一记中投命中，赵简文 2∶5 败下阵来。

宫志强跑回他的座位，和他的队友一一击掌，冷静地端起一杯水，喝了几口。

赵简文走到我们这边，笑着说：不愧是宫志强。

我们都说他不长记性，被人家同一招数连拿 3 分，不应该。

赵简文闭目，等哨声再响起时，他徐徐站起来，回头说：可是他为什么要用同一招数呢？

下一轮，我们见识了什么叫赵简文式的进攻万花筒，蝴蝶穿花般的 Crossover（交叉），真与假的无缝拼合、无间糅合，简直……丝滑如鱼在水中一般！

什么嘛——赵简文这家伙和我们打球时根本就是隐藏实力，我们不知道他压箱底的东西还这么多，他以不同的方法连得 5 分，宫志强成了他的影子，追着他跑。最后一球，宫志强失去位置之后，在赵简文身后做了一个徒劳的盖帽动作，谁都看得出来，这只是故作姿态，挽救他被赵简文灵蛇扭动一步过掉而丧失的脸面而已。

赵简文淡定地走向我们，伸手要水。

宫志强有些沮丧地把歪掉的头箍整理了下，他的身后，已经没有了喝彩声，大家大眼瞪小眼，有些不可思议。只有新疆中锋瓮声瓮气地喊了一声：宫志强，你他妈是不是梦游啊?!

这一句算是惊醒了宫志强。第三轮一开始，宫志强开始注重利用身高在油漆区背打，他踮脚投篮，引赵简文跳起，再迅速切入篮下得分。对方的阵营马上喊出惊雷般地呼喊：宫志强、宫志强、宫志强……

此时两人脸上都是热腾腾的汗水。其后他们都利用各自的球权得分。最后一个回合，宫志强持球进入内线，再次背打，踮脚的假动作没有如愿奏效，他便侧身勾手，球稳稳朝着弧线的顶端飞去，全场观众都屏住呼吸，看球的下落……

终究差那么一点点运气，球磕在了篮筐上，弹了开来。赵简文的身子拉成了一道弓，单手把球摘了下来。

压力来到宫志强一边。赵简文运球出了三分钱，直面宫志强。

宫志强张开双臂，沮丧地摇了摇头。

赵简文胯下、背后连续运球，熟悉球性般拍拍拍，只是拍。突然，那皮球与地面相撞的密集节奏突然紊乱，赵简文居然送了宫志强一个穿裆。球从宫志强的胯下逃脱，赵简文一步抢入，拍球杀到篮下，鹤一般高高飞起，宫志强也只能半个身子抢到篮下，却已经无法限制赵简文的空中轰炸。

赵简文只手抓球，手腕居然高过了篮筐——他居然要扣篮，居然要在宫志强头上完成扣篮！这个残暴的猎手贸然露出了最可怕的獠牙！

宫志强只能抬起头，目送对手。

赵简文在空中却有一点凝滞，他突然手腕一翻，要把球放进筐中去。就是这一刹那的停滞，宫志强一把搂了赵简文的腰，玉石俱焚、同归于尽，两人同时跌倒在地。

球磕在篮筐，掉在地上，弹了几下，滚出了边线。

大家掌声哗哗，我们一起大喊：赵简文！全场稍一迟滞，对面居然也有人大喊大叫起来：赵简文、赵简文……

宫志强把赵简文扶了起来，拍拍他的肩，回头穿了外衣，一声不吭地离开了球场，一伙忠实的拥趸站在原地窃窃私语，还没有回过神。

新疆中锋走了过来，朝着赵简文鼓掌。

这场比赛就这样糊里糊涂结束了，没有胜负，但有输赢。

当晚赵简文回到宿舍，我去找他，他身上水淋淋的，刚刚洗过澡。

我说：我以为你要扣进去呢。

赵简文说：我可以扣进去，但我看见宫志强的眼睛，那眼神太无助了，仿佛我在凿穿他眼睛里的神采……我想起了自己，少年时候什么都抓不住、什么都不能掌控的惶恐……

我说：没想到你这么厉害，以后我当不了你的陪练了。

赵简文淡淡一笑：无他，唯手熟耳。

到了月底，我们凑份子买来一双白色 T-MAC 3.5，送到赵简文的寝室，不是我们小气，T-MAC 4 当时本地区无货。赵简文接到鞋子，居然湿了眼眶，他想单挑宫志强，是他在看台上看球时候的想法，并不是因为一双鞋子。我们一“破费”，他就很抱歉，最后坚持请我们去学院旁的汇文巷叮当餐馆喝了一场酒。

赵简文说，他最喜欢的球员是克里斯·韦伯。我们都很诧异，生于1973 年的大前锋韦伯，此时正在国王队徒劳地挣扎，上赛季的膝盖受伤让韦伯状态迅速下滑，曾经的“国王”已经被球迷贴上了软蛋的标签。

韦伯无疑是一个悲剧性的人物。1993 年 NCAA 决赛，在终场前 11 秒，在暂停已用完的情况下，韦伯呼叫暂停，被判技术犯规，他所在的密歇根州立大学因此负于北卡莱罗纳大学；2002 年夏，韦伯的国王在西部决赛以3∶2 领先，最终却 3∶4 负于湖人——西部决赛第七场常规时间，在最后读秒阶段，湖人的科比一肘放倒了迈克尔·毕比，接球、投篮，把比赛拖进了加时，国王在加时赛痛失好局，湖人队得到了梦寐以求的三连冠……这是韦伯距离 NBA 总冠军最近的一次。

赵简文为什么会喜欢韦伯呢？并不是说韦伯不值得球迷喜欢，但相比而言，科比、麦迪、艾弗森等明星在我们身边有更多球迷，赵简文显得有些异类。

赵简文举起一杯金士百啤酒，喝了一口，解释说：我喜欢韦伯，他无私、灵巧，尤其是优雅的高位策应，如临渊起舞，他的每个细胞都浸润着篮球艺术的灵魂。虽然这几年厄运不断，但他肯定相信，只要自己走进球场，就有掌控命运之机——虽然结果可能并非如此。

我还是有些困惑。

赵简文说：我喜欢他应对厄运的态度。

我反问：阿朗佐·莫宁不是更热血、更坚强吗？

赵简文说：韦伯的温雅是独一无二的，所以人们比较容易忽略他的悲伤，韦伯和我们的悲伤很相似。

到了春季，宫志强和新疆中锋代表校团委到宿舍找赵简文，邀请赵简文加入校队。宫志强确实很帅，跟后来的锤子手机广告语一样：漂亮得不像实力派。他如此礼贤下士，更显得表里如一的漂亮了。

随着宫志强自愿离队，赵简文如愿进入校队，成了正印的组织后卫。

其后的校际比赛中，赵简文像是得到了五色笔的江淹，在球场上肆意挥洒自己的才华，迅速崭露头角，成为圈里的明星。

那年秋，我们宿舍楼顶楼漏水，位于7楼的审计专业生的宿舍普遍被泡了稀烂，在学校的统筹安排下，我随班迁往金融系，赵简文迁往计算机系。这么一分，我和赵简文的交往从时空上有了隔阂。

多好的友谊，都经不起时空的隔离，多半会像气球一样慢慢放空。

我们失去了在学习生活中常相交流的机会，只是偶尔约个半场对抗。赵简文能力出众，和我们打球有点保守了，于是球友们背后都小有议论，他不用全力就是不尊重别人，而用全力又成了降维打击，毕竟宫志强也顶不住他一顿操作，于是赵简文就有点被孤立——说透了，是大家羡慕嫉妒恨的结果。

我后来加入了文学社，把写作当了正事，于是去球场的时间就少了些。终于，这脆弱的联络纽带一经断裂，我和赵简文越发见不着面儿了。

直到毕业的前夕，长春高校组织了一次大规模的三对三对抗赛，到报名的时间，赵简文给我打来电话，邀我一起“冲击冠军”。这时候的我，因为身体发胖，再也不打比赛，已经进了没事扔扔球的养生圈。再说我这样的水平，跟赵简文搭伙那就是拉胯，后来赵简文另喊别人成立了小队。

到月底，赵简文的球队从三百多支参赛队伍里脱颖而出，但脱得还不够，最后获得了全市第三的成绩。

颁奖仪式在净月潭举行。我觉得，赵简文应该能“抖”起来了，可是，他依然很低调。后来祝贺他的时候，他微笑着回我：没意思，没意思透了。

你赢得了胜利，怎么还虚无了？

我们知道，那次的比赛虽然是三对三，但因为有资力雄厚的企业赞助，优渥的奖金让高校学生趋之若鹜，甚至传言，吉林东北虎的青训队员也有参与，所以能打到第三名，已经是特别好的成绩了。

赵简文说：我没有快乐的感觉。

我们坐在校园球场的场边座椅上，夕阳已经坠进了西边的楼宇之中，晕开了一片霞光。

赵简文已经不再穿我们爱心汇聚的白色 **T-MAC 3.5**。

我去过赵简文的宿舍，他的床下至少有五双鞋子，我只认得一双黑色的 Nike Zoom Lebron 2。

毕业的 2007 年 6 月，赵简文请我吃了饭，五人一桌。对了，明星身边是不缺女生的，赵简文身边的女生一直在换，这时候来的应该是他最后的女友。当晚散伙时，我看见女生性感的锁骨上，那只刺青的蝴蝶挑衅地摇摇欲飞。

毕业之后，赵简文到了北京做事。大家都说他进了国企，拿年薪，是我们审计专业少数特能“吃得开”的同学。

三年之后，听说赵简文赚了不少钱，又转战西安去了。

渐渐无声无息。

我们在生活的颠沛中连自己都走丢了，已经没有了搁置过期友谊的位置。

如今赵简文居然成了半挂司机——我一时间感觉是时空有了问题。我没准是和另一个宇宙的赵简文搭上了关系，他正好是一个半挂司机，在我们的宇宙里，赵简文是不可能去干这样的工作的。“学成文武艺，货与帝王家”，这可是赵简文当年的口头禅。

我很好奇，也很惋惜，赵简文的身上到底发生了什么事情。

赵简文在三天之后给我打来电话，抱歉说这趟车跑了七天，真是累坏了。歇了一天之后，他赶紧联系我。

寒暄了几句，我就直接问他，他不是在北京和西安吗，怎么又开车去了？“学成文武艺，货与帝王家”，这不是瞎掰吗？

赵简文哈哈大笑：我愿意。

他怎么就愿意瞎掰呢？

赵简文说，这些事，他都没跟人细讲过，既然说起来了，他跟我好好聊聊。

赵简文毕业之后，去了北京一家外贸公司工作，因为做事踏实，为人诚恳，很快就在公司站住了脚，三年之后，成了某部门的骨干。那时候，他自信生活已经启开了新的一页，他的父亲——那位早前老老实实种地，当年开始在秦岭南北上下穿梭、反复将祖国南北翻篇的半挂车司机万万想不到自己的儿子会在皇城脚下吃到一碗饭。

初生牛犊不怕虎，赵简文显然并没有料想到，人生的一时快意就像踩了一脚油门，并不能取代人生下半程的全部节奏，很快，他就感受到了诸多方面的压力。

同事的挤对，领导的期望，还有感情生活的不顺——他将所有的感情倾注到那位锁骨上刺了蝴蝶的女朋友的身上，而女朋友却两手准备，当她结识了一个正统北京青年的时候，果断和赵简文划清了界限。

在人生的风陵渡口，赵简文开始质疑眼前的一切。

这时，公司举办了一场职工运动会，公司老总要与民同乐。首场比赛，是精挑细选的公司全明星队与领导队切磋。老总用棉花似的胖手紧握住赵简文他们的手，夸张地晃动之后，比赛在一声哨响中开始。

一方打成了表演赛，一方打成了配合表演赛。

一方放开了打，大腹便便，肉身沉重，四体生硬，滴溜溜的皮球拧巴坏了，怎么都塞不到篮筐里去；另一方躺下了打，黄油手带球脱手，上篮脚下扭了秧歌，传球传到对方怀里，各种善意荟萃。比赛下半场，赵简文偶尔接球，对面的领导平易近人地笑着，向他做了一个招引进攻的手势，像是一个影帝号召年轻的演员向他看齐。

赵简文脖颈后的一条筋跳了一下。这是自小就有的毛病，一跳筋，脑仁子就疼，不过就疼那么几秒钟，疼得要死，疼得所有感官都退了场，只剩下了一条疼得吱吱叫的筋。

赵简文却觉得不是自己的脑瓜在叫，而是手中的篮球在叫。这只被拍打了上半场的篮球表皮又硬又滑，分明是一只价格不菲的真皮篮球。这只尊贵的篮球需要三个小时以上的拍打才能变得里硬外软，同时娇羞的它只适合脚下的天然枫桦木地板，水泥地上拍打是暴殄天物，不如超纤篮球耐用。

这只用一块富有生命力的牛皮炮制的篮球耻辱地在地上弹来弹去，被一只只孱弱的软绵绵的胖手如绣球般抛来抛去。赵简文听见这只篮球的精魂在给他说话，它要入筐，就像云在青天水在瓶，而现在，这只篮球居然在—可—耻—地—表—演……

赵简文被这只篮球质问，一句都回答不了。巨大的耻辱感包围了他，他被这只篮球扼住了喉咙，仿佛行在水底，气都出不来了。

赵简文长出了一口气，冷峻地看着眼前领导胖胖的身影，他稍一加速，过掉对手如过掉凌晨的大马路，风一样掠过油漆区，上篮得分。

老总们带头鼓掌，场边的员工开始稀稀拉拉鼓掌，终于汇成了一片掌声的海洋。

赵简文重获了久违的快乐。他把配合表演赛打成了个人表演赛，他远射、中投、花式上篮，甚至扣篮。人潮声浪涌动，赵简文成了当天最耀眼的星。

赵简文真是魔障。后来他的部门经理跟他说，中间暂停的时候，有领导劝说别叫赵简文上场了，但赵简文咕咚完一瓶水，小跑着上场去了。

两个月之后，赵简文被遣往西安，进入位于莲湖区的新建公司，成为开疆扩土的排头兵。

原因不说自明，分不清主客场、黑白场、是非场的员工，没有培育的潜力，这个火中取栗的赵简文，简直是个李逵。

从云端跌入泥巴的赵简文重新开始了不快乐的生活，身处人生瓶颈的他，尚不知道，这个瓶子还有底部，如果自己用力过猛，甚至会破底而出，在瓶外失控。

“分舵”的领导会看眼色，闻风而动，叫赵简文跑业务。赵简文不是个滑头人，说不了漂亮话，所以业务一团糟。

赵简文像是一个边缘球员一样，不停倒换着东家，他的性格却并未有多少改变，一阵一阵服软，一阵一阵又按下葫芦浮起瓢，性格里的刚硬总是不小心如锥子从囊中露出了刺头。

五年之后，赵简文的父亲突然发生了车祸，一只手臂受伤，从此颤巍巍不能稳妥即物，更别说要把好跟人掰手腕的半挂方向盘了。母亲也在当年查出患有甲亢病，妹妹正上高中，家里没有了主心骨。赵简文的事业已经走到了低谷，命运召唤赵简文返回故里，那本以秦岭为折线的南北大书召唤他回去继续翻页。

赵简文辞职回到故乡，回到了秦岭脚下的一个村庄，从此暂时子承父业，成了父亲的替补，他只有把老板的车开上大路，才能减少父亲与货运公司的违约金。

赵简文跟父亲一样，也是出一趟车便休息几天，基本一年的一半时间都在路上，其余时间就在家里。

赵简文在行车休息的间隙总感无聊，就带只篮球放在车上，休憩时候拍一阵球，聊以对付横流无际的时间。篮球就该入筐，他不能让一只篮球丧失天然的使命，于是用钢板裁出了一块比常规篮板小一半的篮板，板面上焊接了直径45厘米的篮筐；篮板下方焊了一道方柱，能够插入车侧边的某处缝隙，篮筐高度是标准的3.05米。车上常备多片哑铃、健腹轮、跳绳、俯卧撑架等简易健身器材。

于是经常在那条路上跑车的人多半都曾看到过这样的景象，一个长手长脚的精神小伙一个人在绵延青山边、树树黄叶下，在蝉声中、西风里，一个人在地老天荒中运球、上篮、投篮，练习他曾经最擅长的把对手晃得团团转的Crossover，他沉浸其中，和时间疏密有度地过招。

甚至有喜欢打球的人就地停车，和赵简文对招，这往往是寂寞行程中最让赵简文开心的事情，为了能让这样的对抗持久一些，他一般不会把对手打败打跑，而是张弛有度地设计着回合，让对手有输有赢地保持玩耍的积极性。也有碰上一伙人的，四人或六人打个没有边界的小半场，此时赵简文更加享受不能完全掌控走向的比赛，这一阵儿，心里很满足，对路人充满感激。

就在那段时间，正好一位摄影师路过，看见一幕四人打得难解难分的半场赛，兴奋地按动了快门，把赵简文拉进了他的光影世界里。摄影师后来问赵简文名字，赵简文随口说“韦伯”，摄影师就把这组照片命名为《韦伯的流动球场》，后来在全国获奖。

赵简文说到这里，笑了几声，说摄影师是西安人，后来成了他的好朋友，他们经常在一起喝酒，那人也是个篮球运动爱好者，所以后来的后来，当“贾庄篮球场”成了一个小有名气的地方之后，摄影师也会经常过去，甚至带自己的一些球友过去打比赛，让贾庄篮球场更加出名。壹基金等慈善机构后来也进入这里，给孩子们带来了一点儿喜气和希望。

贾庄，和中国很多的村庄一样，在中国地图上无法准确地画出的一个点。它位于秦岭山脉北麓，一条省级公路从村旁沉甸甸压过，把小小的村庄勒得愈加心慌气短。

那时候，那里还没有一个篮球场。

就是赵简文路过时，在那村庄的边上摆开了道具，打起了一个人的比赛，然后有三五小孩围拢过来看，赵简文叫孩子们过来，一起打开了小半场。

当天黄昏，有村民来到车旁，叫他去自己家里住宿。那时候大车停路边，还要防偷油贼，赵简文怕人家笑他多疑，就锁门住到了农家。

农家杀鸡煮粥，把赵简文招呼了下。原来，他家有孩子正上小学，特别喜欢篮球，但又没处去玩，今天玩了一会儿篮球，孩子很满足，回来一直在说“车上装着球篮的叔叔”。

赵简文在灯光昏暗的农家小屋里睡了一个踏实觉。

一个月之后，路过村庄的赵简文拉来了一副浅绿色的篮球架，安装在了“大场”（打碾粮食的空地）里。他借此在村上小住一天，他看见年轻的村民羞涩地拿起球，在地上拍一拍，四肢僵硬地在篮下腾挪，一个少年一个箭步抄走了球，准备在篮下玩个花子，脚下缠了麻花，一跤摔倒在地上，浮尘四起，场边的观望者嘲笑、谑骂着少年，一派生机。

赵简文从喧闹的人群中看见了自己的少年时光，那时候的他心思纯明，只是喜欢打篮球，他从篮球中能获得至纯至真的快乐。他甚至感觉到那天的阳光也变成了少年时候的阳光，温和地照进了他的心里，让他有种想流泪的错觉。

从此以后，赵简文便经常借过路之便和这里的村民、青少年们打打球，晚宿农家，聊天谝闲，不亦快哉。而且随着《韦伯的流动球场》的获奖，这里居然成为周边篮球运动爱好者的聚集地，每到周末，十里八村的爱好者都过来，争相亮肌肉、分高下。于是就相继竖立起几个篮球架，这个大场成了早期的网红地。

现在，赵简文已经和别人合伙开了物流公司，旗下有几辆大小车辆，生意也算红火。贾庄的篮球场借助脱贫攻坚之机，已经被修成了塑胶场地，贾庄的美丽乡村旅游也有了起色，赵简文依然会抽空去到村里，组织、参与篮球比赛，赵简文至今是当地的篮球名人。

今晚不虚此行，赵简文在比赛前几分钟才赶到球场。他在场边一边热身，一边和乡亲们寒暄，我特意看他的球鞋，一双平淡无奇的黑色安踏，充满了低调的诚意。

比赛在山呼海啸的加油声中开始，这炽热的氛围很快感染了我。

经历了世间冷暖的赵简文，年龄上已经不允许他像当年那样肆意驰骋，他很稳妥地试探、切入，大道至简地完成投篮，每当他得分，场边就会产生口哨声和尖叫声，有爽朗的少年们在刻意掀起氛围。

夜风清朗，温润舒适，我坐在场边的暗处，看见了赵简文，也看见了我们的青春。

陶罐里人声鼎沸

雪落时
宜两人行
说路太短不够走
说路多长总有尽头

——题记

A

原野上飘浮着无尽的雪花。

我开的不是一辆车，而是一艘船。远光里雪花密密飒飒。原野隐身了，路边的树短暂地出现在灯光里，只一个照面，又恍惚退出，蒙蒙雪花扑打玻璃，轻轻敲窗。

就是这个时候，一只兔子闯入了远光灯的光束里。我和她同时看见了兔子。白色的兔子没有跑直线，而是沿着折线在灯光前窜动，犹如一枚大朵的雪花浮动。

她说："你开慢点，你想轧死它。"

我就停了车："兔子是跑不出这束光的，不信你看。"

果然，兔子停在了路的中央，它转动着小小的、椭圆的头颅，回头看看车子，又侧头看看前方，就是不逃走。这下看清楚了，它抬起后爪抹了一把脸，这让我想起适才在镇上所见的一个姑娘，她从雪地走过，站在废弃的邮电所墨绿色的鸭舌檐头下，认认真真补起了妆。

我又启动了车子，车一跑，兔子又窜动了起来。

她手抚自己的胸口：“这小家伙可真笨。”

我说：“打兔子的人都是夜里出门，就在这旷野里，强光一照，兔子就发了昏，这光束成了盒子，把兔子弄蒙圈了……”

她说：“他们怎么忍心下手，兔子就不会朝黑处去吗？”

我说：“造物让它向光，它却因此受了伤害，人也一样，瓦罐不离井上破，将军不免阵前死，人受制于自己的所长。”

她说：“上天也开小差，造了错误的东西。”

她说过好些有意思的话，我都喜欢听。我用余光看她，她有种清如梅子的味道，随着鼻息，轻轻浮动。

我靠边停了车，开了示廓灯，四野寂静无声。

我说：“灯黑了，兔子才能跑掉。”

我们在黑暗中静坐，三四分钟后，我重新开了车灯，前方只有路和雪花，兔子不见了。兔子在黑暗中反而找到了脚下的路。

她说：“你说它今晚能回到窝里去吗？”

我说：“能。”

我解开了安全带，把座位朝后调了一下，解开了紧挨脖颈的扣子。我觉得沉闷，想喘口气。

她的左手覆在脸上，后来又放到了身侧的扶手箱上。

我把右手覆在了她的手背上，她的手很凉，我的手更凉。

这条路上一辆车都没有，仅有一只兔子，但已经跑远了。

我们的手叠在一起，像是深秋恰好落到一块的两枚树叶。

我们都不说话，只看窗外的雪，越来越紧。

良久，她说：“我的心都快跳出来了。”

我们一起哧哧地笑，似乎这是一个还算过得去的笑话。

就这样坐了二十多分钟，不说话，但时间并不显长。

她说：回吧。

这就回去了。

到了城区，在她家附近的路边，我停了车。

她用小指头拉开车把手，车门开了一条缝，风灌了进来。

她下了车，拈紧了大衣，双手抱肩走了。

我从车窗中看去，她肩窄腰细，很显身材，雪花裹挟着她，走得很慢。

我停下车，跑过去追她，和她一起朝他们小区大门口走去。

大门口一家花鸟鱼虫店，一个十多岁的少年突然冲了出来，他朝着我们胡乱挥舞着手臂，嘴里直喊着一个字：“鱼鱼鱼鱼……”他面部神情呆滞，尤其是眼睛，几乎没有什么神采。别说是她，我也被吓了一跳。

我说：“神经病……”

她推了我一把，说：“我到了……”

她很快地就走入了院中，头也没回。那个奇怪的少年也进了院子。

把车停进车库，我走到我们小区的院落里，地上落了一层雪，路灯投下一片昏黄的光，这光中的雪花正好，纷纷扰扰，怀了一些心事。雪花总是那么奇怪，像孤独，像遗憾，像爱而不得。我在雪地里站了一会儿，抽了两支烟。我今晚见了她，心情很好，我依然在回味，那只手和我的手缠绕，手背光滑，掌心潮润，两只手相互把脉，不健康地心跳加速，像是紧贴一起的一对鸟。

我回到了家里。

房子里什么都是单数的。一厅一居室，一厨一卫，即便是床，也是单人的。枕头倒有两个，因为我睡觉不踏实，翻来覆去时容易丢了枕头。母亲曾说，一个人的日子会越过越懒，的确。

我的活动场所也是方寸之地，一张宽大的黑色胡桃木书桌，桌面上放着三十多本用书靠立起来的书，一只铁艺笔筒，插着几支中性笔。桌前一只广岛椅，除了后背有点硌，基本还算惬意。桌下的地上有点纸屑——我喜欢剪裁报纸，这个习惯已经坚持多年。

如果我不坐在桌前，大多时候可能是去睡了觉。那张颜色沉郁的单人床，足以消磨我身体里微不足道、陈旧发霉的情欲，安置我经常困倦的心情。

每当浓墨般的夜自远而近涌动到我的窗前，它往往让我变得更加安静。今夜可能出于好的心情，桌上黑色的折叠式金属台灯的灯光似乎更亮堂了。这点光怎么够呢？我打开了客厅正中四四方方的顶灯，白光沿着四壁簌簌流泻。顶灯在往日更多充当了一种沉重的摆设，它的亮起，只会提醒我以更加清醒的态度关照自己的生活，一片空空荡荡，一片沉寂无声。

我已经四十岁，离异，独居五年，早过了表白和被表白的年龄，也欠缺表白和被表白的底气。今晚我想对她说出那几个字，想用吊钩一样的饵吸引出她的那几个字，吸引她和我交换心情，交换彼此羞怯的心得，可是我没有勇气。

对面的女孩子又开始弹钢琴了。

落地窗里，扎了马尾辫的姑娘坐在黑色的钢琴前，刚柔并济地敲击着琴键，她的姿态容易让我想到夏季里的麦地，风来时，密密匝匝的麦穗摇成了旋涡……

如果我有一个孩子，又恰巧是个女孩，也长这么大了，对不对？

我喜欢那孩子学一首新曲时，弹出磕磕巴巴、断断续续的乐章，这自然是不好听的，但我偏就喜欢听，里面有种柳暗花明的新鲜——如果是好的季节，就会有温婉的熏风穿堂入户，把那种漏洞百出、感人肺腑的烟火气丝丝缕缕带进我的房子，慰藉我的心情。那位妈妈的脾气可不怎么好，她有时候双手叉腰，站在孩子身后，有时手里捏着一把足有二尺长的塑料尺，一脸的怒气极不适配孩子指尖下弹出的新鲜乐章。我想，妈妈的表情应该配一曲昂扬奋进的《拉德茨基进行曲》或者《斗牛士进行曲》之类才对。

这位妈妈那么粗粝，却要孩子必须弹奏出悦耳的音符，且手里拿着戒尺，一个音符不对，就招呼到孩子身上。那尺子弹性极佳，甩出时呈现出软剑般吓人的弧度，孩子仿佛被她劫持了似的。

如果对面不开窗，她们仿佛上演着一部压抑的默片。

我和刚刚别去一会儿的她相识在春季的博物馆。

当时不单是我，现场的人都看见“齐家馆”的某个角落突然闪了一下，那当然是闪光灯了。这个体面的女人站在一件保存着红陶泥罐的玻璃防护罩旁，脸上的神色慌乱又尴尬，手指还压在佳能5D4的快门上，没来得及撤下。

我走过去，她紧张地小声说她不是有意打开了闪光灯……

她是因为紧张所以失去了判断力，这个馆区没有字画、丝绸制品、壁画等文物，所以未设立禁止拍照的提示语。

我是博物馆的馆员，在这里已经工作十多年，年轻时候还当过讲解员，每件文物的来龙去脉基本能讲出个八九不离十。我询问她因何照相，她说孩子最近喜欢上了陶艺，诱导她好像也对陶艺有了兴趣，看见了这萌萌的样子，就想拍个模样回去。

我便为她讲解了眼前的这只罐子。它名为蓝纹折肩罐，是齐家文化的遗存，高44厘米，口径16厘米，底径12厘米，泥质红陶，敞口，圆唇，束颈，折肩，腹部斜收，小平底儿，肩部磨光，你看它腹部的蓝纹，多漂亮……

“漂亮有什么用？被你们圈起来，像个犯人。”她说。

的确，把蓝纹折肩罐被放在凸起的圆盘上展示，用玻璃罩子紧紧护卫，用细细的棉线横七竖八地攀织，把它牢牢地困在方寸之地——其实我也对这些坛坛罐罐充满了同情，明明腹腔里装了数千年岁月的吐纳，却被禁锢起来，一个大气儿也不敢出。

她的这句话让我重新认识了她，她至多三十七八岁，脸白，无粉饰，穿着也简约，素如一片白月光。

我说：“你可以留下微信，我给你发照片，馆里过去编书，邀请了中摄协的会员来拍照，画面雅致，且像素很高。”

“你加我还是我加你？”她问我，好像谁加谁有什么差异。

她说：“我姓余，多余的余。”

我说："我姓亓，多余的亓。"

我们同时乐了。

照片发去之后，我们的联系开始多了起来，依旧从那些陶罐说起，我不知道，她是否对陶罐有兴趣，但我们说起陶罐还是有话可说的。

一经开始，我就存有抛"罐"引玉的期待，仿佛考古的专家，去靠近陶罐的口部，通过粗壮的颈部，走入史前、商周的腹地，了解更深的风物渊源。所幸战略是没有问题的，到了夏季时，我们抛开了各色各样的罐子，很快走近了对方。

余的先生——她不愿意谈起他。我猜，可能像很多走过十多年的家庭一样，他们各自占据一张床，黑夜降临，各自握着手机，手机屏幕上的幽暗之光几乎就是夜生活的灯塔，越敷衍，越虚无。这也是我离婚前的情景。

性生活也不是出于灵感或者情欲，更多的是为了表达一种"现世安稳"的情绪，就像熟人在朋友圈点赞，见面握握手、拍拍肩一样，成了一种礼仪和氛围——这也只是我的猜测，她不是聊那种话题的女人。

很快，我们的联络居然已经穿越了整个夏天。她的表述能力不错，说出的话总是活色生香，画面感颇强，我能从一段话里管窥到她的家庭生活。

我告诉她，我的老家在孟和镇，孟和镇有一处古迹，是商周时候的一个古战场，古战场上发生的最著名的故事不是一场战争，而是另外一个很扯的故事。

余让我讲。

"可是已经晚上十二点半，我们明天都要上班，不是吗？"

余也会撒娇，她说不，必须讲。

"那我就讲吧。"

"明朝时，孟和镇是座县城，属新平郡。陕西某地的县令抓住一个杀人越货的犯人，理当处决。狱中提审时，县令看着犯人长相清奇，想没准以后有出息，于是恻隐之心顿生。他对犯人说：要不你跑了吧。犯人顺利越狱。数年后，县令被贬归乡，路过孟和镇，走着走着忽然被人从后面拦腰抱住。县令大慌，回头看，原来抱住自己的人就是自己当年放走的犯人。县令留下来，被款待了一番。晚上那人从驿馆别去，回家跟老婆商量如何报答救命恩人。老婆问，十两银子够吗？此人答，不够。五十两呢？还是说不够。一百两、五百两似乎都不够还这个情——人命关天嘛。老婆一琢磨，那你今晚把他杀了吧！那人也说，对，还是杀了干净……"

"后来呢？"余问。

"八成是杀了。"

余说："这个故事不好。"

我有点后悔，这故事当然是从别处移植过来的，讲完了，我觉得没有意思。

余又说："还不了的账最后只能变成坏账。"

这句话让我心里一紧。

余问我："我一直想知道，你和她是怎么分开的。"

"吵了好几年，离了，五年过去了。"

"所以漫漫长夜只你一人？有什么艳遇没有？"

"有过。"

"你倒诚实。"

"没什么特别的感觉，不做会想，做了呢又后悔。"

余发来一个迸出眼泪的笑脸："原谅我摘掉眼镜擦干眼泪，让我紧张的心平复下来。"

我睡眠浅，每天凌晨，会很早醒过来，煎蛋，吃煎饼或面包，喝蜂蜜兑的水，我坐在一片橘黄色的光圈里，一板一眼完成这个过程，同时手机上播放着各类社会新闻，这也是每天的必修课。

我给余发微信："醒了没？"

余没有回。

直到三小时后的八点半，她才回我："七点就醒了。"

我说："你怎么不回我。"

余说："让你着急一阵。"

我的心一跳，又一跳，确信这是爱的感觉。我眼前馆墙靠顶的那扇小窗里射进阳光，妥帖地落在了古老的坛坛罐罐上面，充满了爱怜的意味。

我想她。因此她和空气一样无处不在。

我们同处一个地方，我要找到她并不困难，但我们似乎更乐于这样的交谈，各自守着一片幽微的手机屏幕的光，似乎这样就够了。

我已经四十岁，但缺少别人所说的那种虎豹之年的气象——大抵我不会这样轻易地冲动，因此只能仰望那样的感觉——没有人不需要关照和爱，就像绿植天然需要雨露一样。

我渐渐感觉到了身边空间的逐渐空阔。原来我只需要一张桌、一束灯光，而现在，这样的需求渐渐有点低配了。我巡行在那些古老而孤独的坛坛罐罐之间，顿觉得那些敞开的黑乎乎的罐口都仿佛成了深不见底的眼睛，它们穿越了沧桑的岁月风烟盯着我看，告诉我，一个人的情感之于这个既深邃又广阔的世界，实在微不足道，但一个人的情感之于自己，一定是不可或缺的。

深秋来临，我终于走出了自己的地盘，去她所在的单位找她。

那是一个平淡无奇的事业单位，门卫老汉睁着惺忪之眼问我找谁，我说了余的名字。老汉说："小余在二楼楼口边朝西的房间办公，不过她这会儿好像不在。"

我去了她的办公室，咖啡色的门虚掩，推开，两张栗色办公桌额头顶着额头，各自摆放着台式电脑。我仅靠感觉就判断出她的桌子是哪一张。桌上整齐地放着笔筒、简易收纳盒、计算器、便签等办公用具，桌上摊开一本硬皮的笔记本，上面写着秀气的字。左手一摞书，最顶部，是一本墨绿皮的本地地名志书。一把橘色的有点年代的椅子——她说过，那椅子坐着舒服，颈背都舒适，这是她试坐了十多把椅子之后的精准选择。我坐上去，的确舒服，我想，没准我的舒服，只是因为这是她的椅子而已。

窗户外面是一行高大的法桐，一些叶子落了，一些叶子薄脆的悬挂、哆嗦，叶间藏着干枯的荔枝大小的毛蛋子。

一束阳光从树间照来，正好打在我的脸上，好是惬意。

我坐了十多分钟。这个单位真安静，楼道里居然没有人来去走动——只有秋风疏忽从窗外窜进，鲁莽地翻着有字的书页。

我离开了，她不在，正好，如果在，我倒不能这么自如了，紧张成什么样子，自己想不出。

我离开的时候有点怕碰上她。还好她没有出现。

余说，一个人并不需要别有用心的计划，再庸常的日子，一再反复，也不错，怕就怕突然有一天有了其他期待，日思夜想，种种假设，于是感到自己的人生似乎在很久前就走岔了道，因此缺失了很多美好的东西——悲剧的宿命感从此开始，并无限放大。

余和我的联系呈现出了阶段性疏密参差的状态，她似乎在刻意回避，但总是疏松两天，又紧密两天，像是日和夜，或琴的键，黑白不断交替。

我渐渐不安于坐在我的书桌前看书，看那些印满了坛坛罐罐、生僻字甚至电脑合成字的专业书。原先我喜欢用红蓝铅笔在这些书上画出波浪线，描出重点，在这常人觉得乏味的知识体系里来回漫溯，充满了耐心。现在我更喜欢在黄昏刚下来的时候沿着贯穿城区的鲁公河畔行走，一对儿灰鹭形销骨立地站在闪烁的水中，小脑袋转过来，隔水望我；还有本地人误作鸳鸯的野鸭，三五成群，在水中畅游。我披星戴月地回来，走出了一身薄汗，洗澡完毕，抓起那些专业书，看不了几页就跑了神，我突然丧失了和那些陶罐黑乎乎的罐口对视交流的想象力，我总是拿起手机，看有没有余的留言。

时间逶迤，来到冬季。

我好几次约她出来，她都没有答应，这渐渐成了一个可望而不可即的目标。我叫她，她不应，我知道她不应，但我还是叫她，然后突然，在今天晚上，她说好。我却有点慌张，仿佛是饭点上客套了一声请人到家里吃饭，客人同意了，而厨间空无一物。

我慌忙换了一件自我感觉良好的毛呢大衣，刮了一下胡须。我站在镜前，认真地梳理头发，像是要去赶赴一张重要集体照的拍摄现场。我在镜中发现，我已经被良久不佳的睡眠干炸成了一只灰鹤的模样，形销骨立而眼窝深陷，额头上有一只滑稽可笑的尖尖的肉角——它总是神出鬼没，在我状态不佳的时候出现在身体的某个部位，仿佛是给我提醒某种不安的信息。

我开车接到了她，她淡雅又精神，岁月总是愿意和性情平顺者友好地走下去。

她问我："要去哪?"

我即兴约她，我不知道要去哪，我不喜欢用吃喝去交待一个晚上，尤其是这样的一个晚上。

她说随便走吧——要不去孟和镇。

她说的地方，是我们相识那天所见的蓝纹折肩罐出土的地方，那块叫"东桥"的沟壑地面，距离我的老家村庄只有区区三公里。

在暗夜里，我们面对着沉睡的塬边和沟坡梯田，沟壑被虚构到空阔无际。如果在白天，我们会看见沟下的窑洞，仿佛大地之眼觑着人一动不动。这里有白灰面半地穴居址、夯土基址、广场踏积层、袋状灰坑、条形灰层，还有墓葬。1978 年，省博物馆考古队在这里进行考古试掘，发现了十多件石器、骨器、陶器和卜骨，采集到齐家文化带瓦钉红陶蓝纹筒瓦和附加堆条米字纹红陶板瓦，距今有 3900 年的历史……

我不知道她是不是喜欢听这些，不过我还是要说，她向来是一个好的倾听者。

20 世纪 80 年代，有人在这里挖出了一些坛坛罐罐、刀币之类的古物，他们把这些东西带回家，去喂鸡喂狗，蓝纹红陶斝、春秋灰陶鼎、夔文铜鼎……这些敞口的器皿都被小些的家畜使用了，反而是兽耳灰陶簋、方壶等等腹腔较长的器皿被放到了桌上，我家有一个汉代黄绿釉陶壶，我在里面插几根河畔折来的香蒲——俗称"毛拉"的东西，如果不小心割破了手，我们用它烧成灰，敷到伤口上可以止血……

渐渐的，一些贩古的人来收这些器皿，更多的人开始来这里挖坑，搞文明探索。有人挖，有人收，成了有来有去的集市，但不过几十天时间，博物馆和公安就介入进来，抓了好几个村民，后来这里就沉寂了。

余问我："这就是你投身目前工作的渊源吗？"

我说："不完全是。我那时候喜欢捧着家里的陶壶，听它内部的响动，有种风掠过的声响。我喜欢那样的声音，因为罐子很古，所以我固执地认为，那就是从古代传来的声音。"

余笑了："像是每一个海螺都有海的回声？"

"那其实是空气流动造成的假象，我们用手罩在耳朵上，能发出一样的声音。但我还是觉得，每一个深腹的器皿都有过去鼎沸的人声，只是别人不仔细体味而已。"

"就算被绳子固定、被玻璃罩困住，它的内部还是在不停响动？"

"是啊，跟人闹肚子一样。"

余搡了我一把，我顺势想抓住她的手，但她灵巧地躲了开来。

就在此时，天上下起了雪。

我们同时说："天气预报可真准。"有点没话找话。

我见过了余，满足感让我的心里盛不下，要溢出来。

我整夜辗转反侧，难以入睡，心里热气腾腾。

直到一点半刚过，余给我发消息："在干吗？"

"想你。"

"今天看你的样子，我心里很不好。"

"怎么了？"

"你不觉得你很憔悴？"

"向来如此，一直亚健康。"

"你的状态堪忧。"

"是因为你。"

"你不应该这样。"

"怎么办？"

"以后不要再联系了，我不做没有结果的事情。"

"什么意思？"

"对不起，我不想依赖谁。"

“我不明白。”

“你要坚强，相信爱。”

“我不明白。”

“就这样吧，微信拉黑，你拉还是我拉？”

“怎么，要把我变成坏账？”

“严肃，我们说正事。”

“女士优先。”

“好。”

果然，余把我拉黑了。

B

刚才，我打碎了一只有草莓图案的盘子。

6 年前的一个晚上，我打碎了和它成套的——一只菠萝图案的盘子。如今橱柜里还剩下两只带有橙子、苹果的盘子。物伤其类，还没碎的它们一定在橱柜中瑟瑟发抖。

栗子 6 岁的时候，一个春天的夜晚，家里来了赵简的一个表弟。

亲戚来了，招呼一番，不在话下。临走时，赵简说表弟穿的那件夹克真薄，边说边博爱泛滥，于是进到卧室，从衣柜里拎出一件鸽灰色的毛呢大衣，亲亲热热给表弟披在肩上。

表弟算是个明白人，他坚决不要，要把衣服放下，赵简佯怒着一个熊抱，把表弟抱得骨骼咔嗒响，再明白的人也架不住这样的热情，表弟只好勉为其难地穿着这件崭新的“二手赠品”出门了。

表弟的鞋子两脚泥，我心说，应该再临时配上一双鞋子，那样才合氛围，表弟的穿戴突然显得奇怪，看着非常不搭调。

我不高兴，为赵简没有征求我的意见就送人东西不开心——就像我老爹在菜园里拔萝卜，看见路人甲路人乙过来就给扔两个，还净拣大个的。

我从精神上被他忽略了，他做事向来不跟我打招呼，蛮横、武断，一点儿都不考虑我的感受。这件衣服他只穿了两三次而已。

那天晚上，我从窗口看下去，表弟已经走在了小区的院子里，他步履矫健，比来的时候可精神多了，那件大衣随着他的步伐夸张地抖动着，比挂在柜子里漂亮多了。

我收拾厨房，那些油腻的锅碗盘筷滑溜溜地堆在洗碗池，似乎一个家庭所有的油腻都汇聚至此。

我戴着橡胶手套，洒了洗涤剂，洗刷起来。可是只洗了三五件，围裙就把一只盘子带到了地上，发出了刺耳的破碎声。

栗子正趴桌上玩玩具小车，他可以盯着车轱辘玩三个小时，就看它们转啊转啊的，仿佛四只轱辘有四种转动的乐趣。

赵简当时正在泡脚，手里抱着本书，是那本《国画》，他笃定地做出学深悟透的样子，头都没抬一下。

碎掉的盘子蕴着所谓的北欧风情，盘中央是灿黄的带着深绿帽冠的菠萝，盘边上依旧是切开的菠萝，这只盘子还有三个兄弟，分别有草莓、橙子、苹果的图案，如今菠萝碎了，从此四缺一，永续残阵。

赵简洗完脚，穿戴整齐，挎了包，说他出去一下。

我从窗户看着赵简顺着表弟走过的路，摇晃着去了。

赵简的离开是从我摔完那只盘子开始的，或者是从他的表弟的造访开始的，一个家庭的分崩离析就这样完成了，没有任何前奏，也没有任何后续的解释，戛然开始，戛然结束，戛然完成了分裂的局面。

赵简的离去，让我备感打击，但也比较理解。如果一个家庭生育了一个“来自星星的孩子”，恰好夫妻两人感情又是这么苍白、微妙，那么想逃离也就成了一种常态。我也经常想从家庭生活里抽身，去外面走走，给自己临时松松绑，去透一口气儿，赵简肯定也是这么想的，但怎么就想到这种一去不回、一劳永逸的办法，还是令人意外。

我试图从家里的角角落落找到赵简离开的其他原因，他或者是欠了一屁股债，或者是有了其他女人，但其实，除了夹在《国画》中的一纸离婚协议之外，没有其他的痕迹留存。我后来翻看他日常翻阅的那些书籍，看见他用红笔所做的一些批注，顿时感觉我俩好像从未熟络过，我从未发现他有给书本做批注的习惯和才能。

栗子 7 岁的时候，会叫妈妈了。那一声妈妈叫开了我的心门，我抱住他，眼泪哗哗，他抱着我，小手在我脊背上轻拍，仿佛是告诉我，不要丧失希望。那一瞬间，一束光照亮了我。如果说从前我总认为栗子是藏在一扇看不见的门背后，他无法从厚重的阴影中走出，那么当时我短暂地看见他从阴影中走到了我面前，他和我达成了一种精神的连接。

我觉得，赵简是躲避着自己的儿子，因为他不想承担一个父亲的责任，所以他害怕听到“爸爸”两个字。

如今，12 岁的栗子越来越多地呈现出赵家男性的相貌特点。圆眼睛，宽额头，发际线过早后撤，下巴略为尖削。奇怪的是，他的父亲赵简，在我的记忆中却越来越模糊。

我长久地坐在床边，看窗外的黑夜弥漫、合围，把我的心脏箍得紧紧。

窗外有一棵梧桐树，一直长到了四楼阳台。它枝繁叶茂之时，当然是春夏季节，绿叶硕大而招展，丸子大小的果实两只一组，毛茸茸的高挂，每逢雨天，特别是在夜里，那啪嗒啪嗒的雨落声特别让人心醉神迷，一点冷清、一点宽慰，仿佛是在和我说话。每到暮秋，那树叶可真调皮，每天都落一些，仿佛有心和小区里的清洁员过不去，于是清洁员就用长长的竹竿敲打，但枝丫丛生，竹竿鞭长莫及。这棵树任性、野蛮、自由，给他们带来的麻烦是持久和永续的。到了深冬，一些树叶却拒绝盲从地落下，风干了，还带着绿，来年春还在树梢上很皮地死撑着。

这树真像我，落脚何处，就存在何处，逃不开的。

亓说，这棵树是英国梧桐，学名二球悬铃木，唐明皇的秋夜梧桐雨并不是这种梧桐，一棵树的诗意就这样被他科学地打了折。

我和亓相识也好几个月了，和他在一起，我不是没想过，但是因为栗子——早前也有过相似的经历，个别男人眼看就要和我走到一起，却因为栗子，他们一律退避三舍，如此再三，我也就没有了那样的想法，多想一点都成了僭越。

日子是一副格外紧的收腹带，我受不了了。那只盘子一碎，房子里就缺了氧，我气儿都出不来了。

正巧，亓发来了微信消息，叫我出去走走。

我很快回他："好，来接我，位置信息发你。"

他口头邀约我成了习惯，说了好几次，邀约不成功也成了习惯，所以他马上出现了叶公好龙的尴尬："啊，真的假的?"

我说真的。

他说好，十五分钟后见。

我于是打电话，叫母亲过来帮我带孩子。

好像被困在了一种一成不变的固有的模式中，任何即兴做出的打算都成了一种自我怀疑的僭越。我每天早晨 6 点起床，给孩子做早餐，8 点去单位。我大学专业是国际金融，现在一家事业单位当出纳，工作业务范畴又未囿于算账填表之类，还需要撰写一些文字材料。每天下午 6 点回家，吃饭、洗刷，陪孩子做一些康复训练。

我不记得小时候是怎么一步一步从幼儿园到大学的，只记得公路到学校大门的一段路修了好几年，那条沙砾铺就的四五百米的泥泞之路成了我成年之后最不喜欢回想的来处，仿佛那些泥水四溅的日子都和父母寸土必争的互相算计挂了钩，路只管恶心地翻浆，父母也只关注他们自己。

这个家成了父母家的高仿品，好像我每挪一个窝，最后都难免陷入这种难看的凝滞之中，到哪里都是被圈起来的，我像窗前的那棵英国梧桐，守着我的时间，站定我的位置，让重复的日子来了又去。

我必须出去走走。

亓的车停在抓拍停车违章摄像头的正下方，我上了车，他就笑，暖风开得呼呼响。

他问我："要去哪?"

"不知道。"

"吃茶喝咖啡?"

“不要。”

“喝酒?”

“不要。”

“咋办?”

“去你的老家孟和镇，我要看看那只红陶罐子出土的地方。”

“哦，可是一阵怕要下雪了，天气预报说的。”

“不怕。”

“好吧。”

路程比他说的要近那么一点，并没有感到时间在悄然流逝。

站在那片黑漆漆的沟壑边上，风很大，好像黄土地上大大小小的沟壑都是这西风撕裂出来的。

他用车上的手电筒指那只陶罐出土的方位，那束光由细到粗，细长无际的锥形探向沟底，但依然走不到头，它被风折断了。

他个子不算高，但穿了一件毛呢的修身大衣，就挺拔了起来。他讲这沟里发掘出的文物和发生过的故事，讲他喜欢的坛坛罐罐，我喜欢听。我喜欢听的不是坛坛罐罐，是他的声音，甚至不是他的声音，而是他本人，温和淡雅，说出的每一句话都自带芬芳。

他是博物馆的馆员。

我们初次见面是在春季。我去博物馆，看见了那只蓝纹折肩罐，想偷偷拍个照片，没想到忘关闪光灯。我是个喜欢体面的人，不允许在任何场合下被一圈嫌弃的眼光扎成一只刺猬，太丢脸。

他是个宽容的人，很照顾我的无措，为了舒缓我的紧张，他给我讲眼前的这只罐子。它名为蓝纹折肩罐，它的规格，它的形态上的特点——我宁可说这是形态，而不是形状，因为他介绍起罐子，几乎像是介绍一个很有好感的异性朋友，圆唇、束颈、折肩……全是拟人的词。

他后来解释，这些词句里并没有使用特别的修辞，都是专业的术语，不过这罐子的确与别的罐子有所不同，在它的肩上，有一个指纹——那当然是数千年前一个匠人的指纹，他摸到这个指纹，感觉和某位古人隔着时间的河流对视上了。

因为他温情的口吻，我才会觉得罐子被玻璃罩子圈起来，而且用绳子捆绑，像是一个身陷囹圄的囚犯，他真博爱，对一个罐子都可以这样善意地宽慰。

我感到一种来路不明的酸楚，大概是嫉妒上了那只陶罐。

他加了我的微信，发来这件被他过度拟人化的蓝纹折肩罐的照片。像素极高，色泽舒适，为了追求拍摄效果，所以罐子被短暂地褪掉了枷锁，它站在黑色的幕布前，留下了端庄且自由的印象，像是一个还没进入庸俗生活的、穿了婚纱拍照的新娘。

我预料不到，我们后来的交流会越来越多，直到一日不说，心里就空落落的，仿如白过了一天，我为此前走过的那么多苍白无力的日子感到惋惜。

我喜欢他说的每一句话，当然最喜欢的还是那一句："罐口很小，但深入到腹腔，那里有时空深处的人声鼎沸。"他说别小看一只罐子，没准它在数千年前，曾被一双柔软的少女的手潜入河中，满满地舀起一罐的清水，那一幕多美啊。

我们又何尝不是那只罐子，或许有过短暂的美好，最终也只能在方寸之间，守着它的时间，站定它的位置，这就成了一生。

回来的路上我一直想说明白，我有一个儿子，他叫栗子。但我很担心，这样说的结果会是什么。

直到栗子出现在我们面前，亓的神情让我看到了我们结束的时间。

他来过我的单位，我知道，我还知道他在便签上写了一行字：我们都是陶罐，各自人声鼎沸。

他没留给我看，揉成一团扔进了垃圾桶，但我又铺开来看，那字真漂亮，虽然已经被重重褶皱磔成了咯吱作响的纸片。

我们隔着瓷密的红陶的罐壁。我缺乏或者干脆已经失去了，穿透这种经过岁月久久打磨的、有着厚厚隔阂的硬壳的勇气。

天空飘来座头鲸

短短数月时间，志明先生就掉下了临州的文艺神坛，甚至失去了他预期得到的某行政单位一把手的位置。有一段时间，这件事成了临州的一个热门话题，大家都替他惋惜，说可惜到手的鸟儿飞了；也有人说他自作孽不可活，其实志明先生犯的错还没那么严重，至多是贪小便宜吃大亏而已。一个文化人能掀起这样的话题波涛，让人由衷佩服，上一次街头巷尾热热闹闹议论一个人，还是因腐败被查而跳楼的一个官员。大活人能搞出舆论风暴的，既不涉黄也不暴力，更不牵扯贪腐，志明先生独树一帜。

春季，两家文学期刊先后发出一则声明，点名朝志明先生喊话，他把一篇小说的标题和人物名字换了三回，在三个刊物上分别刊发，这就有点不地道了。结果是两家刊物追回稿费，并声明从此对志明先生的刊发渠道关了门。明眼人都看得出来，志明先生这篇小说原发刊物挺硬，后面的两个投稿都选择了那种不怎么出名的市级小刊物，就是为了得一点稿费而已，可惜没有不透风的墙，声明一出，志明先生因小失大，就有点难堪了。

但志明先生很坚强，见了人依然谈笑风生，大家私底下都说，真是人家不尴尬、尴尬的是咱们啊。

可能志明先生都没有想到，发小说这件事会影响他的升迁，早前大家盛传他将到某行政单位就任一把手，他在目前单位当副职已经十年，也该熬出头了，没想到杂志上一个声明，带来的并不单纯是经济和声誉上的损失，给他的仕途也带来了前所未有的麻烦。

有一天，在我们统办楼上，几个党委部门联合开了一个党员学习会议，会议散后，六七十人从楼道走过，就见志明先生正好出了领导的门，在楼道里抹眼泪。很快，新一轮人事变动的公示挂到网上，志明先生果然没有得到传说中已经稳稳到手的岗位。一直高调行事的志明先生突然就从各种应酬的场合里不见了身影。更糟糕的是，不久志明先生的母亲又殁去，我们去他的老家参加祭奠仪式，志明先生看上去一蹶不振，精神分外差。

志明先生母亲殁去时只有66岁，算不得高龄。我在灵堂前烧纸敬香，体已地安慰志明先生节哀顺变。一系列的波折让志明先生的情绪非常低落，他握住我的手，久久不愿分开，让我的思绪一时间变得纷乱且悲伤。

安葬完老人之后不久，我和志明先生在一个饭局上逢着，虽然他形容憔悴，但状态可以，还和从前一样，谈笑风生，端酒如端水，后来依旧是喝多了。饭局结束之后，志明先生和我结伴步行回家，他一路都在絮絮叨叨，说写什么文学作品呢，那是蛋疼了，从前他颈椎、腰椎、坐骨都有问题，现在呢只是静养，啥都不干了，身体好多了。

那晚的月亮又大又圆，我记得最后分别时，他分外亲热地抱了我一下，问了一句很奇怪的话：你信不信，天空会飘来座头鲸？

我不信，云在青天水在瓶，虎在深山鱼在渊，鱼儿离不开水，瓜儿离不开秧，想象力可以超越生活，但自然科学才是生活中的基本法则。我为了安慰他，我说信。我们喝多了，这个时候他说他能得茅盾文学奖我都得信。

然后到了秋季，志明先生又一次掉进了舆论的旋涡，就在近日，他居然失踪了。

据说志明先生失踪之后，他的妻子很快就报了警，我也被警察调查到，可惜我和大家一样，只能双手一摊，对其踪迹一无所知。

所以我们都认为，近年的志明先生真是流年不利，倒霉到家，几乎是挨了一顿组合拳，倒下去似乎也在情理之中，但我们都希望他能重新回来，尽管他的失败，多是因为他的格局和眼界，将他困厄在了可悲的杯水风波之中，他曾经是我的偶像，我希望他能尽快回到正轨上来。

志明先生失踪一周之后，我再见到公安局工作的朋友，他告诉我，志明先生躲在苍云山上，已经近十天不曾下来，如不是他自己给妻子澄清了这事儿，警方都不知道该怎么收场。

苍云山位于志明先生的老家孟和镇，距离城区有50多公里，那座山上有一座香火甚旺的白云观，每年大年初一的庙会，热闹得不像话，山下连泊车的地方都紧张起来。山上有一个密云谷，是一块圆圆的直径四五千米的小盆地，深秋的早晨，谷地被浓雾深锁，站在谷边，就能看见雾气白飒飒地在眼前溢出，让人顿生天外飞仙之感。

所以我觉得志明先生是有点想不开了，没准是想去跳一次密云谷。我们都听说过，志明先生的父亲在志明先生小时候离家出走，把一个破败之家丢给了志明先生的母亲，这个坚强的农村女人没有半句怨言，独自撑起了一个家庭，让志明先生读书、考学，娶妻、生子，而自己却终生未嫁，志明先生曾撰文说，母亲是自己前进的精神动力，这句话丝毫不为过。

我记得在埋葬了志明先生母亲的一周之后，在上班路上遇见过志明先生，他说，原来回家看见什么旧，就想拿去扔掉。母亲在，自己就能做了老屋里的主，但是母亲去了，院子里空空荡荡，他觉得，一样儿东西都不属于自己了，当然，也不属于已经长眠地下的母亲了，他一样儿东西都不敢扔了，甚至就这样摸上一把，都感觉是动了别人的东西，这个别人是谁呢？

他问我。

我说：是老屋自己吧。

志明先生便嘀咕着：对，是老屋自己。又呻吟似的补了一句：你说得对，的确是老屋自己。

就在一个黄昏，志明先生打来电话，叫我连夜到苍云山一聚，有要事要讲。我本想推脱，他说，这段时间，他有好些问题想不通……

一听这话，我只能说：行行行，没问题，我今晚加班，但忙完之后，我就来找你。

志明先生叫左志明，是本地最有名的作家，在全省都颇有影响。他出版过好几本大部头的长篇小说，每本发行都不错，给他带来了切切实实的经济效益。他既有成绩，又有文化，所以腰杆儿挺拔，很多文化活动，他都会勉为其难地受邀参加，面孔朝天斜举45°，看着又骄傲又气派。如果讲话，旁征博引、天花乱坠，处处散发着古朴的理性之光，所以大家说，一个人如果能活成志明先生那样，既能文以修身，又有钱可赚，精神物质两手抓，都抓得坚实有力，才称得上成功人士。

志明先生年龄比我大一轮，在我上高中时候，他就已经是临州首屈一指的文化人，作品经常出现在一些省刊、报纸副刊上。我还抄写过他写的那些句子，至今想来，那些好词好句还是值得学习，睿智而余味悠长。

那时候，我们临州一中有一个文学社，因负责文学社工作的老师和志明先生是省师大的校友，就请志明先生来给我们讲了一课。

我们对志明先生多崇拜啊，因为要听他的课，我还专门洗了头，换上了一身干净整洁的衣裳。

当时志明先生以白马非马的故事为例，讲小说和故事的差异，虽然我大多听不懂，但觉得很有意思。他说故事即描述，公孙龙是什么样的状态，城门的守门人又是什么样的状态，那匹马呢，又是什么样的状态。公孙龙是“名家”和“辩者”的代表人士，平原君的门客，是知识分子，不管在府里受不受宠，走路上肯定优越感十足，没准还有点趾高气扬——知识分子嘛；守门人虽然只有芝麻粒大的权力，但人家一句话，跑路的商鞅或者伍子胥就能出关逃命，重新开始自己的事业。所以小人物有权且看重自己权力的时候，就会了不得。他有一串哗啦作响的金属钥匙，肚子前挺，突出了钥匙就是突出了特权，有种花猫充豹子的感觉。再说马，你可以这样辨识一匹好马：远看一张皮，近看四只蹄；前看胸膛宽，后看屁股齐；当腰掐一把，鼻子捋和挤；眼前晃三晃，开口看仔细；赶起走一走，最好骑一骑。当然，也可以说那是一匹驽马，但不管是什么马，它必须是白马——这是典故框定了的。如果你讲公孙龙说出了白马非马，守门人无可反驳，那么你就完成了一个故事，甚至完成了一个小有趣味的故事。但如果你想完成一篇小说，这样是远远不够的。我们可以想，公孙龙喊出了白马非马，但守门人不为所动，结果是公孙龙不得通关，他气咻咻地牵着马折回头走了，这就是把典故中原有的道理朝前推动一步，这个故事开始进入了剖析人性的层面。你可以说哲学被践踏，也可以说秀才碰到兵有理说不清，人与人之间的难以沟通，或者是权力让普通人变得骄横，小说的思想性就初步呈现出来了……

到了讲座最后，主持活动的老师拿起了旁边志明先生的笔记本，举起来让我们看，天哪，那上面只写了三行字——他写了三行字居然讲了一个多小时，言简意赅、风趣幽默，比我们的语文老师还讲得好，我们把最热烈的掌声送给了敬爱的志明先生。

后来我一直会想起那一幕，想写小说可真好啊，我也想坐到讲台上，桌面上摆那么一个花篮（虽然是塑料的），纸上写三行字就讲一节大课，也想被雷动的掌声包围，谦虚得朝学生们挥手，双手合十鸡啄米，带劲至极啦！

那是我上高一时候的事情，虽然看过一些文学作品，但其实并不知道故事和小说的差异，所以这就是我最初接受的关于小说理论的教育。我一直认为，我的入门师父就是志明先生。上大学期间，虽然我修习财经专业，但心里一直存有一个文学梦，通过不停地看和写，靠着一手矫揉造作的破烂文风，居然也一度成了学院最有名气的学生作者。

毕业之后，我通过考取公务员回到了临州，开始分配到乡镇人民政府工作，计划生育、宣传专干、政府文书都干过。

参加工作整三年之后，我带着自己的习作去找志明先生讨教。那时候我虽然写小说已经有好几年，但一点儿都不自信，要拿给一个真正的作家看，心里极度自卑。所以一夜没睡好，小娘子上花轿，激动得心似鹿撞，小鹿都快被撞死了。我到了志明先生的办公室门口，站着歇一会儿才把气调顺。

志明先生在一个行政单位任副职，桌上的文件、书本乱七八糟地摆开，烟灰缸已经冒了尖，散发着袅袅青烟。他粗略地翻翻我的文稿，问我喜欢看谁的书，那会儿我喜欢看潘军王小波金仁顺苏童等作家的作品，一说出这个名单，志明先生就咧嘴笑，说我还真是个年轻人。

他喊办公室的年轻人来给我倒水，因为热水瓶就摆在我面前的茶几上，我连连推辞，说自己倒，他果断地拒绝了我。

志明先生讲自己最喜欢的苏轼，也讲了更多的文学创作上的体悟，让我受益匪浅，感到了文学圈里的温暖，它是朝里揽我，而不是朝外推去。

最后，志明先生说他特别忙，需要看的东西太多了，时间都不够用。又说：你的作品放着吧，我有空了就看。

一放就没什么事了。

但没想到，我送志明先生看的作品最后居然在某省刊发表了，那年我二十七岁，就因发表了这么一个短篇小说，在临州的文学圈也产生了一点影响力，都说我是李贺、王勃，好像我身体不好所以急着发表这篇小说似的。

那时候地方作协经常组织采风活动，我并不觉得这种事有什么意义，但有意义没意义都要尽量参加，因为是集体活动，多认识几个人好像也很有必要。在一次采风活动中，志明先生见了我，说我后生可畏，加油干，有前途！

再过一年，志明先生单位的负责人有次下乡，找我简单谈了几句话，说他们办公室缺个笔杆子，问我有没有兴趣调去他们单位，我自然求之不得。那会儿我的工作是乡镇人民政府的政府文书，没日没夜加班，天天枕戈待旦，有时候衣裳都不脱，没睡过个囫囵觉，苦闷得很。他们负责人回去之后，我一直在等好消息。

有一天志明先生给我打电话，问我是不是想来他们单位，我说是啊。他问我：你来干啥？我说我啥都能干。他说局长能干吗？这话就有点奇怪了。志明先生最后说：你这事，其实还是挺难安排的，局长和我谈了两次，你最好还是过来和我谈一谈……

我没有去找志明先生，果然，后面就没什么事儿了。后来有朋友分析，志明先生可能是在暗示什么——谁知道其中原委呢？

不过三个月之后，我就被调往县委外宣办，从此开始给报纸写稿，成了一个没有记者证的野记者，准确来说就是外宣工作者。

再次见到志明先生，他一边道贺，一边说，他为我能调入他们单位，费了不少口舌，但他们领导临时又变了主意，怎么都说不通。志明先生的惋惜之情溢于言表，我虽然心里笑他装模作样，但也只好向他道谢。

后来一次出差，那时候给了我希望又让我空等一回的志明先生单位的负责人已经转任别处，他给我说：志明先生坚决不要把你调入他们单位，甚至说有你没他——你们写小说的也真逗，这算不算煮豆燃豆萁？

到了2015年，自上而下突然掀起了一波拍微影视作品的潮流，县上给单位压任务，各单位不得不拍些片子应景，微电影、微记录电影、形象宣传片迎来了春天，不管什么样的微影视，都需要写脚本，基层文学爱好者逢着了一条难得的赚钱之道。

当年夏季，志明先生突然不期而至，他找我写一个反映某乡镇产业发展的微电影脚本。新生事物自然让人心里畏难，不知道怎么做，有点能力恐慌。

志明先生说，不会就学习嘛，这有什么难的，多加几个班，吹灰之力而已，有钱赚还不想伸手……

恰好我手头有一本叫《暖》的书，内容包含了莫言的小说原著《白狗秋千架》，秋实所撰的《暖》的文学剧本，霍建起的《暖》的完成台本。我原本就是电影爱好者，业余还装模作样写过电影影评，啃完了这本书，照猫画虎，就写了一个脚本出来，发给志明先生之后，他回复说“可以”，就收下了。后来又发来叫我修改了三次，估计是乡镇方面回馈的修改意见。

到了深秋季节，乡镇将拍好的微电影用他们的公众号推出，我兴致勃勃看了一遍，完毕才发现编剧写了志明先生的名字，这才想起了他曾说过的酬金。志明先生是个人物，我觉得他不会昧掉这个钱，这个判断是对的，没几天他就给我转来500元，我觉得还可以。

不过后来才知道，脚本在县上有行价，一个3000元，不打折的，但那些单位领导这时候最爱讲感情，感情一深，钱就不算什么了。

所以第二年，志明先生的商机又来了，他再次来找我，不用我说，他就说这次钱叫我拿，但要同署名，我还要谢他，百分之二十吧。还说他为揽这些生意也是操碎了心，赚钱的事嘛，哪有好赚的，没有人能随随便便收益。

其实志明先生想多了，我私下里也接过活儿，最后只收了千儿八百，还没在他手里赚得多呢。

志明先生不愧是文学圈的老江湖，好多活儿跟鸟儿一样主动投林，事后我慢慢知道，他就是把这些活儿分配给大家，他在里面抽份子钱，跟建了一个工作室一样。你要是送份子钱，以后还有你的活儿，你要是不给呢，以后就只能拜拜了。

基层就是那么回事，前几年搞微影视，到去年，那一阵风就吹远了，各单位开始多利用抖音之类的 APP 去宣传自己的工作，随手拍的短视频变成了宣传工作的主要方式，这成了最节能省钱又被社会喜闻乐见的宣传方式，按分钟支付制作费用的微影视的刚需急剧下降。

志明先生后来见着我，说以后不要份子钱，钱我都拿去，但编剧署名写他，我笑他真精明，从此便收手不做，我一年也能写点专题片脚本之类，混点零花钱，更多的是我醒悟了过来，小说爱好者，本来读书写作的时间就少，还是好好写写小说吧，风里雨里，杂志上见，踏踏实实写，这才是修正果。

志明先生约我去，我从心里有点抗拒，公务繁忙是个好由头，等我办好单位的事情，已经到了晚上十二点多。我从统办楼上下来，走到后院，看见那些点缀黑夜的路灯多数已经灭去，只留下一些长明灯兀自迷瞪。我启动了车子，放眼看去，远天上几颗星星，似在随风摇曳。我的情绪突然就有了新的变化，于是一脚油门，不过五分钟就穿越了路灯绵延的城区，走到城郊，上到通往孟和镇的省级公路，天地黑压压的弥合一起，平日里的连绵青山都隐匿了起来，只有那整齐划一的行道树张开双臂，欢迎车的灯光，也送走车的灯光。

赶到苍云山已是凌晨一点多，白云观就在半山腰，斜斜的石径直通上去，平日里走，得走近半个小时，在黑夜里，耳旁微风吹着，夹道松柏森森，我心里有点不踏实，便从储物箱里取了手电筒朝山上爬去。

或许因为我的惊扰，树丛间就有一些细微的声响传出，黑黝黝的树荫道，让人浮想联翩，想得最多的，依然是平日的传言，据说山上有花豹出入，可别把我架到树上去当了粮食储备。好在半山腰有人提着一团灯火正在树间明灭着下来，七八分钟后和我会合一起，果然是志明先生。他提着一只笨重的矿灯，见了我便握手，寒暄着带我朝白云观走去。这时候我才觉着了冷，捻紧了衣裳，牙床还是响得和打点计时器一样。

所谓白云观，其实就是一个四合院，正殿塑着道教“三清”尊神，其余偏殿各有陈设，志明先生带我去正殿磕头，烧纸敬香。他怕我心里抵触，悄声说：来了还是拜一下，总没有坏处。

他带我到后院，有五间低矮的房子，应该是专供香客住宿的房间。我们进去刚一落座，一位道长就拎了暖瓶进来，将白日里的陈水换掉，沏上了茶。

等道长一走，我就说，没想到这山上还真有道人。有点没话找话。

志明先生说，这个道人还真是个道人，比这座修起来只有二十多年的道观还正宗一些。说起来也可笑，道人化缘到他单位，一说话就对上了眼，到后来，倒成了无话不谈的好朋友。

志明先生问我：你信不信，天上会飘来座头鲸?

座头鲸?

“座头”之名源于日文，意为“琵琶”，指座头鲸背部的形状。座头鲸身体较短且宽，一般可以长到 15 米，座头鲸跃出水面的姿势非常优美，前翅特长，叫声多样繁复，这些特点让座头鲸闻名于世……

我想起了早前那次酒后，志明先生问我的话，我大概猜到了他约我的原因，可能和我那个晚上敷衍说相信他的答复有关。

志明先生说：小时候，我睡在自家炕上，透过窗户玻璃看天空，不知道为什么，总想象我们是生活在水底，我们的天空是注满水的汪洋——这么想的时候，我就觉得天空应该有鱼，不是那种浅水中小小的和人藏猫猫的鱼，而是大得和房子一样的鱼，它们俯瞰着大地之上渺小的人类，窗户一样的大眼睛里满是悲悯，就那样骄傲的、慢吞吞的从天上飞过，尤其是在有霞的夜晚，我站在老家门口的塬边看西边的云彩，就更有这样幻想的意趣了。

我把我的想法告诉父亲，他笑了笑，用粗糙的手摸我的脑瓜，告诉我：天空会飘来座头鲸，但需要耐心去等。

座头鲸是什么呀？

是一种大鱼。

为什么天空能飘来大鱼？

因为你心中有海。

父亲还说，座头鲸藏在密云谷的雾海里，一般人是看不见的。

父亲出身较好，是高中生，和不识字的母亲是包办婚姻，两人那时候一直不好，一直吵嚷，好像根本没有安静的时候。闲时父亲翻书，母亲就说他懒得要命，狗都知道把门，鸡还晓得下蛋呢，就父亲无事可干。他们不管说天气，还是说别人家的闲话，怎么说怎么有吵架的由头，家里就是个军火库，每一丝空气都带着火药味。尤其是每年过年，更是闹得不可开交，别人家过年是团聚，我们家是摆擂台。

我八岁那年，大年初三的黄昏，他们干仗，我在院子里拉着兔爷灯瞎跑，父亲吵骂间出了家里的大门。也怪，我没和平时一样，自己玩自己的，却出门去找我的父亲。

父亲穿着一件脏兮兮的中山装，坐在离家不远的公路边的里程碑上看夕阳，我叫父亲回家，父亲摸我的脑瓜，问我：志明，看见大鱼了没？

我启动了我的畅想模式，叫我看见什么，我就能看见什么。

我说看见了，鱼鳍还扇了几下，跟扬麦子时风车的轮叶一样。

我感到父亲的手在颤抖，抬头看，父亲满脸泪水，眼泪沿着腮帮下来了。

我没有带回父亲，自己回家去了。我以为父亲看够了夕阳就回来了，但是父亲不见了。

我上小学的时候，仍然通过幻想去取乐，但我已经开始不单幻想那头座头鲸，而是开始联系实际，幻想有那么一天，老师告诉我，有人找我。出门去，就会看见父亲，他给我一只崭新的铁皮笔盒，里面装着圆规、三角板、量角器……

我在课堂上跑神，看窗外的天空、流云。想，你们怎么都不来？不管是父亲，还是座头鲸，他们都不来。没准，那些都只是我的幻想而已，父亲是幻想，座头鲸也是幻想。

在我上大学的时候，父亲联系我了，他在福州做事，叫我去转转。

我回头告诉母亲，母亲说，他生娃不管娃，还有脸找儿子？

母亲的脾气真不怎么好，按道理，我们就是这个世界上最后的亲人了，可是她连我都容不下，什么事情都要管，所以结婚之后，我们也没有在一起生活。

我们几乎是互相躲着对方。

就在春天，我回家去，发现母亲的身体大不如前。或许，这是生命力慢慢消退的表现，只是我没有留心而已。我发现母亲有离我而去的可能，猛然察觉，我亏欠母亲的太多，然后就开始密集地回家。每到周末我就回去，母亲看见我，也开始和颜悦色，她问我，我是不是恨她，她把父亲骂走了。

于是只有每周都去见母亲，我才会心安，才会看见一个生命的消逝是如何肉眼可辨，如何抽丝剥茧，如何失去控制。我们每见一次，她每走一个碎步，时间每朝前一秒，她的生命力就要被抽走一分。

母亲去世时，双手凌空举起，像要去收拢什么东西，两个眼角同时流下了一行清泪，我抓住她的手，她呻唤似的叫了一声：志明。

母亲去了。

窗外的风突然大了起来，树枝在晃动，窗内木桌上素净的桌布也被掀动了起来。我起身关了窗，给志明先生续上了茶水。

志明先生继续说：母亲去后，我一直做梦，按道理，我该梦见的是母亲，可是并没有，我一直梦见我的天空飘来了座头鲸，不是一头，是一大群，遮天蔽日，跟放羊一样，对着我吱哩哇啦地叫，像是一群缺奶的孩子。

我还梦见小时候，我在家门口和伙伴们一起捉迷藏，我藏了起来，但没人可以找到我，当我再也耐不住无人知晓的孤单走出自己藏身之处时，看见父亲又一次背身坐在公路边的里程碑上，他的旧中山服上落满了尘埃。于是我朝父亲走去，天空突然出现了座头鲸。它有着小小的扁平的头，嘴宽大，排布在嘴边的几十个瘤状凸起齐刷刷还在滴水，那眼睛多大多空阔，瞅着我飞来，用宽阔的腹部遮住了父亲头顶的天空，同时，再次唱诗般的发出了清亮的叫声……

我从梦中醒来，突然很想父亲，父亲的面孔越来越清晰，像是从水中打捞起来的一件旧物。

除了找到父亲，我没有其他选择。

两天之后，我在福州找到了多年未见的父亲。父亲多么苍老，我和父亲面对面站在一起，原先想象的激动的情绪并没有及时出现，只有一点略微的惆怅和尴尬而已。我的头发和他的一样花白，看面相，此时憔悴的我和他可以做兄弟了。

父亲住在一个又小又旧的房子里，那个比父亲年龄略小的“后妈”，其实并不比我的母亲年轻多少，不过眉目间的温和依然让我感到欣慰。父亲问我，母亲身体怎么样。我说挺好，我不愿意让自己的这次出行变成一种有必然目的的寻亲行为，这让我觉得自己很脆弱。来之前，我对父亲说，我是到厦门出差来的。父亲也不含糊，叫了他到福州之后生的两个儿子也就是我的“弟弟”及弟妹、孩子一起吃饭，虽然他们对我的招待特别细心，生怕我有什么不适。其实，我的心里一点儿都感觉不到多少温暖，只像大冬天抱了一会儿别人的暖宝而已。

几天之后，很快就到了离别的时候。父亲送我到机场，我俩在路边又寒暄一会儿，父亲叹口气说，他当年离开家乡，现在想起来，挺后悔的。我便把刚抽了半支的烟扔在地上，用脚碾了一下。

父亲突兀地说：照顾好妈妈，其实……我挺愧疚的，人世的苦是吃不尽的，但我跑了路，你们母子一定很不容易……

我问父亲：你相信空中会飘来座头鲸吗？

父亲愕然：你说什么？

我说：座头鲸，我小时候听你说的。

父亲笑了：我忘了。

我说：你说过，座头鲸会从密云谷的雾海中飞起来……

父亲笑了，左边的眼睛沁出了一滴眼泪。

话说到这里，我抬手看自己的腕表，已经到了早晨五点多。志明先生泡的茶很浓，喝得我睡意全无，志明先生的叙述特别详细，只有这样的叙述密度才能把一夜的时间去填满。

志明先生讲完他的父亲，又重申了一遍：座头鲸会从密云谷中的雾海中升起……

你叫我见证奇迹发生的时刻？

志明先生信誓旦旦：这件事是毫无疑问的……

窗外的晨曦已经亮了起来，志明先生站起身，去打水，我俩草草地洗了脸，刷了牙。

我们在山路上逶迤而行，草木蓁莽，霜飔四起。因为我没有睡好觉，所以脚下发虚。脚下的野草露珠很重，不多时，我就感觉裤腿湿透了。我将裤腿挽了上来，虽然脚踝很凉，但是总算脚下干净了些，走了半小时的山路，终于来到了密云谷，四面山地，稳稳地把一汪深沉的云海搁在谷地中央。

志明先生说：你听……

此时山谷静谧，谷地中果然发出轻微的叫声，似乎是呼噜声，又夹杂着短促的尖叫声，这声音的确响亮、空灵，是纪录片中座头鲸所谓的“美妙的歌声”或者“复杂的语言”，还有什么样的生物有如此曼妙的诗意般的吟唱呢？我一时间也开始兴奋，以至于汗毛都齐刷刷地立了起来。

沉默而浩渺的雾海中，突然开始波动，仿佛有一个巨大的生物体即将跃出，这越来越紊乱涌动的雾的海面……

倒春寒

四月初的一个晚上，离婚不久的向晖刚刚脱了衣裳钻进被窝，就听见了敲门声。他猜是前妻卢佳又来拿东西——他没有换锁，但卢佳每次都要敲门，因为这时敲的已经是别人家的门，还不好意思用钥匙捅，但要是敲不开门，她八成还是要拿钥匙捅开。

卢佳白天忙着上班，上班的间隙用思绪把房子的角角落落再捋一捋，总会发现有点东西还没有带走，所以晚上过来拿。当然，人的记忆是靠不住的，所以有些东西能找到，有些东西找不到。找不到的时候，卢佳就认为是向晖把那些东西藏了起来，包括一个充电的脱毛仪、两支价格不菲的口红。向晖根本不想搭理她，任由她指手画脚地嚷嚷。向晖说：我给你买个新的吧——只要你别再来打扰我。

当然，向晖不想给卢佳买新的，他不知道脱毛仪长什么样，也不知道价格不菲的口红是什么样子。卢佳要是这么搞，这个房子就成了叮当猫胸口上的百宝兜，想啥就要有啥了。

今晚门一响，向晖就用被子蒙了头，敲门声显示了相当的韧性，暂停一会儿，再响三下，又暂停下来，暗含了一种不达目的不罢休的意味，向晖居然跟着节奏打起了拍子。的确，他隔门接受了卢佳的摩尔电码，知道她的手何时抬起又何时落下，等不到卢佳给锁插钥匙的声音，所以他不得不开了门。

但门外并不是卢佳，而是向晖四年未见的父亲向忠军，向忠军穿着一件咖啡色的薄夹克，脸上挂着歉意的笑，拘谨地站在门口。他的脚边窝着一只橙色的旅行包，旅行包蔫了半边，显然内容比较空虚。

向晖没有说话，转身进了房间，向忠军跟着进来。

你怎么来了？向晖边套上一件白衬衫边问。

父亲的突然出现，让向晖有些手足无措。他面对向忠军甚至不如面对卢佳那样自如，以至于他的手指变得不是那么敏感，总感觉自己系错了扣眼。

向忠军进门之后，把旅行包放在了进户门的鞋架上，然后去了卫生间，在水龙头下洗脸，因为不知道擦脸的毛巾是哪一个，所以他顺手拿起置物架下方吊挂着的蓝色毛巾，那实际上是擦灰尘用的抹布。

向忠军坐到了沙发上，呆呆地看窗外的夜幕，或许他夜里赶来，没有发现这里的变化，也可能很吃惊，这片建起只有六年时间的居民小区如今已经陷入重重高层虎视眈眈地笼罩之下。

就在今天下午，本小区的业主们刚刚草率地在微信群里誓师，结成了三十多人的业主代表团，去和物业谈判。

物业在去年安装了电动升降栏道闸，和业主们发生了矛盾。原来办理小区院内停车事项时，物业对每一张蓝牙卡收取了一百元的抵押费，当时说这个费用可以退回，但最后蓝牙卡作废之后，退钱随即不了了之，因为收条上压根儿就没标注这只是“抵押费”。大家就商量拿着目前已经失去效用的蓝牙卡去找事，当然，跟很多人处理身边麻烦一样，一百元并不是什么大事，但这张虚开了一百元收费单的蓝牙卡背后，充盈着恶意的蔑视和强吃的意图，这些意图严重冒犯了业主们。

向晖成了代表们的代表，他像一把利刃，在物业办公室所在的小区正门口和物业经理吵了起来。如果你当时恰好路过，就会看见挺有意思的一幕：一个青年男人和几个身着西服的男人对骂，几乎要动手了，他的身后站着三十多个人，里面有三四人偶然插一句进来，其余人等一半双手抱肩，一半双手插兜，虽然脸上挂着怒气，愤愤不平，但一言不发，用最文明简约的方式进行了有力声援。

七点之后，有人开始放慢气，说什么民以食为天，还有人要回家辅导孩子学习，纷纷开始划水，偷偷溜走了几人，眼见竖子不足为谋，向晖把大家手里的蓝牙卡全部收起来，扔在了物业办公室的桌面上，要求物业三天之内务必退钱，不然接下来业主们会让物业很麻烦。这其实是一种偃旗息鼓的象征，和大多数没有严密组织、缺少行动纲领的斗争一样，事情已经提前落下了失败的帷幕。

向晖察觉出向忠军没有吃饭，他便下厨，打了两个蛋，给父亲下了一碗挂面。单身已经有十来天时间，向晖暂时喜欢上了这种快捷的凑合方式。

向忠军吃地很拘谨，几乎是一条一条地进食，两根筷子一张一合形成的夹角也很克制。向晖叹息了一声，那个端起碗恨不得把碗倒进嗓子眼的急性子壮年男人已经被新的家庭调教成了另一副模样。但后来向忠军吃饭速度渐渐快了起来，风卷残云般吃个干净，喝汤、舔碗，完成了这套训练有素又不甚体面的组合动作。

向忠军喝了半杯水，舔舔嘴皮说：我回来看你。向晖嗯了一声，脸上看不出有什么情绪。

向忠军朝沙发内挪了一下屁股，坐实了点。

向晖说：这几天又是倒春寒，明天开始降温……

向忠军说：你三叔家的苹果园今年八成又完蛋了。

向晖知道，父亲和族人多有联络，只与他少了联系，所以他冷淡地说：你倒惦记得多。

向忠军笑了笑：现在土里刨不出东西了。

向晖走到小卧室，三两下整理了床铺，回头朝向忠军说：今晚你睡这个卧室。

向忠军说：卢佳去哪了？

向晖说：离了。

向忠军以为儿子在开玩笑：你脾气放好点儿……

向忠军还有话说，向晖却已经没有再和父亲对话的兴趣，他匆匆刷牙，洗脚，睡觉。十多分钟后，向忠军站到了向晖睡觉的主卧门口：儿子，你真离了？

向忠军应该是看到床头柜上的那张体现了“新人新家美好祝福、好合好散各找幸福”的人文关怀的离婚证了，如假包换，它安静地躺在小卧室书桌上，仿佛是某个培训机构下发的培训证。

向晖不想回答，他装睡。

或许因为向忠军的到来，向晖心里五味杂陈，因此影响了这一夜的睡眠。他在恍惚间听见窗外的风掠过树梢。那细碎、轻微的声音穿过墙壁和柜子，穿过他凉凉的骨头。

向晖夜里上厕所，看见阳台上有烟头一明一暗，发出一点渺茫的红光。向忠军居然没有睡觉，他站在阳台上，窗子开着。

重新睡下之后，向晖想起一些往事。

大学毕业之后，向晖曾在 A 城有过一段相当挣扎的打工经历，那段没有结果的打拼浪费了他两年的宝贵光阴。等他回到老家考取公务员的时候，已经是六年前的秋天。

向晖清晰记得，那一年的秋季经过一场漫长的连阴雨的浸泡，向后一个季节迈出的步伐陡然加速。

在考前的晚上，向晖住在一家小旅馆，听窗外细碎的雨声滴答不绝。向忠军出现在宾馆的时候，身上的衣服全湿透了，站在地上，拓湿了一块地面，仿佛他本人是一块吸附能力高超的海绵，而且他的头上可笑地顶着一个白色的塑料袋，额头上半叠半开地印着四个红字：每日实惠。

向忠军大老远赶来，当然不是要拿这个塑料袋逗乐的，他是来陪儿子考试的。因为向忠军的参与，向晖当夜的睡眠坏得一塌糊涂，他在父亲的如雷鼾声里一夜未睡，枕戈待旦。向晖仗着年轻躲过了父亲热情送达的阻挠，顺利考上了公务员。

那一年，向忠军刚刚从县印刷厂退休下来，他对独子向晖的期望已经降到了最低。就在前一年，印刷厂的一个老同事的儿子落户澳大利亚墨尔本，成了外国人，另一个老同事的儿子考上了北大，县上奖励了一万元，学校奖励了五千元，向忠军对照检查，内心备感荒凉。

向忠军起初是农民合同工，到了临近退休的前几年，他和墨尔本人、北大生的父亲一起去找县委书记，寻求解决养老保险的问题。据说当时差点功亏一篑，墨尔本人的父亲当机立断，在地上打开了滚，边滚边吼边骂，一套组合拳把县委书记打蒙了，最后这事稀里糊涂也成了。向忠军事后想起，总要感慨一声：真是老子英雄儿好汉！有点自责了，老鼠的儿子会打洞嘛。

向晖和向忠军的感情好像一直处于一种若即若离的状态，他们从来没有像其他父子一样，并肩走在路上，或者对坐小酌，他们之间几乎很少交流，所以向忠军在考试之前的看探让向晖心里多了那么几分温暖。

向晖考上公务员之后，很快就分配到县委某部工作，看得出，向忠军对此比较满意。他向来不主张儿子去外面打拼，因为向晖“太老实”，“不会变通”。

就在第二年，向晖经人介绍，和卢佳结婚。和大多数新婚家庭一样，向忠军为儿子拿出了自己压箱底的十二万元，为孩子的新居提供了首付。

就在大家都认为新日子即将步入一路芬芳的时候，向晖的母亲却因脑溢血发作猝然离世。在向晖的生命中，那个一直在印刷厂流水线上工作的父亲显然没有母亲重要，所以母亲的去世，让这个家庭仿佛失去了最要紧的主心骨。母亲去世不久，其面孔却在向晖的思念里迅速模糊起来，这让他惶恐、惭愧，他不得不经常翻看相册，母亲的照片并不多，但足以让向晖找回那些不能丢失的记忆。

打消向晖惶恐和惭愧情绪的人是父亲向忠军。不过刚刚一年过去，向忠军就跟向晖坦率地谈起自己的续弦计划，那个和母亲“差不多贤惠”的女人是和向忠军经常一起打太极的张阿姨。

那位青年丧夫的张阿姨算是那个太极拳学习团队的后辈，比向忠军小了五岁，那年刚刚从中学教师岗位上退休。向忠军教她太极拳，一来二去，风生水起，就有了搭伙过日子的想法。

在向晖看来，父亲这么着急续弦是相当可耻的，含辛茹苦的母亲长期居住在农村，父亲除了播种和收割的时候会回来之外，其余的农活都是母亲一肩扛起，繁重的农事让母亲提前变得苍老，因为患上了严重的腰椎和颈椎病，所以腰背比同龄人更快地佝偻下去。如今母亲去世不过一年时间，父亲居然就有了这种想法，这让向晖非常恼怒。

向忠军是一个做事很强硬的人，一辈子站住道理就不让步。他曾经和印刷厂的厂长发生矛盾，两拳就打断了厂长的眼镜腿子。这次也一样，他坚决认为这件事情是没有什么问题的。

或许是因为向忠军就坡下驴，或许他真结了一门好亲，谁知道呢？反正半年之后，向忠军就跟了那位张阿姨搬去了A城，据说张阿姨在A城有一个小套居室，向忠军跟着享清福去了。

向忠军来跟向晖告别的时候，向晖觉得这不过是一个缺少诚意、仓促知会的过场。向晖恶劣地总结了父亲年轻时候的活法，他躲在那个自我感觉很“重工业”的车间里操控着各式机器，把家留给了自己的妻子；而现在他又要去倒插门，把儿子变成了留守分子，这一切可真是荒唐。向忠军反驳说没有自己在印刷厂下苦力，家里的日常根本无法运转，如今，儿子翅膀硬了，自己离开也造不成新的问题。这样一辩论，最后的告别就显得格外不体面，向晖把父亲拎来的一个十六斤重的大西瓜扔出了进户门，在楼梯上碎成七八瓣，西瓜水像血一样模糊一地。

客观上说，那次的冲突显然受到了诸多外在因素的影响，向晖工作上的压力拧紧了家庭矛盾的弦子，导致向忠军和向晖的告别温情不足，暴力有加。

当时向晖刚刚考入县委某部不久，工作量骤增，压力山大，虽然才过去了四个月时间，却堪称他人生中最难熬的一个阶段，他甚至不知道怎样去如厕了。

部长的办公室斜对着卫生间的门，向晖每当如厕的感觉来临，只能小心翼翼地向卫生间走去，不管你信不信，无论大事小情，不顺意总比顺意的时候多，向晖总是在卫生间遭遇部长，这让他非常苦恼。

要么向晖刚进门，部长也刚好进来；要么他刚到关键时候，就看见部长凸起的肚腹像先头部队一样摇摇晃晃地引领着胖胖的身躯挪了进来，这样的邂逅总是让如厕的快感迅速变成直面领导的尴尬。所以他每天在单位都不喝水，用这样的隐忍去化解无法预知的难堪，因此很快患上了尿结石，疼起来真要命，他像曲蟮一样在床上不停地皱成一团，又扽了开来，为下一轮的痉挛、伸缩做好铺垫。

那场冲突造成的结果是父子之间的矛盾抵达了顶点，说来他们已经成了这尘世间彼此唯一的亲人，可是一去四年，一别两宽，再无关联。

如今，向忠军却回来了。

第二天一早醒来，向晖看见餐桌上摆着的小笼包，密封着的小米粥。他环顾房间，房子里有了新变化。

地板被仔细地擦洗一遍，光亮可鉴，那些附着在地面上的顽固性污垢被刀子之类的工具刮了一遍。所有桌面上的灰尘都被细心抹干净了。落地窗边的绿植一律被薅去了枯黄的败叶，那棵个子最高的龙骨偏了身子，粗干儿上被绳子系住，朝向虚的一边设计了一个强有力的拉拽结构；原先趴在瓦盆边上、状如长虫一样的星乙女被竹枝搭了起来；绿萝拖在地上的枝蔓被悬挂起来，重新分理得清清楚楚……

自卢佳搬出去之后，这个家很快就凌乱起来。向晖除了晚上回来睡觉，平时吃饭上灶，休息在单位，经过向忠军这么一收拾，房子里重新生机盎然起来。

向晖和卢佳都是体面的人，他俩商议和平分手，不能把日子过成红红火火的夏花，但可以静默如秋叶般结束，不要搞那些撤下阵来还炮声隆隆的事，穷寇莫追，多余的伤害不要。向晖的一个朋友离婚之后，被前妻指为身体有隐疾，闹得后路不通，男的要再婚也有了障碍，这点上卢佳表现可以，没有落井下石的计划。

可能别人会说，向晖和卢佳离婚的原因是没有孩子，好像孩子就是一重紧密的榫卯结构，可以把即将坍塌的关系和感情暂时固定和树立起来，其实没有孩子并不是压倒骆驼的最后一根稻草，那日积月累的空虚才是问题，他们面对对方的时候，总有一种进岔了时空的错觉。

向忠军太冷漠了，他居然没有问过向晖，哪怕只问那么一次，他的小孙子到底离落地还有多久的时间？可能向忠军根本没把这当回事。或者说，他的短见只能让他关注眼前和张阿姨的感情，而忽略了自己终将离开这个世界的事情。

向忠军是回来联络感情来了。向晖想，父亲给他让步了。

向晖上班之后，向忠军打来电话，说他回了老家孟和镇，看看外包给苹果商的果园，他在电话里忧心忡忡地说：咱们不是号称苹果最佳适生区吗？年年不是倒春寒就是霜冻、春雪，花芽还长不长了？向晖就有点不在乎了：你中午能回来吗？向忠军说：你二狗叔两口子给我压个饸烙，一会儿就要吃……

向忠军说他下午回来，向晖就想着晚些请父亲吃个饭。向忠军生活中很质朴，前些年就不爱去馆子，至多吃碗羊肉泡就算解了馋、开了胃，向晖想找个小馆子，炒几个菜，和向忠军坐一阵，不是为了省钱，是为了合向忠军的生活习惯。

但到了四点多，向忠军打来电话，通知儿子下班了到临州饭店孟和厅吃饭。呵，向忠军此次回来可真是诚意满满，这让向晖心里略微吃惊，那边的饭除了价格漂亮，其余质和量都有点不足。质朴的父亲客气起来真有点出格，向晖想，父亲肯定会请那两位一直关系亲密的老伙计过来，他们都曾在印刷厂上班，三观像一个模子里刻出来似的一致，脾气也一致的火爆，三个火枪手嘛。离开几年，他们肯定是有很多掏心掏肺的话要讲，向忠军应该要对他们讲述一下自己的现状，应该会像姑娘家加了美颜的照相一样，让别人对自己的现状多一些误解——父亲有时候挺能吹的。

下班之后，向晖开车到临州饭店，进到包间，看见向忠军笑呵呵坐在那里，桌上放着木盒装起的一瓶莫高。向晖问：你咋一个人？向忠军说：一共三个人。向晖问：你叫的是孙叔还是姚叔？向忠军和老孙、老姚从来一把筷子不零卖，这会儿怎么能只请一个过来？向忠军说：你别问，来了就知道了。

十多分钟后，有人敲门，进来的却是卢佳。卢佳和向晖同时愣了一下。卢佳说：我爸支我过来吃个饭，没想到……爸，你咋回来了？

向忠军用手势请卢佳坐下：你俩可真让人不省心。

向晖心说：你胡子一大把了不一样撵着那个张阿姨的屁股说走就走，房跟檩人跟种嘛。向忠军叫卢佳点菜，卢佳不点，向晖也不点，向忠军就拿了菜单过去：今天来几个硬菜。就点了炒毛肚、手抓羊肉等等。

卢佳说：爸，够了够了！

向忠军的豪迈是出格了、夸张了，中间就有点迟疑，不够流畅，他用手指刮自己下巴上的胡茬。向忠军感慨，卢佳的这声爸，是他们之间绵薄亲情的车越轨之后的惯性输出，算是一点安慰，怕也长久不了了。

原以为向忠军要打亲情牌，没想到他只讲了一个小故事，用身边事教育身边人，算是曲线救国。

一个是他的一位老哥们儿，两口子过不下去了，离婚重新开灶。女的找了个纺织厂的工人，过门七八天就被打了一双熊猫眼，最后后悔了来找男的，但男的已经瞅下了，新瞅的女人脾气也坏，把男人管得严，烟火都给他停了，男人恨不得在地上捡烟屁股去过瘾——那磕碜！

两个反面典型和卢佳、向晖照应，讲完了故事，菜也上了。

向忠军开启红酒，他没有做惯这件事，起子屡屡脱手，最后还是向晖打开了酒。倒了三杯，向忠军要他们举杯，清亮地碰了一声，干！

卢佳说：爸，你该问问向晖，他是怎么对我的，他本质上就是自私，太把自己当回事……向晖一言不发，听卢佳陈述他的罪状。

向忠军代儿子照单全收，边点头边赔笑。

向晖抬头看屋顶的水晶灯上吊坠的水晶球，一共有二十四个，他数了四遍，卢佳才讲完他一身的毛病。

向忠军说：你们就是太冲动，夫妻是打不散的冤家，这点事是什么嘛。我和向晖他妈，那会儿吵起来，他妈大耳刮子抽我，挠得我一脸伤，我出门去，蹲在门口的大桑树下抽半盒烟，又回去干活了——向晖，你说是不是？

向晖不记得这件事了，或者他们果真有这样的冲突，但自己当时不在现场，所以他未置可否。向忠军又说：卢佳虽然有点性急，但是明事理，不像向晖是个瓷头儿；向晖要容让嘛，男人家，心眼子比鸡屁股还小，那怎么成?

卢佳对前公公的话深以为然，频频点头。

看着卢佳的话头软了，向忠军也不多说了，只说吃菜吃菜，一时间只有筷子碰触碗盘的声音。吃完饭，卢佳离开之后，向忠军父子也离开了临州饭店。

他们走在刚刚亮起的灯光之下。向忠军说：你记不记得那一年，你得了尿结石，在医院震了石头，每天输液结束，也是这个点回家。

向晖当然记得，那应该是他们父子之间关系最为和谐融洽的时候。向晖进入某部工作之后，因为突然“不会上厕所”了，很快就患上了尿结石。

县人民医院在城西，而向晖家住城东，恰好那段时间卢佳在外培训，向忠军就来陪儿子输液，完了就陪儿子一起回到家里。

因为路远，所以他们两人共用一辆自行车。那么一个小小的玩意儿根本承载不了两个成年男人的体重，所以向忠军骑一会儿，把自行车放在向晖前方的路上。然后向忠军朝前走上二三百米，向晖从后面上来，就骑上自行车走四五百米，又把自行车放在父亲的前面，也像父亲一样又步行一阵……向忠军把这种方式叫扯皮条，是他初入印刷厂时候，和工友之间发明的节省脚力的方法。

那个时候，向晖从那辆旧自行车行进的身影里看见了父爱，这让他心里异常感动，但感动也只是鞋窝里尿尿热乎一阵儿，因为他输完液的最后一天，父亲就和他说了自己要续弦的决定，这个消息吹散了向晖心里虚无缥缈的父爱的感觉，向忠军干吗要和自己扯皮条，看着是一种表达温馨的方式，其实又让他画饼充饥了一次而已。

但时间改变一切，如今向晖感觉到的，却是向忠军的诚意，那么彪悍的一个男人，续弦却要问自己的意见，即便是形式主义，也很不容易了。

晚上回到家，向晖感觉到房子里又有了新的变化，他在房子里走了一圈，才发现自己的鱼缸里多了东西。多了两只火柴盒儿大小的龟。向忠军说：我给你买了两只草龟，草龟不咬手，好伺候。又说：水下有五只石螺，是吃龟屎的，石螺要是死了，会很臭，要及时捞出来扔掉。

向忠军不但买了龟，还用灰蓝色的瓦片给搭了晾台，此刻一只龟爬了上来，懒洋洋地享受着闲暇时光，另一只龟则趴在细细的沙上，有一只石螺也在玻璃内壁上伸出了触角，打量着新的逼仄的处所。

那沙子可真细，真干净，向忠军应该淘洗了好多遍。

向晖小时候去家乡的鲁公河里玩，摸出虾蟹之类就带回家，用罐头瓶养起来，周末向忠军回家，一把抓起来就抡远扔掉，一是嫌脏，二是嫌儿子玩物丧志，耽误学习。

如今向忠军却把这些小玩意儿给向晖整回来了，还配套了不少别的东西，仿佛有意把童年的遗憾还回给向晖。

这一夜，向晖依旧睡不着。他爬起来走到客厅，看见向忠军坐在窗边抽烟，那窗户开得够大，以至于向忠军身边的窗帘都在因风缓缓拂动。

看见向晖出来，向忠军用手掌摸了下脸，皱了眉笑了一下：我睡不着。向忠军老了，眉头也缩小了，一皱，像两颗黑豆朝着眉间骤然聚拢。

向忠军很快关了窗子，把烟在烟灰缸擩灭。他坐到沙发上，笑容慢慢懈怠下来。向晖知道，向忠军怕被儿子嫌弃抽烟，他从柜中拿出一盒烟，拆封，给向忠军递过去一支，向忠军接过烟，放在桌上。向晖拿起烟，放到了向忠军的嘴边，然后拿打火机点火。向忠军前倾身子，烟头一红一红地着了。向晖看见父亲的屁股朝前挪了一下，他的大腿和小腿形成的折角缩小了一下，烟点着，父亲又坐回沙发，折角打开了，他的心里骤然一紧，比窗外的风声还紧。

第二天，向忠军找他的老哥们儿去了，中午也没回来，可能是和墨尔本人、北大生的父亲们吃饭去了。

下午下班之后，向晖开车进小区门，显示停车费已经到期。向晖就在小区门口驻了车，进物业办续费，工作人员是一个中年女人，她一看向晖，脸色一沉，前两天吵了一架，她的情绪至今还没缓过来。

物业办的人看见向晖来气儿，向晖看见他们一样没有好气，他质问工作人员，去年冬季小区院子里铺地砖、修下水道，一个多月院子里不能停车，车都停在小区外墙边，所以今年办停车费应该给业主们再延长一个月的时间……女人眼白一翻：这事情我做不了主。向晖问：谁能做得了主我跟谁说。女人就笑了：修院落还不是为业主服务，您可真会算账。向晖说：今天我还非得把这一个月给争取下来，你一天都别给我落下，你们倒真聪明，蓝牙卡的费用还没退还呢。

这么一说，身后几个来交水电费的业主也掺和进来，七嘴八舌说起来，那女人被联合攻击，脖颈都红了，打电话喊他们的经理。

一口东北口音的经理到了现场，双手叉腰，把西服的下摆勒到身后，说你向科长好歹也是个领导干部，怎么可以这样不讲道理，咋，欺负不了男人还拿女的开练，真好意思？

一见男同志出面，几个业主也就不说话了，向晖说停车时间得延长一个月，别给我们打马虎眼。经理就冷笑：嫌贵你别停院子里，路边也能停……

这不是钱的事。

不是钱是什么事？疼钱你别停这里。

向晖见这经理一脸嘲讽，顿时攥紧了拳头，额头的血管嘣嘣直跳。经理说：要续费就赶紧，到了夏季还要提价，到时候你不更难说了。

向晖忍受不了这样的侮辱，他果断地一把抓住了经理的领带，拽过来就扔出了物业办的门。经理在地上滚了一下，倒在了红白相间的隔离栏边上。

经理要的就是这样的效果，他大声喊：救命，杀人啦！

物业办对面的保安室冲出三个膀大腰圆的保安，一看经理被揍，赶忙冲了过来。

向晖气得脸色刷白，一个年轻保安可能想在领导面前献点殷勤，所以一过来就揸开五指要卡住向晖的脖子，向晖也不含糊，一拳捣过去，小保安一个屁股蹲坐在了经理头上，另两个保安一看，打不是，不打也不是，只好先过来扭住向晖的臂膀。

小保安站起身，朝着向晖的脸上就是一拳，向晖的鼻子被打破了，热血奔流，滴落地上。小保安愣住了，经理也愣住了，其余的业主已经把身子缩到了一边，向晖用手抹了下鼻子，一手淋漓的鲜红，他走上前，一把抓住小保安的胸口。

小保安大概十八九岁，被吓得嘴巴半张，吐不出一个字。

向晖想，这小子的处境和自己一样孤立，经理已经站到边上，拿出了手机，可能要录下视频资料，两个中年保安六神无主，至于那些业主，一律成了“同去、同去”的看客……

突然出现了一双手，它们一根一根掰开了向晖的手，是向忠军。他把向晖拉到边上，用卫生纸给他擦脸，塞上了流血的鼻孔，然后一言不发，拉着向晖的手向小区院子里走去，像是小时候一样，向晖在外打了架，向忠军如果在家，也会这样牵着他的手回家，不同的是，小时候的向晖是挣扎的，而现在他却很顺从。于是身后的人群在嘈嘈切切中作鸟兽散，人群中传来两声口哨，大抵是觉得好戏提前散场有些可惜。

向忠军把向晖拉进了门，把他带到洗面台前，放了半池水。

向忠军去了厨房，向晖听见厨房里发出了择菜、洗菜的声音。

向晖心里难免有点懊悔，他把那团恶心的渗血的卫生纸从鼻孔取下来，扔进了纸篓，闭着眼睛洗脸，换了第二遍水才睁开了眼睛，他看见镜中的自己鼻子稍微肿起，因为生气，他眼仁血红。

向晖在卫生间抽烟，心里感到颓丧极了。他听见父亲在厨间开始炒菜，铲子剐蹭着锅底，食用油的吱吱声，充满了装模作样的喜感。

父子两人无话，吃完了饭，向晖坐到沙发上，继续抽烟。

向忠军洗完了锅碗瓢盆，仔细地打理了煤气灶台前的油气污垢，走到向晖跟前，问：还疼不疼？

小时候，向晖和邻居家的孩子打架，只要赶上向忠军在家，那就有好受的了，向忠军不问青红皂白，劈头盖脸先把自己的儿子修理一番，很有一种刀刃朝里的自省精神。照向忠军看来，娃娃就要乖，点尘不染，你当然不能惹事，被人惹呢要会容让，要乖觉到不叫家长操心才行。

今天向忠军却什么都不说。

向晖抽完一支烟，把烟蒂扔进烟灰缸，刚要抽回手，向忠军把手盖在了儿子的手背上。向忠军吐字不甚清楚地说：向晖，对不起……

向晖感到手背灼热，仿佛盖住他手的是一个烫手的熨斗。向忠军的手很糙，那些很糙的纹路正在试探向晖的手背，好让正在传递的温情不重不轻地、不折不扣地传递给儿子。

向晖逃避了，他面颊一红，把手抽了出来，他已经不适应这样的疼爱和亲近，男人生来就是这样，小时候有多期待父亲的溺爱，长大后就有多排斥父亲的溺爱，像是拒绝一颗要害牙疼的糖的善意一样。

向忠军说：明早我就要走了。

向晖说：你可以多待几天。向忠军说：张文慧生病了。张文慧就是那位张阿姨。

向晖问：阿姨怎么了？

向忠军说：直肠癌，转移性肝肿瘤。

向晖一时间有点蒙，他不知道这是一种病还是两种病，但他知道，无论一种或者两种，都是来要人命的。

向忠军说：已经花了十多万，现在实在是没钱了。

向晖问：还需要多少钱？

向忠军说：缺二十万。

向晖愣了片刻：我说我爸怎么回头找我来了，原来是这样。向忠军没有说话。

向晖站起来，在房间里走了一个圈，他看见干净的桌几，缸里的乌龟、石螺，水底的沙，无不带上了调侃的意味——向忠军从来都是这样的人，要不是为了那位可亲可敬可爱的张阿姨，向忠军怎么会回来找他呢？这世界从来都是这么现实，这种现实天然浮动在他们貌合神离的亲情之上。

向晖端起鱼缸，手一松，掉在了地上，玻璃亮晶晶的碎了一地，乌龟受了惊，缩成了一团，石螺的壳摔碎了，露出了灰褐色的、丑陋而滑腻的身体。

向晖朝向忠军走去，他脸色狰狞，向忠军的眼神里露出了恐惧的神色。是的，向忠军的手抓住了沙发的垫面，抬起眼睛看向晖，眉毛落成了倒八字。

向晖心里发冷，向忠军居然害怕他，这让他心里冷透了。

向晖便进了卧室，去床上躺了一会儿，心跳得厉害。他想不到张阿姨居然患了重症，更想不到一辈子腰杆挺得直撅撅的向忠军是回来找他求助的。他想起了母亲，感到内心特别疲惫，父亲终究是和自己尿不到一个壶里的，父亲不会在亲情和责任的推动下回到临州，而只能是因为那位可怜的张阿姨。这么一想，向晖的眼泪就流了下来。

客厅里传来向忠军收拾鱼缸，扫地、拖地的声音。

向晖睡到晚上九点半，爬起来给卢佳打了电话，卢佳居然不像平日那样淡漠，她问“咱爸”今天在干吗，她的父亲明天想请“前亲家”吃个饭。

向晖说：张阿姨生病了，我爸回来找钱来了，你看看，能不能凑出一些出来……卢佳“啊”了一声：没问题，你这边有多少?

…………

向晖打过几个电话，一会儿就接到转账八万多元，他翻看自己的手机银行，到明早，十多万元是可以转给父亲的，他想，向忠军毕竟是自己的父亲，这是人命关天的大事，想起父亲这几天回来为自己献上的殷勤，他的心里既矛盾又难过。

向晖握着手机又睡着了。

清晨，向晖醒来的时候，看见手机上还来了两笔钱，他穿了衣裳走出卧室，想要向忠军的卡号，把钱转过去，但他发现向忠军不在房子里。

和向忠军回来的头一天一样，桌上摆着冒着热气的包子和密封的小米粥，乌龟和沙子已经被收拾进了另一个养过碗莲的水泥盆里……

向忠军已经离开了，带着他橙色的、蔫了皮的旅行包。

窗外的风声尖锐地穿过树梢，树上的嫩叶受了惊吓般，蜷缩着身子。向忠军的衣裳很薄，他身上一定很冷。

向晖没顾上穿外套、袜子，他胡乱蹬上鞋子跑下了楼梯，冲出了单元门。俗话说，前春暖、后春寒，倒春寒流动在临州的天空，天气凉得快掉下来了。

箫声咽

女人给尚信递烟，是细细的白色女士香烟，尚信没有接。女人用金属打火机“咔嗒”着点烟，她的毛裙下露出两只高跟鞋，鞋跟斜杵在地，尖尖的鞋尖不停颠着。她说，我姓姜，我家掌柜还忙，一会儿就过来，要不咱俩先说?

三天前，尚信从网上了解到某品牌面粉被本市质检部门抽检出不合格产品，他用自己的微信公众号对消息进行了二次加工并及时推送：临州人戳进，你家有没有食用毒面粉?！钩子棒槌齐发，振聋发聩地紧迫。

帖子在之后三个小时内点击量惊人地突破了上万次，被转载了二百多次，公众号关注人数新增三百多人。尚信心里高兴，在当天自己组织的读书会活动之后请大家去唱歌，一直玩到东方既白才回家休息。

今天中午，尚信接到了一个陌生男人的电话：这条毒面粉信息是从哪里来的？问题面粉只是一个批次的一小部分，全部发往东北，现在已经全部召回，你说什么毒面粉，是要让我的生意关门大吉吗?

尚信上网查，面粉的问题的确是“一个”批次的问题，这条假消息的来源已经断了踪迹，仿佛击鼓传花，传到自己手里就莫可名状地断了线。

今天下午五点，尚信又收到一条短信：晚七点半，旧城将进酒烤吧，不见不散，咱们谈谈面粉的事儿。

尚信心乱如麻，甚至将刚泡的一杯新茶稀里糊涂倒进了垃圾桶，转身又捏了一簇茶叶新泡了一杯，但临下班也没喝一口。

这位姜老板优雅地吸口烟：现在生意不好做，你们坐办公室的人恐怕很难理解。尚信说：怎么能不理解呢，我只是没想到会有这样的结果。

姜老板说：我家掌柜当时就要到你的单位闹去，我劝住了，那样多难看，咱不能招别人笑话。

尚信自己抽上了烟：网上起初说临州就在这个批次里面……

姜老板说：人要看见谣言都传播，世界得多乱套？

尚信退让了：要不我删帖，然后再发帖解释下？尚信本想删帖，但又觉得鸿门宴即将开席，筷子架上了碗口，形式上自己不可以认怂，再说此时轻舟已过万重山，晚了。

姜老板左臂支起了头脸，右臂抱了左边小胳膊，食指和中指轻轻敲击，那上面覆了一层细细的绒毛：其实这已经不是一个帖子的事情了。

尚信一直在看手机，在等周吉祥的消息。周吉祥这几天正好回到临州，在进入“将进酒”的最后一刻，尚信的忧惧心理战胜了自尊心，他向周吉祥发了微信：我惹了麻烦，旧城将进酒，见信速来。

有人推门进来，尚信转头看，一个怒气冲冲、和姜老板年龄相仿的三十来岁的男人一屁股坐到尚信对面。

男人很生气，眉梢高吊，跑到额头上去了。

姜老板对男人说：小尚说删帖，再把事情重新解释下。男人笑了：你跟我撞了车，怼坏了我的前杠，伤了我的门脸，你想钥匙一拧脚一踩就走，你觉得合适吗？

男人又说：你这是给身上描圈叫我开枪，属核桃的专找敲打呀。你说句话呀，你要是充木头扽不展，我只好跟你露底，文斗武斗我都奉陪，看你喜欢白的还是黑的。尚信的脸颊红红的，抱了双臂靠上了椅背。

男人说：你得赔偿，你给我一桶好水里点了一勺粪水，你这是恶意抹黑，现在还不是我找你的事儿，没准上面公司还要找你，他们要告你，一告一个准。

尚信说：怎么赔？我没钱。

耳畔拼酒的喧嚣声一浪推着一浪，轮番冲击耳膜。

男人打了一个“耶”的手势：不多，这个数就行。

这个数是一个数目的开头，后面还跟了蛋，“耶”是二，被领衔的几个蛋才要紧。

男人用牙磕开一瓶啤酒，对到嘴上，喉结上下蠕动，一气吹到底，抹抹嘴边的白沫子，朝姜老板说：屁大个事一晚上定不住点子，你就是个瓷锤！又问尚信：这事太简单了，到你这里咋就成了难题？你是不是脑子不开窍，老子给你开一下？男人右手抓了啤酒瓶的瓶颈，在左手上颠了颠：老子在你脑瓜上放个屁，咱们一笔勾销，你看行不行？尚信心里一慌，男人举起酒瓶，当着尚信的头砸了下去，但瓶子没落到尚信头上，落在了大理石的桌沿上，“啪”一声碎了一地，男人笑了：你小子等我砸，老子偏不，咱是遵纪守法的好公民。

又有人推门进来，尚信没有回头，这人走到尚信边上，拍了下他的肩。尚信抬头，是周吉祥，他心里一哆嗦，嘴巴嗫嚅了两下。

姜老板和男人都站了起来，男人问：周老板，你咋过来了？

周吉祥依旧穿着可笑的肥大西服，脚穿黑色绒面布鞋，他坐到尚信边上，从兜里掏烟，依次给尚信、姜老板和男人发烟，然后自己抽上，香香地吸一口，朝后一仰，眼睛眯成了缝：点到为止，都是朋友，不要让我难堪，好吗，两位？

姜老板脸上挂了笑，口气即刻松动：哥，你什么时候回来的？咋不吱声，给你接个风！周吉祥说：正说找你两口子，还真巧。

姜老板的男人说：早知道他是你的朋友，这话不就好说了吗？这位领导也真是，捣鼓下这事太可气了。

周吉祥用指尖捏起一片瓶子的碎片，衬着灯光仔细端详：你砸了瓶子？男人赔笑：开个玩笑！

周吉祥说：是不是尚信发帖的事？这事情我猜到了。尚信不对，我代他道歉，你俩得给我这个脸。尚信在公众号上把事情澄清一下，他这号不是官方号，就当造了个谣，再辟个谣算了，你们的损失我将来补，你们总不能为难我吧？

姜老板说：好说好说，怎么能不给老哥面子呢？山不转水转，迟早还要跟哥搭伙呢！

周吉祥嘿嘿一笑：友谊万岁，到此为止！小姜，倒酒！

姜老板撸起袖子倒了酒，周吉祥把杯子塞到尚信手里：都是朋友，一杯酒的事儿，好说！

喝到午夜，姜老板出去结账，男人上了厕所，周吉祥悄悄对尚信说：你真好面子呀，有事儿怎么不早点开口？你还真想不起我。

尚信打乱话：你上次走得紧，连句道别的话都不说，我以为你把我撇了呢。

周吉祥答非所问：尚信你说说，有能耐得住世事消磨的东西吗，有吗？

今年年初，尚信和两个文史爱好者朋友组建了自在读书会。读书会每周五晚上定期举行活动，地点不定，可以在会议室，也可以在茶馆、书店，甚至近郊的山上、河畔。大家多半围绕一些名家或本地的文艺作品去探讨交流，形式上偶尔也会有所创新。

有一次尚信利用朋友在博物馆当馆长的便利把大家带入馆内，开了一堂古商周青铜文化的专题课。另有一次，有人因远乡亲戚是皮影戏匠人，所以大家开了三辆小车，行三十公里车程去寻访。影匠老人熬了酽酽的罐罐茶招呼大家，还耍了一场《出五关》，老人双手撑起四个角儿，激烈打杀间吼着秦腔，尚信虽然不是秦腔迷，但也被这苍凉的腔调打动，以至于接下来的两三天，耳目所感皆是粗粝的秦腔和花哨的皮影。

虽然参与读书会的人多数水平不高，读书会往往变成了聊天会，但作为青年单身汉的尚信，还是从中获取了一些乐趣，起码满足了他刷存在感的需求。

读书会第三次活动时，新加入了一个叫苏枚的年轻女人，一闪面就叫尚信印象深刻。经过两次活动之后，尚信开始觉得，如果这个女人不能到场，他们的活动仿佛就没有开展，苏枚像是一篇文章中最值得画波浪线的片段，她不说话，光看着就是一道风景。

苏枚是个漂亮的女人。尚信初次见面就对她上了心。虽然那时正值仲春，但天还不算暖，早晚时候，冷冽的空气让人疲于招架，但苏枚已经穿上了裙子。

漂亮的女人总是能利用丝巾挽成的各色花子，裙子四季百搭，一招鲜吃遍天，让天气大帝败下阵去。

苏枚的外表自然很耐看，尤其眼睛，随着一颦一笑都显有丰富的内容，把人的眼神拉过去。似乎每个季节都着意配合着苏枚，她的衣裳总穿得巧，这几日裙摆如荷叶，两条长腿缠绕着绛色的打底裤，像是一个走出校门不久的学生；倘穿了西装和裤子，裤子贴了身子，一吃紧，空气都挤不进去，所以曲线毕露。

尚信心想：真是个耐人寻味的女人。寻味是什么啊，就是经得住再三玩味，越咀嚼越有味道。

苏枚第一次发言，说格非的《人面桃花》。

苏枚说不知怎么着，她感觉陆秀米的身上有种秋瑾的气质。秋瑾一心走出家庭的樊笼和庸常妇女的局限，她用貂裘换酒，向给她凑份子赠剑的革命同志致谢，多好啊，完全是找到此身归属的感觉。苏枚说，秋瑾不是一个独立家庭里的秋瑾，而是属于广阔社会的秋瑾，秋瑾以身殉国，既有革命的情操，更是因为受不了“失群”的孤独感；但陆秀米却在自家大院里存活了下来，每当她看到陆秀米一言不发，研究日晷和父亲陆侃的书稿，她都会流下眼泪，那种砂纸般的孤独感力透纸背，她感同身受。

尚信带头鼓掌，苏枚表里如一，心里和外表都这么漂亮，心里的漂亮是打扮不出来的。但他又隐隐觉得，这样的评价有点流于表面了。

前一年的岁末，二十八岁的尚信刚刚和相恋六年的初恋女友和平分手，正处于感情的空当期，值此拐点，苏枚成了一个契机。

五月初的一次活动是在朋友的琴行举行，事毕，其他人都出门散了，苏枚站在镜子前梳理了一下头发，落在了后面，尚信也是突然动了请她吃饭的念头，就随便跟朋友聊了几句，刻意等待苏枚。

苏枚说：为什么请我吃饭，总得有个由头吧。尚信就有点紧张，面对这么一个女人，怎么能不紧张呢？

尚信说：什么由头我还没想好呢。

最后没有吃饭，就近去旁边的茶社喝茶。一壶花茶和两只青花瓷杯对付了。苏枚和茶馆的老板，一个瘦成一张纸的女人似乎很熟。女老板说，春饮花茶提阳气，正好有刚到的茉莉花茶，味道馥郁得很，请“苏”和“这位先生”慢慢享用。那个女人称苏枚叫苏。

尚信说：有人说，苏啊柳啊都是上等姓，上等的姓自带风度和色泽，读出来就不一样，有衣带当风的雅致。苏枚说：有上等就有下等。尚信说：朱啊苟啊的就显得不大雅气。苏枚说：肉食者鄙，古人说了，素的比荤的高级。然后再说到《人面桃花》，苏枚说这本书就是一幅水墨画，有很多隐形的东西沉在纸面下面……苏枚说：因为很多隐秘等待解开，阅读的体验很奇特——仿佛走在水底，朝上看，水面的两岸就是湿淋淋的普济。尚信说：你该写个长长的书评。苏枚说：我写了，不过只能叫读后感，我改天发给你，指导一下。

苏枚的手机响了，她接起来，只是嗯嗯地应答，完了她问：我和朋友在茶馆，你要不过来下……不来吗？那就算了。她挂掉电话说：是我的表哥。尚信说：我想起了蜩蛄会的张季元。苏枚愣了一下才明白过来，嗔怒地说：你真坏，他真是我表哥。尚信就觉得玩笑开得不合时宜。苏枚整理自己的刘海儿：不过张季元那样的表哥也令人神往，他虽然一脑子的杂念，但有人味儿，蜩蛄会其他党徒，都不如他，什么薛祖彦、六指，不是变态就是杀人狂。

告别的时候，苏枚说：我可以带表哥来读书会吗？尚信说：当然可以，人越多越好。苏枚说：那你得好好担待。

实际上，这个表哥真是不好担待，不然苏枚也不会说“好好担待”的话。表哥像是个歪腿子板凳，天生不正经，让人看着心里吃紧。

这个表哥就是周吉祥。

周吉祥头次来读书会，穿着一身宽大的灰色西服。周吉祥身子矮胖，为了求得胳膊腿子的展脱就忽略了衣裳的宽高比，能体会到他在买衣服时经过重重比较的焦虑，你要高，就要放弃对宽的控制，反之亦然，进亦忧退亦忧，难得和谐，最后定格成了目前的累赘形象。更出格的是，周吉祥居然穿了那种上了年纪的人才穿的广口老布鞋。

周吉祥自我介绍：我叫周吉祥，喜欢看小说，大家担待！周吉祥可能考虑到了自己本质上的不合时宜，开口就说担待，跟苏枚所说如出一辙。

活动半程，坐间传出了睡觉的呼噜声。周吉祥左侧的男孩朝边上挪了下凳子，右边的姑娘用笔杆点周吉祥的胳膊肘，周吉祥醒了，一脸茫然，几秒钟之后才清醒过来，一连声地说“对不起”。尚信看苏枚，苏枚皱着眉头看周吉祥，眼神里分明在说：你真糟糕，说好不出状况的！

当天大家谈张洁的《无字》，后来大家都整蛊周吉祥，让他讲心得。周吉祥推辞说：我不会说话，还是不说了。大家还在起哄，周吉祥不说话，只管笑。尚信说：不说就不要勉强了吧，下一个……

当晚微信群聊时有人发出睡觉打呼噜的表情，继而瞌睡病传染，好些人都重复发出这个表情。这不明摆着笑话周吉祥吗？一直不说话的苏枚突兀地说了一声：大家晚安。有人喊苏枚出来说话，苏枚没了声音。此时不过晚上十点而已。

周吉祥是苏枚带来的人，大家调侃周吉祥就是调侃苏枚，确实不好，但尚信觉得苏枚也有点不达观，大家打趣一下，也没什么恶意，不就是玩嘛，就算周吉祥再没有什么利用价值，但还能给大家找点乐子，这点小微贡献都不愿意？

但很快，大家对周吉祥的认知有了巨大的反转。

再一次读书会的时候，周吉祥坐在房间最不显眼的角落。别人来的时候会带笔记，周吉祥什么都不带，只管坐着看，也不知道听没听别人发言，偶尔摇头晃脑，很有心得的感觉。

电话铃声突然响起，房间里本来很静，就像扔了一颗雷，吵闹得很。

我从山中来，带了兰花草……手机里的叶倩文唱得很起劲。周吉祥从兜里摸手机，人坐着衣服就显紧，把手机绞缠地找不见了，手机可恶地跟周吉祥藏起猫猫。

好不容易找到手机，电话铃声已经停了，周吉祥咧开大嘴笑着，双手合十给大家致歉，转身走了出去。这通电话时间够长，直到活动结束周吉祥才进来。这时尚信正在总结发言，周吉祥轻轻进来，屁股一挨凳子活动就结束了。

大家刚要散去，有人提议了一句：要不要去唱歌？应者寥寥。周吉祥说话了：我请客，大家都去。

因为之前大家都对周吉祥有看法，所以他说这话，并没有得到广泛呼应。苏枚说：大家都去吧。她用眼睛瞟尚信，是要得到尚信的支持。尚信中庸了一下：大家 AA 制，一起走。苏枚对尚信点点头，用眼神道了谢：漂亮！既把人招呼过去，又保全了大家的面子。

当夜推杯换盏到深夜，自愿坐庄的周吉祥相当慷慨，酒水吃喝能上尽上，桌面上排得满满当当。

周吉祥酒量很好，他说自己有一段时间没有像今天这样热闹过了，心里高兴，希望“朋友们”和他一样，不要拘束，放开肚子，不醉不归。

周吉祥精神抖擞，红光满面，腰杆挺直，大大的肚腩抖擞凸出，“朋友们”当然是客套话，有些“朋友”周吉祥连名字都不知道，但并不影响周吉祥给大家敬酒、劝酒，在这方面，周吉祥天生是个行家。

耳畔是跑调子的歌声，嘴边是辣涩的酒，尚信陷入沙发里，看着苏枚给周吉祥介绍读书会的“朋友们”，周吉祥这个矮胖子，他的胖手停留在了苏枚的屁股上，虽然只有那么一个瞬间，仿佛是在水面上点水的蜻蜓，浅尝辄止。

表哥嘛，大多都是张季元。

周吉祥敬酒的时候尚信坚决不喝，他看不上周吉祥。

周吉祥用刚才在苏枚屁股上点了水的右手拍拍尚信的肩：尚老师，苏枚对你敬佩得很，老早喊我来读书会，要给我这个土包子镀镀金，你看我这会儿上道儿还赶得上趟吗？

尚信心里不高兴，周吉祥的那只手放在他的肩上，带着恰到好处的力度。尚信确信自己肩部的感受应该和苏枚的屁股不余二致，心里就更加不快。

尚信说：你是不是习惯把任何事都看得很简单？

苏枚对这个软钉子愣了一下，转而用余光看周吉祥。周吉祥含笑不语，一仰头，嘴里“吱”的一声，他把杯口朝下，滴酒不留，又倒酒，干掉，再倒酒，干掉，连喝三杯：受教了，尚老师，陪老周一杯。

这叫什么事嘛。

尚信不喝，周吉祥又喝三杯。尚信还是不喝，周吉祥又喝三杯。周吉祥的酒量真好，雨下荒地似的。直到苏枚说话了：尚老师，给我一点薄面吧。尚信跟周吉祥碰杯，周吉祥待尚信喝完，他侧头对苏枚说：尚老师不喝酒，这不也喝了吗？哥哥我没有撬不开的嘴。他又用“那只”手拍拍尚信的肩：谢谢尚老师。尚信感觉自己矮了不止半个头。

尚信一直盯着周吉祥看。周吉祥坐在读书会的凳子上，就是一白丁，是路人甲，但到了吃喝玩乐的场合，周吉祥就成了课堂里的先生、戏班里的角儿，罩了一层霸气，成了征战疆场的将军，洒脱有力。

尚信看着周吉祥轮番“攻击”和自己一样不胜酒力的同伴，他们一一陷落，有坚持不喝的，周吉祥就自己倒酒，边倒边喝，你一个都不喝？好，我陪你，我陪你三六九杯，你不喝是吧？我可以无上限陪你，直到你心软、屈服，我不信打动不了你！

这天晚上，尚信看着周吉祥在场子上出五关斩六将，无往不利。直到大家都喝得手指头数不清才散伙。临结束，周吉祥一个电话拨出去，一会儿工夫，门前就停了几辆车。周吉祥说：大家都会平安到家，尚老师不要担心，我老周办事，向来稳如磨盘！周吉祥站在KTV门前，晃胳膊甩手，调度车辆四散离开。

软绵绵的尚信被周吉祥搀扶进了最后一辆车里。

尚信半夜醒来，胸口躁得起火，起身喝了一杯水又躺下。他想起周吉祥放在苏枚屁股上的手，他在黑暗里骂了一声：操。

周吉祥还是会来读书会，还是会打瞌睡，但这个时候，他已经变成了受大家欢迎的人。

做生意的周吉祥有钱，后来每次读书会后，周吉祥都会请大家去吃喝，这让尚信的心里很不舒服。尚信的读书会是要把人带离麻将桌和酒桌，可是周吉祥在干什么呀，他重新把人拉回到酒桌上去，这胖子怎么这么低俗、这么讨厌啊。

后来每次读书会活动之后，尚信就回家，他不喜欢喝酒，也不喜欢唱歌。其实他知道相比较喝酒唱歌，他更讨厌周吉祥，肤浅无知的周吉祥居然可以把手放在苏枚的屁股上，还能赢得大家的欢迎，这件事情反复撩拨着尚信的神经。

周吉祥第一次来，读书会有十四五个人，周吉祥在读书会后开始组织聚会之后，人数一下子扩充到近三十人，这是世俗的胜利呀，这让尚信感到深深的耻辱，尤其想到周吉祥当散财童子引得苏枚高度满足的样子，更让尚信心有戚戚——世俗的力量太大了嘛！

一个多月之后，在一次活动开始前，尚信给周吉祥说：今天不要请客了，我请你，就咱们两个人。周吉祥说：那怎么好意思，还是我请你吧。尚信说：今天你不要固执，我有事跟你讲。

活动结束后，尚信带着周吉祥来到茶社。

你知道朝三暮四和朝四暮三的区别吗？你怎么好意思给别人这样不健康的期待？你钱多到没处花吗？你做慈善不好吗？学学比尔·盖茨不好吗？不会把花不完的钱捐给偏远乡村的贫困学生吗？

尚信本来想和和气气谈，但是话一出口，就变得格外地冲。

周吉祥愣了：尚老师你在说什么啊。

新茶有股新鲜劲，大部分茶叶悬在壶腰，少许沉淀下来，少许浮动到了壶口。

周吉祥说：你找的这个地方不错呀，要不下次咱们换这儿？荤素搭配一下。

周吉祥，你在说梦话吗？尚信生气了，周吉祥太会装傻了。

尚老师，我对你这点有意见，你太拘谨了。我喜欢读书人，我就来参加活动，看你们说书挺带劲的，我又说不出什么来，就想给读书会做点贡献嘛，这有什么不对？周吉祥诚恳地解释。

尚信有点不会说话了。

周吉祥就是喜欢叫大家花他的钱玩乐嘛，这有什么不对？反正读书会后大家干什么的都有，你根本不知道人家干吗去了。周吉祥不过是将大家各自做事的时间统筹安排在一起了，这有什么过错？何况每次都花不少钱，要说周吉祥才叫冤呢。

尚老师，你是不是觉得我有点喧宾夺主？读书会变成了吃喝会？没问题，我改。周吉祥和尚信碰了一下杯，一口喝尽，跟喝酒一样。周吉祥说：其实我很孤独，叫上大家一起玩，能给我止一阵心慌，我这么说你可能不信。

尚信当然不信，自己虽然不是有钱人，但也不理解周吉祥要花钱找一帮半生不熟的人去对付独处的时间，难道你钱多到没有朋友？

周吉祥说：我十五岁就放下书包闯社会了。家里穷，我也不喜欢念书，就想跑外面去。有首歌不是这么唱吗？外面的世界很精彩，的确如此，比较学校，我更喜欢外面，能赚钱，完全自由，这不好吗？

可外面的世界也很无奈呀，我摆过地摊，当过小工，年龄小，扛不起大家伙，累得我肋上出了两个坑儿，到后来都没长起来……

后来慢慢好转，我在陕西和宁夏都有了产业，这段时间，我是回来办事的。

尚信没有说话，他给周吉祥添茶。

周吉祥说：我羡慕你，我心里空虚，我独自面对时间的时候，会发现内心空无一物，面对时间，我不知道怎么办才好……

尚信开始同情周吉祥：我们这样的人有什么好，又穷又假清高。

周吉祥说：你心里踏实，不像我，这里空。周吉祥用手指指自己的胸口：空荡荡的，空了好些年了。

周吉祥居然湿了眼眶。

周吉祥就是在此刻打动了尚信。

一周之后，尚信在本地电视新闻里看到周吉祥给边远山区学生捐赠学习、生活用品的新闻。周吉祥套上了夹克，穿上了皮鞋，比平日里清爽了很多，个头也略微高了点，仿佛穿了内增高的鞋了。

周吉祥戴着红领巾，微笑着给孩子们发放衣物和学习用品，当镜头打到周吉祥脸上的时候，周吉祥眼眶里居然有泪水，他不停咬紧嘴唇，眉毛紧了又紧，努力不让眼泪滑落下来。

尚信拨通了周吉祥的电话：我看见你上电视了，真做慈善去了，想不到你这么快！周吉祥笑了：你批评得好，几句话把我说醒了。尚信说：你怎么哭了？周吉祥不好意思了：一言难尽！你在哪，我来找你。

等了一阵，周吉祥开着一辆黑色的凯迪拉克 ATS-L 过来，载了尚信就奔西边的省道奔驰而去。

行了七八公里，周吉祥在一个眼界开阔之处停了车，摇下车窗，看着天边的晚霞说：你看，火烧云多好看！小时候，我妈说这个东西指不得，不然手上害疮，有一次我不小心指了，回家洗手，差点把皮搓掉。他说完，嘿嘿笑了，他给尚信指指副驾前的储物斗：斗里有本书，你看看。

这是一本三十二开的《百年孤独》，浙江文艺出版社一九九一年十二月出版。尚信翻开看扉页，上面是深蓝色的歪歪斜斜的一行钢笔字：赠张可冉。一九九七年四月二十八日。

尚信说：张可冉，九十年代的人名有这么新潮的。

可不是。

张可冉是谁？

周吉祥没有回答这个问题。他说：今年我在宁夏，那会儿还没回来的心，我的老爹去得早，我妈一直跟着我过，这边的家算是搬干净了。有次我去西吉，西吉你知道吗？宁夏南部的一个县，在六盘山西边。西吉的震湖景色很美。我有天路过西吉县城的街道，看到一个旧书摊，这本书孤零零地掉在了书摊蓝色塑料衬布外面，我捡起来要给扔进去，这才发现这书跟我是老关系，你说奇怪不奇怪？

这本书在找我。周吉祥说。

这本书和你有什么关系？尚信问。

二十年前，我把这本书送给张可冉，现在这本书又兜兜转转回到我手里来了，你说这事奇怪不奇怪？

书很新，里面没有折页，那些年出版马尔克斯作品的出版社并没有经过授权，所以算是非法出版，但是翻译很好，尚信最早阅读的《百年孤独》也是这种版本。

周吉祥抽烟，烟气缭绕：我觉得这是天意的安排，于是回来找她。她那会儿是个村小教师，不过后来我去那个学校的时候，她已经调走了。

尚信看着一脸凝重的周吉祥，他的心里当然不会觉得此是天意的安排和暗示——无巧不成书，那只是几率的问题，俗话叫“恰好碰上了”。

周吉祥说：我这些年在外面，也做了好些捐助活动。起先是配合当地的统战部和团委，后来也自觉了，自己去搞；但回到家乡却疏懒了，直到你提醒了我。这两天我联系县团委一起去了孟和镇香草泉村小学，给娃娃们捐点东西。你看见我哭了，是不是？那不是表演，是我心里难过。二十年了，我又回来了，仿佛演员走错了片场，心里咯噔了一下——这个破旧的校园是我经常想起的地方，来到这里，我似乎重新遇见了少年的自己，心里真是五味杂陈。

二十年前，学校门洞的额头上是五个字，“为人民服务”，刷成了红色。两扇刷了蓝色漆的木板门，左边写“非本校”，右边写“人免进”，字是阴刻，笔力遒劲，张可冉当年就在那个门洞里出出进进，瘦高的身影像是一帖泛黄的剪影。

我第一次到香草泉村是二十年前的秋季，那一年我刚刚出了学校，跟我三叔到那里干活。距离村小二百米外有一条河，河水像只臂膀，半环了学校和村部，这条河只有三米多宽，但深得很，当年发大水的时候，河上的小木桥被冲得散了架，一个正过河的小孩头发梢梢都没见就冲得不见了影儿，镇上要在这里修一座桥，我跟着三叔就来了。我年龄小，跟着三叔学开铲车，晚上和当地的一个老汉看摊子。

那时节多雨，水汪得没边没沿的。我们的工程只进行了三天就被一场暴雨打搅了。当天下课之后，一个女老师和两个孩子要回家，站在河边过不去，那时候河水正盛，他们是没法过河的。我问他们非过河不可吗？女老师看着我说，她得送孩子们回去，然后她才能回家。女教师肩窄身细，一抬头，刘海儿整齐地排布在洁白的额头上，圆圆的、黑亮的眼睛看得我心里木木地跳。

我那会是青春期的少年，帮助漂亮少女过河多带劲，我灵机一动，说我可以用挖掘机的掘斗把他们端到河对面去。女老师说：那怎么成，我们要是掉水里你负得起责任吗？那时候我能负不起责任吗？负不起也要负！我胸口拍得震天响，说这里开挖掘机技术最好的是我，出不了差错。其实我心里也没底，技术最好的是我三叔，要是三叔在，什么问题都没有。我艺不高，胆子小，心里害怕。女老师回家心切，带了娃娃钻进了车斗，我头上挂着汗点子，手里握着控制杆，像是医生捏着手术刀，吓人得很！我一寸一寸移动，好歹把人端过了河，心跳得跟打鼓似的。女老师在河对面朝我挥挥手就走了。我坐车上，腿软得动弹不了，捶腿喘气，七八分钟之后才跳下车，就看见车斗里躺着一根绿色的竹棍子，那是一支箫。

这箫有八个孔，通体碧绿，拿在手里凉飕飕的。我把它带回屋子里，好好放着，但最后没忍住，就掌着它吹了几口，箫发出了猫头鹰似的鬼叫。吹的时候，我心里很犹豫，仿佛是玷污了人家什么，吹完了我好好给洗干净，还用毛巾盖了起来。

隔天黄昏，女教师从家里返回学校，她再次叫我用挖掘机将她端过了河，这次是故伎重演，压力明显小了很多。我后来把箫还给了她，女老师就是张可冉，刚分配来的教师。

那年我十几岁，人生对我来说，庞大抽象。但我知道，我人生最好的一段时光正是在那十多天的时间里。

每天收工之后，我就洗净头脸，去学校找张可冉，她比我大三岁。我听她谈理想和人生，不过五个字，她说出来就很壮丽，像是工地上的碘钨灯。但再壮丽对我来说，也没有什么意义，我只知道我是当小工的，当到什么时候，老板说了算，将来不是我自己的。

那一年，我精瘦精瘦，别人都叫我猴子。我精力旺盛，可以上房揭瓦，可以下河捉鳖，日子没有长远，人生没有尽头，但我突然知道我爱上了她……

尚信你笑我？你觉得一个小工就不能爱上一个老师……别摇头，你的想法很务实，很正确。

周吉祥说，他听张可冉第一次吹箫，是《阳关三叠》——《阳关三叠》是什么意思，阳关不是地名吗，这地儿难道是饼子，还能煎饼一样叠三折？他不懂，但听得懂。

那天的周吉祥非常悲伤，其实当时本来没有那么悲伤，但被张可冉一讲，就悲伤了。想想看，清晨下着小雨，淅淅沥沥，打湿了地上的尘土，旅店门前有一排排的柳树，柳枝随风摇摆，含泪欲滴。你牵挂的人收拾行装，不多一会儿，即将出发，两人相视，黯然销魂。周吉祥皱了皱鼻头，酸上了。

周吉祥说：张可冉能轻声诵读诗文，渭城朝雨，一霎浥轻尘。更洒遍客舍青青，弄柔凝，千缕柳色新。更洒遍客舍青青，千缕柳色新。休烦恼，劝君更尽一杯酒，人生会少，自古富贵功名有定分。莫遣容仪瘦损。休烦恼，劝君更尽一杯酒，只恐怕西出阳关，旧游如梦，眼前无故人……张可冉声音很柔，很缓，诵完又逐句讲解了一遍，这是元代大石调《阳关三叠》词，句句都是湿淋淋的。

虽然过去多年，但张可冉当时的神态、言语和腔调都印在了周吉祥的心里。结果周吉祥突然哭了，他边哭边跑出了门，并在之后的两天时间里没有闪面。

天晴之后，工程进展很快，眼看这小小的桥很快搭到了河的对面，少年周吉祥的心里被越来越深的离愁扼住了。他再找张可冉的时候，带去了一本书——《百年孤独》。这本书是他跟三叔去县城采购石料的时候，花了四元六角钱在新华书店买的，算是价格不菲，当然，他不知道这本书讲了什么，不过感觉这四个字就是送给自己的，有一种“刚刚好”的情绪。

周吉祥把书送给张可冉，张可冉咬了咬嘴唇，把书紧紧抱在怀里，她用右手示意：过来。周吉祥走到她面前。张可冉伸出软绵绵的手，热乎乎地摸周吉祥乱蓬蓬的头发：你知道不知道，白天我在工地边上看你，你干活可真辛苦，我就想给你说，还是回去读书好。

周吉祥鼻子一酸，眼泪簌簌而下。

周吉祥虽然像个猴子，但他坚信自己心里住着一个齐天大圣，不然他也不会从不名一文的小工变成大老板。

那时候周吉祥显出了很脆弱的一面，他老爹是个粗人，揍他的时候从来都非常“善假物”，抓起什么使什么，遵循着有粗不用细、有重不用轻的原则。周吉祥挨揍是一把刷子，从来不逃跑，实打实地挺着。但那个时候他哭了，他一哭，张可冉就抱住了他的头，他的眼泪鼻涕蹭到了她的衣服上，她还是紧紧地抱着他的头，她的身上带着一种甜丝丝的味道，让周吉祥沉醉、心跳，经年难忘。张可冉说，她有一个生病的弟弟，她看见他，就会想起弟弟，如果她的弟弟能在外面做事糊口，一家人都会心安。

周吉祥从张可冉怀里挣脱开来，转身跑了。

周吉祥说，那天他清晰地感受到人和人到底有什么不同，这让他瞬间成熟了三五岁，那一刻始终影响着他。在很多重要的人生时刻，他都会想起那个秋季的黄昏，记忆伤害着他，但也激励着他。

多年之后，周吉祥枕着成捆的人民币入睡，那些花花绿绿的纸卷卷泛着诱人的光泽，质地如少女肌肤般瓷密，让人心安。

周吉祥说：文化人都看不起有钱人，我是个粗人，就爱钱，钱比人可靠，利益关系是最纯洁的关系。

尚信脸上一红，这些话都说到了他的心里。

周吉祥说：赚钱就像阿甘跑步，最初腿上打了金属的撑子，你想快也快不了，满心思自卑自贱。秦朝的李斯管厕所里的老鼠叫厕鼠，这就是我当时的状态，厕鼠着急了吃屎，我着急了还偷过钱；但阿甘甩掉了腿脚上的撑子之后，又呈现出另一种人生状态，他能玩命地跑，记者的镜头都跟不上。我穷了好些年，但第一桶金到手之后，问题从综合应用题变成了简单的加减问题，有第一桶金，就有第二桶、第三桶，直到你拎起来都觉得这不过是自家墙角的哑铃——不管你拎起来还是放着，它就在那里等你。似乎这一切都不是奋斗来的，只是一个探宝的游戏，你我都在找，但恰巧是我找到了，我天然知道它存在的方位。

人是欲壑难填的，什么都要不够，这点上讲，人还不如牲口，有了今天想明天，有了明天想后天，有了身前想身后，自己做了始皇帝，心驰神往到百世之后，着什么急呀！周吉祥过上了土豪的日子，钟鸣鼎食、美人坐怀，开始思考人生了。

然后就到了那天，一本书像一卷手纸一样扔在旧书摊位前，恰好就是当年周吉祥送给张可冉作别的小礼物。周吉祥不缺钱，那被钱浸泡了的人生如同蒙了一层油汪汪的脏东西，误导了周吉祥对自身的感知，因为这本书，他看见了被俗世泡沫覆盖之下，还能涌得起波澜的清水，那一刻，周吉祥落了眼泪。

如果说这不是来自命运的指引，谁能解释明白这其中的隐秘？那本书窥伺着周吉祥，周吉祥可能一生只路过一次这条陌生的路，这本书主动跳了出来拦住了他，种种巧合都在指示周吉祥，他的头顶有一个坐标，它在默默为他导航，指向了张可冉。

你找到她了吗？尚信问。

尚老师你看，天黑之后，星斗很亮，如果不眨眼，看久了会觉得星河在流动，你试试，这是当年张可冉教给我的。

张可冉呢？你找到了吗？尚信继续问。

周吉祥猛抽了一口烟，把烟蒂吐到了地上：尚老师，咱们回吧。

周吉祥连续三次没有在读书会闪面。尚信问苏枚：你表哥呢？他跑哪儿去了？苏枚那几天脸色不好，往日白瓷般的面容猛然难看了很多。

苏枚说：我怎么知道，我又不是他的跟班。

尚信给周吉祥打过电话，总是一串忙音。尚信这才发觉，原来读书会上他最关注的人是苏枚，现在他已经更关注那个不能让人好好担待着的周吉祥了。

一个月后的某天夜里，尚信收到了周吉祥的短信：兄弟，我走了，有事电话联系。

不知道为什么，尚信想起周吉祥曾经指着自己的胸口说“这里空荡荡的”。空荡荡是一种危险的状态，他因此很担心周吉祥。

尚信收到短信的时候，苏枚正在卫生间冲澡，苏枚每次完事后都要冲澡。尚信想，怪不得周吉祥要捏弄苏枚的屁股，苏枚的屁股既紧凑又瓷实，手感上佳。

苏枚的手机也亮了，尚信拿过来看，她的短信是自动显示在屏上的，那瘦金的字体跟她的身体一样，横着坚挺，竖着修长，怎么看都尽得风流。

是周吉祥的短信：你要好好生活，但别和读书人过日子，终究只是纸面上的狠劲，不可靠，他们只能作为朋友。

现在周吉祥终于再次回到临州，适逢尚信遭遇“毒面粉事件”风波。其实他一回来就给尚信打了电话，尚信说接接风，周吉祥说可以啊，不过还得等两天，他有些重要的事要办，暂时腾不出时间。

当晚离开了姜老板和她的男人，周吉祥开车带尚信去了茶馆，读书人好面子，今晚里子面子都没了，得好好安慰一番。

周吉祥呷着茶水，眼神游离不定，像是考虑了很久似的说：你记得那本《百年孤独》吗？张可冉，我找到了，但又好像没找到。

张可冉在本地一个事业单位工作，她离开教育行业已经十五年，换了单位之后几乎没有再挪窝。

刚刚从读书会抽身的周吉祥探得消息之后，他来到张可冉单位门口附近，窥伺这个让自己多年来念念难忘的女人。

当张可冉终于从单位门口走出来时，周吉祥心里敲起了小鼓，他用手轻抚自己的胸口，感到大泵一样的心脏空前活跃。时光过去多年，岁月是个深谙韵律之妙的好色之徒，它经过漂亮女人的时候总会放缓脚步。

正如周吉祥所想，张可冉素面清雅，五官明净，身材比过去略为饱满，个子好像也高了一些。周吉祥恍惚了一下，张可冉仿佛是从香草泉村直接走到了他的面前，当年的情景距离他仅一步之遥。

张可冉从他身边走过，带着一种淡淡的香气，这人为制造的香味像是一双似是而非的手，把周吉祥从过去拉回到了现实。岁月还是改变了很多，那淡淡的少女的体香只应深锁在旧光阴里，那旧时光多么清澈明丽！

周吉祥看着张可冉慢慢走远，直到她的背影穿过一条斑马线，转过了街角的一棵树。周吉祥没有开腔的勇气，他原以为自己腰缠万贯，稍微活动活动就可以拉近和张可冉的距离，然而张可冉就像一面镜子，他再次对照印证了自己的卑琐。

周吉祥三思之后，拨通了张可冉的电话，铃声未起，他又挂掉，过会儿又拨通，拨通又挂掉……他窝在沙发里，把脚搁上茶几，茶几上的烟灰缸濡满了抽过一两口的香烟。有那么一刻，他很想干脆地转身离开，回到自己原来的生活，继续做镀金的鸵鸟。

离开是一件容易的事情，车就在院子里，钥匙挂在墙上，高速公路平展展地铺向了异乡。离开只是一拧钥匙、一脚油门的事。他把阳台上晾干的衣裳收进提箱，看看手腕上的表，时间已经到了十点多，而窗外，居然悄悄下起了雨，那窸窣的雨声挽留了他，他决定第二天早晨启程。

隔日清晨，周吉祥接到一个电话，一个早前合作过的某局局长请他过去坐坐，商量一个新的项目。

周吉祥到了局长办公室门口，正要敲门，听见里面传出嘈杂的吵架声。

周吉祥在楼道抽烟，一支烟抽完，刚把烟蒂扔进了窗边的花盆里，就看见一个熟悉的身影气冲冲地走出了局长办公室的门，可不就是他心心念念的张可冉吗？

好看的女人生气都是好看的，张可冉怒气冲冲的样子像是一只受惊的鹤，长长的脖颈梗得直直的，像一阵风，很带劲地掠过了楼口。

周吉祥这才进了局长的门。

生气的局长嘴里叼上了一支烟，打火机却打不着，周吉祥给他点上了烟。那旧沙发上有一块被坐下去还没有自然反弹起的坑，自然是张可冉适才坐过的位置，周吉祥坐在了旁边。

局长气冲冲地发起牢骚：刚才那个跟我吵架的女人，有个弟弟有智力障碍，那小伙儿原在城西公园里做清洁工，虽然人有点傻，但还算踏实，后来被有后台的人给顶了。小伙儿已经三十好几，前段家里说了个脑瓜不灵光的媳妇，两人半斤八两，算是两好合一好，但人家一听小伙子清洁工岗位没了，就不同意了，说除非再把这事做上，不然婚事就得黄掉。

周吉祥说：你就没点恻隐之心？

局长哼了一声：这事我办不了，顶她弟弟的人背后有人，这事我开口都闲着呢，上头领导谁愿意给一个傻瓜搭句话，那不是说笑话吗？

周吉祥说：谁开口说了算话，你给我说，我给办这事。

局长就笑了：你啊，干吗这么热心……

周吉祥说：今天这事说定，再说项目的事……

十天之后，周吉祥接到了张可冉的电话，要请他吃饭。

周吉祥犹豫了一下，但还是答应了她的恳请。

那天的张可冉化了妆，穿着很讲究，上衣是紫色的毛呢，黑色的裙下，伸展出修长笔直的双腿，旁边坐着她家那位，一根接着一根抽烟的丈夫。

近处看去，张可冉的眼角有了细细的鱼尾纹，脸上的颜色也失去了少女白瓷般的明净。

岁月神偷，偷换了多少东西，这贱兮兮的岁月！

张可冉再次感谢周吉祥为她的弟弟所做的一切，弟弟又回到了公园工作，和那个“比弟弟灵光几分”的女孩定了亲，张可冉并未问他因何要帮助她（或许因为她的丈夫就在身边），她根本不认识他，即便他名字叫周吉祥，这个多少有点搞笑的名字必然在她的人生经历里并不多见，可她依旧不认识。

他们之间的对话和周吉祥的想象有较大偏差，甚至南辕北辙，当周吉祥说起那个小学和那场雨的时候，张可冉问：你是那个村子里的人吗？

周吉祥去洗手间洗了把脸，他从镜子里看自己，眉宇、脸颊、胡茬，所有沉在岁月和心情深处的卑琐好像一时间都浮上表面，以至于他使劲搓洗自己的脸，还是却之不去。他最后安静地擦了脸，走出洗手间。

夕光照临，周吉祥的影子被扔在了地上。周吉祥想，记忆只是白日里的影子，而影子有时候也会走神。

打花匠

1

八月的一个早晨，堂哥王德胜突然给我打来电话。

王德胜是用临州宾馆的座机打的，接通之后，他喊我的小名喜娃。这让我颇为恍惚，这个小名太陈旧了，除了父母，现在已经没有人叫，仿佛它是从废弃的窑洞里拽出的一辆单轱辘推车，有挂满蛛丝的年代感。

他说他是德胜，这让我大吃一惊。二十年来，他一直在南方生活，从来没有回来过，怎么突然就在临州宾馆喊上我了。

接完电话，我赶紧过宾馆去。

县委机关就在宾馆的边上，不知道是规划工作的无意之举，或是一种设计，总之方便了很多事。前些年上级检查多，每次来都要开座谈会，上下交流一番，我们出了单位的门，抬脚就到宾馆，效率上高了不少，如今提倡基层减负，算是慢慢消停了下来。

开门的是堂嫂杨红花，虽然多年没见，但是一照面我就认得出来。杨红花当年是我们孟和镇的人物尖儿，是俗称“压庄货”的那种女人。为了她，德胜受过一些作难。杨红花当年纤细的腰身如今圆润了不少，眼睛依旧很圆，一笑，眉梢有了一些细密的纹路，但依旧那么好看。这种女人像是一座建筑，基础好，坍塌起来也缓，在各个年龄段，看上去总是那么“刚刚好”。

王德胜已经四十五岁，除了两鬓斑白，并没有什么明显的变化，在外面混迹多年，多了些踏实沉着的感觉。他坐在椅子上，眉梢带着困倦，笑着站起来跟我握手，一只明晃晃的手表在腕上晃动。他拍我的肩，问二叔二婶可好。我爸和德胜的老爹是亲弟兄，曾经挨过王德胜的一顿打，至今说起德胜，我爸还是生气，说德胜真是坏到根须上了，一辈子好不了，不过也说过，这小子要是走了正道，那得是个人物。

王德胜大我十岁，是大伯的独子，上学时候不用功，初中毕业就混社会，会耍社火里的大红，又耍赌，后来因赌博打伤了人，正逢严打，判了五年。出来之后当了木匠，后来就带了媳妇远走他乡，和乡人再无瓜葛。

我给王德胜发烟，他接过去点了火，深吸了一口，样子很惬意。他和杨红花说的是临州土话，没有一丁点儿外地口音。这一点我觉得很好，好些人外出几年就摸不到家乡的脉了，把说了好些年的乡音莫名其妙地忘了。

王德胜是我少年时候的偶像。在我们孟和镇，演大红最好的就是王德胜和他的师父铁匠赵明举。一个人有一个人的耍法，赵明举当红时，我还小，没看上，但我看过王德胜的大红，一场追着一场看，看半夜不换场子，还给同学吹两句：这位大红是我哥！这样的特殊关系让我得意扬扬，跟着王德胜“鸡犬升天”。

王德胜耍大红，横刀立马，双眼微眯，周身沉浸在一种孤高、凛冽的氛围中，抚须之后，乍一睁眼，双目圆睁，目光炯炯，不怒自威；托刀时，全身如同紧了弦子，立地金刚般扎实牢靠；打杀腾挪间动作敏捷干净，浑身无一处生硬，整个人腾云驾雾般轻灵展脱，侧翻时衣不坠地、点尘不染，一通打杀之后，最后一招闭门收煞，英武得跟关帝庙里的关二爷不余二致，场外看客一片叫好，掌声能把星星震落下来。

虽然王德胜耍得一手好社火，但我们王家庄的人却说王德胜是个坏种。说他坏，是因为他打伤过本家二叔（也就是我爸），又娶了寡妇杨红花，更要不得的是，他还吃过五年牢饭——都是耍赌惹的祸，他三天不扔骰子手上害癣似的痒。

但我觉得他很不一般。坏人形容猥琐、做作，獐头鼠目，手脚不展脱，走路就像过街的大老鼠，一步三抖，恨不得把膀子和胯子扔路边去。王德胜浓眉大眼，身骨高大，拳头上可站人，胳膊上能跑马，一副好汉样。

什么叫三十年猫、四十年狗，这样的翻转几乎跟唱戏一样，如今王德胜回来了，带着一腔诚意扑面而来。

王德胜说他离开孟和镇之后做的是家具生意，情况可以，攒了点钱，这次回来是要修孟和祠。

我对此有所怀疑，这几年，乡村旅游很热，有好几家地方财团都盯上了孟和祠，想开发，但县上没有同意。祠堂是省级文物保护单位，县上领导重视，坚持抱残守拙，让历史遗存原模原样保留。

王德胜说，他和县上从年初就开始联络修葺祠堂的事情，上级批文已经下来了，问我下午有没有时间，让我陪他去孟和祠走一走。

我在县委宣传部当个小科长，说实话，下午真有事，但王德胜十多年没回来，我不陪着去说不过去。

我们在临州宾馆用餐，王德胜要了搅团、蒸鸡肉、血条面等本地农家特色菜品，边吃边评论，吃完饭用纸巾沾了沾嘴巴，叹息似的说：真是过瘾。

我要埋单，王德胜一把拽住了我的手，叫杨红花去结账。他开出自已的座驾，一辆气派的黑色凯迪拉克 XT5，载着我出了宾馆，走过鲁公河一号桥，沿着省二级公路朝着孟和镇去了。

王德胜大致讲了今天的计划，他和我去看看孟和祠，回头去看我的父母。他老爸也就是我的大伯，在他蹲监狱的那几年已经殁了，他请假出来参加了葬礼。我记得他面无表情，该干啥干啥，完了又被送回了监狱。他最后一次回来是刑满之后，见过的人说，他穿着翻毛皮鞋，裹着一身黄色的军大衣，马瘦毛长，疲沓得很，回来待了几个月，就带着他家媳妇杨红花走了。

一路走过，王德胜感叹说，家乡的变化可真大，他要是不带我这么一个向导，根本摸不到王家庄去。这话有点夸张，但迷路的可能性极大。

我问王德胜，怎么想起修孟和祠来了。

王德胜说，该修则修，也不是突然想起来的事情。

我们老家孟和镇的来历是不平凡的。公元前三一〇年，秦惠文王去世，秦武王即位。武王身体强健，好角力，因此大力士任鄙、乌获、孟贲等人都做了大官。武王四年（公元前三〇七年），武王与孟贲比试举起“龙文赤鼎”，结果双眼出血，绝膑（胫骨折断）身亡，时年二十三岁。周赧王大惊，亲往哭吊。右丞相樗里疾追究责任，将孟贲五马分尸，诛灭其族。孟贲的一个后人从咸阳逃逸到了此地，这个逃逸者就是孟和。

孟和与天生神力的父亲有着迥然不同的人生经历，他在此地教授农人识字、躬耕，并著有一本已在光阴流转中佚失的《和经》，这本倡导“知书、达礼、克己”的著作与孔子和年龄略长于孟和的孟子不谋而合，这可以理解为孟和与孔孟二夫子的思想有着惊人的一致，或者孟和只是儒家精神的信徒。

一本成书于明代录有我们当地名物渊源的《黑水名物志》中有记载：“孟和祠：黑水女儿川，南去百余里有祠，正月初五香火尤盛。孟和者，齐人孟贲之后。秦武王尝与孟贲举鼎，绝膑而亡，秦相樗里疾灭孟族，孟和独奔黑水而择居，黑水名出郦道元著《水经注》。”

咸阳至临州中途有一个叫孟子泉的地方，撰于清雍正年的当地县志记载：“和至，临黑水，后成《和经》，乡人多飨之。”

两千多年之后，孟和镇留下一座孟和祠，祠堂位于镇东，院落占地约一千五百平方米，祠堂房檐由青砖箍就，院墙为泥砖累加，祠身与大顶为木质结构，顶上铺了青瓦，院落入口是木质门楼，门楼下方的门扇上挂着拳头大小的铁锁。

透过祠堂木格窗的玻璃看进去，里面昂立着后人附会的孟和石像：下颌微举，目光高远，左手背在身后，举在胸前的右手抓着一把竹简。

春夏之交的早晨，环抱孟和祠的大片松柏林是不错的去处，安谧清新的空气中，燕子衔泥，昆虫呢喃，薄薄的阳光斜刺照下，让人心情轻快；

到了冬季的大雪天，在林中会看见黝黑的松塔俯下了沉重的脑壳，雪花簌簌跌落，浮动在天空的野鸟俯冲林中，惊得探头探脑觅食的松鼠倏忽窜过。

小时候，我爸每年正月初五都带我去孟和祠烧纸磕头，说拜了的孩子脑瓜会变灵光。并非单独是我爸，孟和镇人普遍都这么做，临州县内外来上香烧纸的人不少，逢上祠堂正月初五至初八的集会则香火更加旺盛。

下午日头正盛时，我们赶到了孟和祠。

王德胜和我沿着祠堂的外墙走了一圈。祠堂的确是老旧了，尤其是大门口阳面的木质飞檐，已经脱落了一半，围墙也斑驳得不成样子。王德胜说：我做梦都想回到这里，特别想念故乡的你们。

王德胜说完，就在孟和祠的门口下方跪了下去，双手合十，磕了三个头，站起来，膝盖上的浮尘飘了下去。

离开孟和祠之后，王德胜去街道买齐了烟酒糖茶，跟结婚备四色礼似的。

我的父母看见王德胜都吃了一惊，连声说没想到德胜会回来——我从我爸的眼神里看出了几分犹疑。王德胜要取得大家的理解和原谅，似乎还欠缺证明。是的，他的劣迹总是让人印象深刻，至今还在王家庄大地流传，像是斩不尽的蒿草，年年岁岁纷扰，一代传给一代。人们说起王德胜，不是为了告诫孩子们什么是好什么是劣，而是为了说明一个人坏也不能坏到王德胜的分儿上，这是一个道德底线的问题。

王德胜坐到炕边，我爸用家里的白瓷杯子倒了水，不知道放的是什么茶叶，杯口是一层茶垢，我拿起来，又放下去，虽然是自家，但仍然感到下不了口——当然还涉及我心里那点不体面的嫌弃，我爸可真小气，居然舍不得买一袋纸杯。王德胜端了起来，喝得呲溜有声。临走，他抓住我爸的手，说那年他不懂事，打伤了我爸，至今心里过不去。我爸笑了，说他也是暴脾气，性子软和点的话这架也打不起来。

王德胜和我出了门，重新上车。他给我说，他在我家的炕席下塞了红包，叫我回头给我爸说一声。

我就纳闷了，为啥不当面给。

王德胜说：唉，我心里作难，二叔看见我憎恶，他今天给我倒水，心里怕也不信——我怎么会变成好人呢？

车在走，月亮在山边轻柔同行。

2

王德胜的坏名是从他打完我爸开始的。

王德胜家和我家连畔种地，王德胜家地势略高，我家地势略低。王德胜高中辍学的那年，秋播前他给地里撒了几袋化肥，当夜下雨，滴滴答答一夜未休。第二天早晨，化肥都被水冲到我家地里去了，白花花铺了一大片地面。

王德胜一手抓着一只馒头，一手捏着一根青辣椒，边吃边走，进了我家的大门。他想和我爸商量下，能不能赔些钱回来，因为雨水一冲，他家地里算是白撒了化肥，我家的地却平白无故受了益。

我爸坐在小木桌前，桌上放着一碟腌辣椒，一碗小米粥，馒头冒着热气。我爸边吃饭，边抬眼看王德胜，夸张地吧嗒着嘴巴，吃一口辣椒吸溜几下，端起小米粥抿了一口，带着指点后辈的口气说：老天爷下雨，不是我用炮把雨打下来的，这事跟我何干？

我爸这么说其实夹带了情绪，当年夏收时候，因为雨水丰沛，所以麦子大面积倒伏。大伯家收麦子时就朝我家这边多割了一镰刀。我爸去说，大伯当时也不好好说，我爸心里不高兴。

听我爸不好商量，王德胜站着吃完馍，抹抹嘴巴，猛抬脚，把我爸正吃饭的小木桌踩了个大洞，转身就走。我爸吃了一惊，眼见腌辣椒撒了一地，馒头在地上滚，小米粥糊了前襟，他大叫：狗日的你土匪啊，给我站住！王德胜头也不回地走了。

当天中午，我爸托人捎话说：德胜你娃若有种，下午六点到大场里来!

大场就是碾麦子堆麦草垛的地方，是放电影和孩子们活动频繁之处。到大场来干什么？肯定不是请客吃饭和温良恭俭让，是鸿门宴和包围圈。王德胜一点儿都没含糊，当即回话：二叔只管对好表，我准时到。王德胜下午睡了一觉，醒来做了一会儿热身运动，按点来到了大场上。

大场边上出现了我爸的身影，手里端着把明晃晃的铁锨，一副清理门户的样子。王德胜心里有点咕咚。

王德胜情急之下在场边抓了把损坏得只剩一个叉齿的废弃铁叉，两下里一见面，都恨得牙痒，双方迎面冲上，金铁交鸣不绝，好一顿打杀。王德胜把废叉抡成了大刀，沉着地进攻、闪躲，姿势潇洒至极，像录像厅武打片中的武林高手，我爸屡屡险象环生，不过几十秒的光景，就完全变成了退缩防守的局面。

王德胜得势不饶人，一把刺出，我爸“哎哟”一声叫，一屁股倒在了地上，裤腿上渗出了血。王德胜见好就收，丢叉回家。后来我妈赶来，把我爸扶了回去。

第二天大伯带着王德胜去到我家赔礼道歉。王德胜天不怕地不怕，就怕大伯叨叨，一叨叨他就头疼，跟唐僧给孙猴子念紧箍咒似的。王德胜化肥钱没要来，还赔了五元钱的跌打丸和消炎药完事，至于方桌，虽然我爸坚称这张松木桌子价值不菲，一个木匠一个工打不出来，但终究没讨到钱。

我爸后来跟人说：我看着这娃长大，小时候日鬼，长大了日阎王，还没到枪毙的年龄就这么坏，将来可咋办呀!

我爸当时就是想去吓唬一下他的侄儿，没想到侄儿当了真，撸起袖子血拼到底，倒把我爸修理了一次。

王德胜就在王家庄坏了人望，此时他正向更坏的目标进发。

大伯去世之前，拉了我爸的手，老泪纵横，说他养了儿子不顶用，自己要下去了人也不在炕头前……说得我爸也泪水涟涟，直说后事有他，兄弟此时成了最亲的依赖。杨红花来看她的公公爸，大伯手挥得像蒲扇：

滚、滚出我王家的门!

我想着往事，回头看车后排的杨红花，她歪着头睡着了。

王德胜打我爸那年，才十七八岁，第二年就去拜了镇上的铁匠赵明举为师，还学了耍社火扮大红，不出两年，就成了镇上赫赫有名的大红。

王德胜把杨红花带回家的过程颇为传奇。那一年，王德胜十九岁，正月里去单家庄耍社火。王德胜耍“斩颜良”，嘴巴要喷火。

王德胜在紧锣密鼓的转腾挪移间随手从春官（社火角色）手里抓过一支火把，嘴里喷出一口烈酒，他的面前倏忽燃出一把形似感叹号的火花柱，在这仓促明灭的光华中，王德胜看见了杨红花。

杨红花面容清秀，眼睛黑亮，站在看客圈子的最里一层，火花一扑，杨红花没有如常人吓得朝后捩身子——这往往是王德胜的乐趣所在，杨红花微笑着看过来，眼睛都没眨一下，这和王德胜想要的效果产生了不小的差距，新鲜感抓住了王德胜的心。

杨红花长得唇红齿白、水灵光鲜，拙朴的大棉袄下还有更了不得的东西，王德胜在三天之后的晚上进了杨红花的门，一伸手，就摸出了女人的好。

在杨红花炕上扔下处男身的王德胜志得意满刚出了门，就被暗中埋伏的几个男青年一顿棍棒拍倒在地。

王德胜从天堂掉落地狱，前一阵还在感受一个成熟少妇的温润炽热，后一阵子汗没干，就被人用棍子拍平，抬过去扔在了大场上。

这伙教训王德胜的年轻人有念书的学生，也有跑江湖的青皮。寡妇门前是非多，他们入不了杨红花的眼，但不能眼看着嫩白菜叫隔墙的猪啃掉。他们笑骂这个胆子比天大的流氓是什么来路，原来是王家庄耍大红的王德胜。单家庄地处镇北，塬地多，距离镇区近，区位优势明显，优越感强烈，相比较王家庄就寒碜得多，人穷地偏，单家庄人因此看不起王家庄人。

王德胜扮大红出名，占尽风头，名利双收，容易受人嫉妒，如今到了这些人手里，不臊尽他的皮是不能撒手的。

王德胜被摁在地上拳打脚踢，吃了一嘴巴的土，最后被抽了裤带，亮了雀，屁股上被踹了几脚，最后捻着裤腰跑回了王家庄。

王德胜全程无话。他哪里吃过这样的亏！此仇不报誓不为人，他发誓总有一天要把单家庄的人一个不落地羞辱一番。可是比报仇更要紧的是他的心里毛毛草草焦渴了起来。他的心里是离离麦田，每一垄地头、每一棵麦穗都焦渴地吱吱乱叫，而解躁的水就在“敌占区”的杨红花身上。五天之后，王德胜又进了单家庄，这次没敢大模大样进去，他跟侦察兵和特务一样摸黑走，确保前无人挡、后无人堵，才进了杨红花的门，这次等他的不是小寡妇的循循善诱和形同虚设的裤腰带，而是杨红花认真设下的障碍：姐是看上你人，但不要猫吃糖瓜上了瘾，你去打问打问，姐不是干净人，还比你大四岁，你是个小娃子，好好回去过日子，想瞅媳妇，找你爹说去！

王德胜说：我娶你。

杨红花说：我是坐着飞鸽进这庄上的，过门一年就死了男人，别人说我克夫，你要不怕，就骑辆飞鸽过来带我出村，我怎么来的就怎么出去。

王德胜说：这有什么难的？说着就上手搂杨红花的腰，杨红花打开了他的手，王德胜的手举了三次，杨红花打了三次，最后杨红花摸他的鼻子：鼻子硬，寿数长，好好过你的日子。

杨红花这样说，不是指路是封门。王德胜却当了真：飞鸽这话可当真？杨红花说：当真。

王德胜说：一言为定？

杨红花说：当然一言为定。

王德胜说：咱三击掌，说话不算话，就死无……杨红花软绵绵的手堵住了他的嘴巴。

当年开春，树上刚绽开绿芽子，王德胜又进了单家庄的地界，他目不斜视，骑着一辆借来的七成新的飞鸽直奔大场。

王德胜把车子驻在场边上，只身站在大场中央，大声吆喝了一声：老单、小单、男单、女单，都听我唱戏喽！

不必喊，王德胜一进村，就被年轻人盯上了。王德胜尝了鲜又回了头，庄里的闲人围拢到场边，都来看热闹，看这次王德胜要被收拾成什么样子。王德胜走过来走过去踱步，一副人来不齐全就不开锣的样子。

单家庄人也不着急，看王德胜要耍什么猴，不开言就开打，不是单家庄人的品格，即便打一条狗，也不能无理无据，他们讲道理、慢慢来。

王德胜清清嗓门儿，开了腔：

喝喊一声绑帐外，不由得豪杰笑开怀。

某单人独骑把唐营踹，马踏五营谁敢来。

敬德擒某某不怪，某可恼瓦岗众英才。

想当年一个一个受过某的恩和爱，到今日委曲求全该不该。

敬德不能把头借，二十年后某再来。

刀斧手押爷在杀场外，等一等小唐儿祭奠某来。

王德胜大红耍得好，唱秦腔却南腔北调，敲烂瓮有破声，几声花脸吼下来，脸都涨红了，调子偏了几里地，单家庄人面面相觑，都绿了脸。

当地有个唱戏避门子的风俗，关家坡不唱《走麦城》，杨家沟不唱《金沙滩》，青天白日在上，王德胜在单家庄唱了《斩单童》，是千刀万剐的恶事！

有人喊话：还等啥？捣了这坏种的狗牙！

几个小青年撸袖子上前，立马要拿下王德胜。

王德胜有备而来，他撩一把衣襟，腰上露出一排刀柄。他随手捏出一把明晃晃的短刀，边迎着阳光端详边擦汗：没唱过戏，霸王硬上弓，吼得我脑门发蒙，乡亲们多担待！又说：我有六把刀，能撂倒六个人，你们第七第八个可以把我弄倒，要杀要剐你们随便。可你们要是撂不翻我，我今天就要把杨红花带出庄，谁拦我就扎谁一个黑窟窿！

王德胜又开唱：

枪刀密密弓上弦，各样的祭礼摆得周全。

唐营的国公往前站，听某把投唐事儿细对你们言。

唐童儿不是仁义汉，他和殷纣都一般。

曾不记儿父征南蛮，张殷二妃跪在马前。

儿的父一见起邪念，将二人掳入深宫内边。

三王子怀抱儿娘睡，儿的娘又抱元吉眠。

这样的王子不羞惭，你还在人前卖浪言。

跑调子的大戏唱了三四段，王德胜忘了词，仰着脑袋想，想起了再唱，词前拉后扯，没板没眼，气得老汉们跳脚踱拐棍，都说这坏种可杀！可没人敢上去撩拨一下。

直到杨红花来到了现场。她胸脯剧烈起伏，心跳如打夯，脚步踉跄地跑到王德胜面前，对着王德胜的脸抡了一耳光，她大喊了一声：疯子！别唱了，我跟你走！

王德胜眉开眼笑，照着东南西北四方作揖，从腰里抽出一把刀，握了刀刃，一使力，血珠子顺着刀尖流下，重了挂不住，滴在浮尘里。

王德胜说：今天谁受不了这气儿，到王家庄找我，王家庄有个大涝坝，我家就在边上的大柳树前，你带把刀杀了我，事儿就消了；你要是打不死我，我还要回头来寻你！你们找我寻仇可以，但要对杨红花下手，我得把你戳成蜂窝煤！

王德胜说完一把抱了杨红花，搁上飞鸽后座扬长而去。王德胜带了杨红花回来，抄的是“便道”。

王家庄的婚丧嫁娶要由乡贤出面摆划，不能逾矩。后生要结婚，要门正户端的女子，婚嫁之事不能随便，它有一整套传统而热闹、烦琐而规整的婚嫁习俗。

婚事要成，需聘媒、换帖、下聘、订婚、合卺，缺一道手续就算不得明媒正娶，跑野路子人瞧不起。加上传闻中杨红花是站可吸风、坐了吸土的风流女人，王家庄人便忍不了这对野鸳鸯。王德胜捣鼓的这事，气得大伯直说自家先人亏了人，才有这样的坏种后人，大病一场，和儿子结了死疙瘩。

大伯去找王德胜的师父赵明举。赵爷是德高望重的乡贤，门槛差点被徒儿的爹踏断，老爹要赵明举搭把手，把“那个骚货赶回去”，左邻右舍也见不得王德胜和他来路不明的新媳妇，晦气。可是赵明举有什么办法呢？

王德胜就是这么不受人待见，但他自己得意着呢，那会夏收时节碾场，他开手扶拖拉机，杨红花坐一边，没羞没臊地瞎开心，让庄邻看着又羡慕又鄙视。什么叫羡慕嫉妒恨，王家庄人早于网络时代感受到这五个字给他们带来的切身不爽。

后来王德胜颓了势，进了监狱，人都说是杨红花害的，她身上煞气重，大红都镇不住呢！

3

一轮明月照临州。我们到了临州宾馆已是晚上十点多。王德胜驻了车，回身拍拍杨红花的肩，杨红花下了车还在用手醒脸。王德胜边锁车门边对我说：上去再聊聊，咱们这些年不见面，说实话，家族里这些人我最念的还是你。

客套是明显的，虽然我曾是他最忠实的粉丝。我果断推辞，就此作别。王德胜说，他是个没文化的老粗，所以这段时间还需要我的大力支持。他开了个玩笑：我对自己认识很清，一照镜子吓出一身油，身上毛病太多了！

我走在回家的路上，想王德胜真是越来越不简单了。什么“一照镜子吓出一身油”，那不就是黑泽明“蛤蟆的油”的典故吗？能说这话的还能没点文化？真是不简单，昔日吴下阿蒙，现在要刮目相看。

第二天早晨，我们的常委部长叫我过去一下。他说有个在南方创业的企业家要出资修缮孟和祠，此人是我老家孟和镇王家庄人，说是我的堂哥。我说这个人的确是我的堂哥，我们昨晚见过面了。部长表示很纳闷，王德胜为啥要修孟和祠呢——这花销可不小。我说我也不清楚怎么回事，我这个堂兄是个传奇人物。部长打趣说：他和我接触次数多了，我一直想不通，他一不图名，二不图利，到底是要干吗呀？他说他是为了师父才修孟和祠的。我说：我知道他的师父，那是个大能人。

部长问，王总的师父是谁？

王德胜的师父是赵明举，除了著名铁匠的身份，赵明举还是孟和镇最有名的大红和打花匠。在二十世纪八十年代的陇东农村，正月十五不放烟花，但不放烟花不代表没有烟花。现如今，一根香烟对上药眼子一点，烟花蹿上了天，万事大吉。过去制造烟花的人叫打花匠，手段高明，一般人做不来。因为稀缺，所以在广袤的农村大地，打花的节目最受人注目，打花匠因此最受人们欢迎。

正月十五，月白如霜。赵明举甫一上场，一身披挂夺人眼目。他眼戴石头水镜，头戴三层草帽，反穿羊皮袄，端正地站在一只杌子旁。杌子上摆放一块二尺长、一拃宽的杏木方，杏木方上，凿出一块酒盅形的凹槽。赵明举早前将铁、铜、锡块盛在最耐烧的、用于铸接铧尖的杯状“烧埚”内，加热至熔化，突然手腕一翻，“呲”的一声，将金属液体倒入杏木方上的凹槽之内。赵明举的右手迅速抓出一把光溜溜的杏木棒，对准凹槽，一声断喝使劲捣下，金属的液体“嗖嗖嗖”蹿上夜空，高达五六米，蓝色和紫色的点点花色临空绽放，瞬息又转为红色，金属的熔水待落到地面，已经变成了固态，还带着烫手的余温。但孩子们已经迫不及待地扑上去抢拾，瞬息就被抢个干净，据说落在地上的金属片子若像动物，戴在脖颈上有驱魔辟邪之功。

每到一年腊月底，十里八村的社火会会头就会先后来到赵明举的铁匠铺里，赔笑报告下今年社火队的状况。邀请罢，留下一些糖茶、点心之物然后辞去，待到社火表演的时间临近，赵明举会从中选一家社火。

有影响力的大红不唯赵明举一人，还有别人，但赵明举显然高出了几个档次。虽然赵明举出场费高，但拥有赵明举就意味着拥有市场号召力，他不但扮大红，还打花，虽要两份工钱，但有着赵明举的社火队最受主家欢迎，多半得预定排档期，所以付给赵明举的钱极容易赚回来。争到赵明举的会头也无须得意扬扬，因为赵明举是不连年和一个村搭伙的，今年请到的是鞋窝窝尿尿——热乎完了，就准备明年让与别村。

赵明举收了王德胜做徒弟之后，王德胜不但学了打铁，还学耍大红和打花。后来就有了两个著名的大红，两个大红没有矛盾，各耍各的社火，社火场上不分高下，打铁炉旁尊卑俨然。每日师父上场，徒弟弯下颀长的身子，一杯酽酽的罐罐茶先双手奉上，师父从容喝完，这才干活。两人身子都高，都身着皮革护套，仿佛两座塔。夏天露出硬邦邦的肩肘，赵明举小锤子叮当，指了方向，王德胜大锤伺候。干活听音，当当——哐哐——当当——哐哐……跟奏乐一样，铁锤敲在铸器之上，力道层层传导到砧铁上，发出清亮的声响。

王德胜不学好，总惹是生非，赵明举为此操碎了心，他接好的铧尖儿，耕遍孟和镇塬田山地，人们打趣地称他为“起地皮的赵爷”，可他就是按不住徒弟王德胜的舵。

王德胜打了我爸，这事发生在拜师之前，往事随风既往不咎，但他娶了杨红花，生生摸了把师父的逆鳞。

杨红花是个水性杨花的女人，跟在她背后的闲话一火车皮都装不完，所以赵明举反对王德胜自作主张的婚事。但赵明举是个讲道理的人，道德约束是律己的事，哪能强求别人？那是霸道。赵明举护犊心切，恨铁不成钢，和徒弟怄了几天气，慢慢又缓和下来，只和王德胜说：人要脸、树顾皮，你路还长，不要把一点儿运气都败在女人身上。王德胜正抡大锤，擦了一把汗，也不说话。

但王德胜夜夜嘴馋吃糖瓜，这就了不得了，几天时间脚下就发虚，抡起锤子，响声都空荡荡了。赵明举怒气冲冲：别趴女人×上下不来，给老子拿出力气来！

杨红花来铁匠铺，也喊赵明举师父，赵明举虎着脸不说话。杨红花我行我素，手勤脚勤，给娃娃们缝破了的衣裳，那针脚可真密；给师父家里帮厨做饭，师父一下筷子，嘴里吸口气儿，香得耳根发软。一来二去，师父看杨红花真不错，倒觉得徒弟耳清目明，眼睛有水。师娘不高兴了，边剁鸡食边发牢骚：老不要脸！你咋不叫杨红花来把咱家勺掌了……赵明举听不得这龌龊话，他把喝水的缸子在桌上一摔，水如白练飙飞：狗嘴吐不出象牙！

我爸壮年时候是个倔人，有时候拿了棒槌认针（真），死脑筋，这些性子你从他和王德胜交恶的过程中就能看出来，两人都有点横了，一对羝羊顶在了独木桥上，其实谁落水了都不好，但王德胜吃了武艺高强和辈分小的亏。我爸和赵明举关系不赖，所以这些未知真假的传言都是他说给庄里人的，作为父辈，拉这些闲话真不应该，而且有点变味和膈应。不过大家还是爱听，有人还笑话他：不要再拉闲话了，你侄娃拿叉戳你呢！我爸嘴上不饶人：好啊，他坏种有本事拿炮把我轰了去！

王德胜当然没有炮，有炮的话早就抬出来了。

婚后的王德胜依然没有变好，他又喜欢上了打麻将、砸金花，起初是牛刀小试，试火一阵就成了常态，趁杨红花不防就跑去垒长城，比秦始皇还忙。

王德胜后来离开了孟和镇，但镇上一直有他的传说，至于他离开之后的结果，成了一个谜。我们普遍认为，王德胜完蛋了，像语文课本里的于勒叔叔一样，窝在某个角落里等待岁月来收取残生。我们只是遵循了一般规律，不是专把他朝坏处想。但没想到他如今不但回来了，居然还要义务修缮孟和祠，真是跟做梦一样！

接下来的几天时间，我每天都会受到王德胜的打扰，他要么询问关于孟和的一些历史知识，要么探讨孟和因何不回到当时的故乡齐国而来到咱们镇上。我整日忙工作，他这样闲聊无疑损耗了我有限的精力，这让我有点不快。

孟和从咸阳出逃，因何不回到齐国，却落脚黑水泽畔？显然，这样的逃亡路线并无过高的安全系数。所以可能是孟和出于士人的理想和对政治的抱负，这是当时有志之士的普遍愿望——他不愿意离开西部日显重要的政治中心，所以，孟和可能在寻找返回咸阳的机会。

公元前三〇七年，秦武王到洛阳检查工作，举龙纹赤鼎而死，勇士孟贲被“族灭”。这一年的历史纪年包括武王四年和周赧王八年。楚国和越国联合攻打齐国，但楚怀王为了让齐国和越国火拼，自己坐得渔人之利，所以迟迟不肯派兵。越王大怒，反过来和齐国联手攻打楚国。但楚国击败齐越联军，并加紧攻势，把从春秋末期就开始威胁自己的越国一举消灭。此时赵武灵王宣布赵国全境推行胡服骑射，他们改革骑兵为将来的“王天下”磨刀霍霍，齐国的形势显然比西部大地更为恶劣，所以孟和没有回到齐国，这也是孟和择居黑水的原因。

孟和的父亲孟贲，力大无穷，勇冠海岱，据说陆行不怕虎狼，水行不避蛟龙，一人可同时制服两头野牛，没想到将门之后却学了文科。

王德胜分析完这些，略显得意地说：堂弟，你觉得我是个粗人，其实不是那样的，这些年我也恶补了很多东西，在外面要是说起了咱镇上的大名人孟和，我走哪宣传到哪，毫不含糊……

王德胜给我说这些的时候，我正在修改一份蹩脚的文件，心里叵烦至极，他没有听到我的称赞声，所以有点失望：我是不是打扰了你？

我违心地开解，说基层干部就是这么麻烦，整天这事那事不停……王德胜说：那把你抽调出来，专门给我指导修缮孟和祠好了。我说那怎么可能。王德胜在手机里打了一个干脆的响指：想到哪，干到哪，这是我创业成功最简约粗暴的不二法门。

果然，当天下午部长就叫我去，说王总给他打了电话，请单位把我派出来，拿出一周时间帮助他熟悉下孟和生平，配合文保单位去指导工作。我一愣，这个王德胜，事情还能这么干，好嘛我带薪休假！

4

第二天就是孟和祠修缮工程的启动仪式，我随着王德胜又一次回到老家孟和镇。上午整九点时，孟和祠响起了一阵“噼噼啪啪”的鞭炮声。

两棵大松树之间拉起了一条长约十米的红色横幅：临州县孟和镇孟和祠修缮工程启动仪式。参加仪式的有县里各有关单位的代表十多人，镇政府等相关单位职工代表，居民和学生代表，四五十人站了一簇，候在场上。

仪式上，镇党委书记致辞，表态镇党委和政府热诚欢迎有识之士前来镇上投资兴业，这片充满生机和希望的热土一定能为广大投资者带来丰厚的回报……我们的部长最后作了讲话。部长介绍了孟和其人及孟和的儒家精神，他认为孟和及孟和精神是全县最重要的文化财富，镇政府和民营企业家王德胜同志基于“共同的文化脐带、共同的历史脉搏、共同的机遇使命”而携手合作，对孟和祠这一重要历史遗迹进行修缮，既是镇上的一件喜事，更是事关全县本土文化保护和传承的一件大事，希望孟和文化能带动文化产业的快速发展，推动县域经济结构优化和全面繁荣……

王德胜新理了发，穿了西装，皮鞋锃亮，人靠衣裳马靠鞍，特别像模像样。

仪式结束，王德胜随同领导们去了镇政府，我就站在孟和祠门口的松林边抽烟。杨红花笑盈盈朝我走来，我赶紧把手里的烟扔在地上，用脚踩灭，叫了一声嫂子。

杨红花当年刚到王家庄的时候多漂亮啊。刘震云的《手机》里面讲严守一骑着自行车，带着吕桂花去邮局办事。看《手机》时，我也会想起杨红花，她腰肢很细，臀部溜圆，让我们这些青春期的少年想入非非。那时候人都骂杨红花，我不骂，那么漂亮的人有什么好骂的，我倒觉得我堂哥真有能耐，能把这样的一个水灵的女人带回家，把天叫响了。

杨红花现在依旧漂亮，岁月从不败美人嘛。

我说：看我哥今天多排场，嫂子当年可真是眼睛有水。

杨红花说：你咋不说你哥眼睛有水呢？

我说：我一句话把你俩都夸了，你还不爱听？

杨红花笑：你哥说你老实，没想到这么会说话。又说：德胜这个人，前半辈子太拗，净吃大亏。

我说：我哥要是不耍赌，也是人前头人。

杨红花叹口气：你不知道，他是吃了牢饭，最后才知道赌局全输、不赌为赢，还好，吃一堑长一智，算是及时灵醒过来了。

我依旧很好奇：嫂子，我哥那一年到底是怎么回事？人说王狗娃老到你家门前撒野，把我哥惹怒了……

杨红花说：不是那样的。你哥这人，就是小家子气，为了一百块钱翻人家墙，整了一屁股麻烦，把自己送进去了。

杨红花讲了一遍王德胜把自己送进牢房的旧事。此前我有耳闻，但了解不算详尽，那事儿里的龌龊一两句话根本摆不清楚。她一说，结合我听到的那些一鳞半爪的传言，把故事凑全乎了。

二十年前的那个农历九月，王家庄一伙耍钱的在碾米铺掌柜家打麻将。有天晚上，同村的王狗娃输了王德胜一百元，拉了骆驼欠了账。第二天、第三天王狗娃还是没清。在孟和镇的赌场上，有些潜规则，是耍赌专业户的行动指南，“三天必清”是守则之一。说话不算数的人会成为公敌，要“荣登”周边数村通用的“黑名单”，遭受同好们的排斥。

王狗娃欠账的时候说第二天夜里一定还清，不然就把自己的头揪下来给王德胜当夜壶。但随后两夜王狗娃根本就没有闪面。

那晚碾米铺掌柜的女人添了四回水，茶水没有了味道。大家当晚像是商量好的一样，齐头给王德胜输钱，牌上不得劲，就逞口舌之快，一起笑话王德胜，说王狗娃把他当了和尚×是个摆设。王德胜起先没有说话，被再三激将，终于忍无可忍，一把牌刚完，他“嚯”的站起身，抓起外套就朝外走。一桌子同好又劝他不要走，说他赢了钱就跑路有失风度。王德胜觉得自己当着众人面受了王狗娃的愚弄，实在忍无可忍。他谎说家里白日卖掉点陈玉米忘了还掉邻家升子，记起人家赶明早要用，着急赶紧回去。有人喊：德胜着急去××杨红花呢——大刀锈了，好好练练！众人哄笑，王德胜不搭话，一径儿去了。

月光铺在地上，很冷很薄。王狗娃家住村口，距离碾米铺一公里多点儿。经常走夜路的王德胜胆子大，他路过一块凸起五座墓冢的荒地，地边电线杆顶端立着一只小猫头鹰，长着小皮球一样的圆脸，王德胜从南走到北，它的脖颈跟着转了一百多度，像个电子探头。

王德胜从王狗娃家大门缝里看，上房里的灯亮着。他“哐哐”敲门，里面没有响应；王德胜喊了几声，没人理会，王德胜的火气上了脑。王德胜不是差一百块钱，是讨厌王狗娃对他的轻慢。他绕到院墙边，几步助跑，按着一棵歪脖子槐树，双手一撑，双脚提起轻巧巧越墙而过，落地无声。

王德胜直奔上房，想都未想就铆足了劲，一脚踹开门，龙腾虎跃地闯了进去，几句粗话涌到了嗓子眼，却一下梗住了。

王狗娃的炕上居然睡着一个女人，她裸着的肩部露在被子外面，头发乱蓬蓬地散开，像是一朵硕大而奇怪的菊花。听见门响，女人和王狗娃同时朝门口看去，看见王德胜，王狗娃像踩了电门似的弹坐起来，用红色绸面的被子把女人的头脸掩了起来。

王德胜赶紧退出房间，人到了院子里，刚才的画面却不停在他的脑海中跃动。这一尴尬不要紧，天不怕地不怕的王德胜不由得出了一头的汗，他看见了那个女人是谁。

王德胜出了院子，看见月亮脉脉当空照，他为自己羞愧，仿佛是自己小心眼，为着一百元钱专来寻人家的难堪。其实王狗娃老在王德胜面前老赵老赵地喊师父赵明举，王德胜早就想大耳刮子抽他，抽得他像陀螺一样转圈圈。可没想到今晚这狗杂种正在炕上受活呢，他妈的，这算什么事！他妈的!!

王德胜走也不是，等也不是，他转身看房子里的亮光，有人在影影绰绰套衣裳。他看见小猫头鹰又站在了王狗娃家的烟囱上，正低了圆脸觑着他，这小畜生盯着老子看啥？你该盯着王狗娃看去，人家春光正盛哩。

王狗娃裹紧衣裳走了出来，腰里吊着一截缝了几重补丁的裤带子。他看着王德胜“嘿嘿”笑了几声，表情诡异：尴尬人逢尴尬事——你是咋进来的？我以为是谁呢，没想到是德胜，吓死我了。

王狗娃打了个喷嚏，他用手擤了一下鼻涕，在身旁的梨树上抹了一把：男人女人就这么一回事，都是乡亲别太当回事，我这人财气薄脸皮厚，给你……他递过来一根纸烟，王德胜没有接。王狗娃又递给王德胜一百元钱，王德胜心里尴尬，尚清楚目前紧要的事情是嘴巴弄严实。王德胜说：这事你放心……我不会说出去的。

王狗娃不在意王德胜守口如瓶的承诺，王德胜是个汉子，比他王狗娃还硬气，当然不会走漏一点风声。

但第二天晚上，女人就来找王狗娃，说王德胜嘴不紧，把这事讲给她男人了。男人不敢修理王狗娃，所以打蛇不成打曲蟮，把女人修理了一番。

王狗娃听了女人的话，勃然大怒：狗日的王德胜，道上规矩忘了！那夜春宵被撞破之后，王狗娃心里就不畅快。不就一百元钱嘛，他王德胜为了这，道义就不要了，居然翻墙来讨！当我这是什么地方？我虽然家破房子烂，但也不是你王德胜想来就来想去就去的大场呀。

王狗娃也烦自家老婆知道了这事，这个悍妇要是知道了趁她去娘家，他睡了别家女人，这麻烦就大了！现在事暴露了，由不得王狗娃怒向胆边生。

晚上九点多，王狗娃戴着顶灰色的破鸭舌帽，攥了把剔骨尖刀，趁暗淡的月色直奔王德胜家而去。为报上次被撞破之仇，王狗娃模仿王德胜，不敲门直接翻墙，没想到经久历练的王德胜给墙头上布了好些防贼用的碎玻璃片子，他刚爬上去就割了一双血手。王狗娃暗骂自己不明智，居然把人家墙头上的防御措施忘了个干净，他就在王德胜家门口大骂叫阵。

王德胜岂是怕事之人。虽然王狗娃手里攥了刀子，却依旧不是王德胜的对手。王德胜威武雄壮像座铁塔，王狗娃尖嘴猴腮小矮个，从身坯到竞技技术，王狗娃都稳占下风。王德胜三下五除二把王狗娃狠扁了一顿，最后一手捏了对手的脖颈，一腿伸到身后，一个别子把王狗娃放翻，四仰八叉地丢在了大门口的路边。

王德胜明白，王狗娃虽然和自己关系有点坏，但也谈不上积怨，所以必然是昨天自己无意间抓奸所惹出的麻烦，他并没透露给谁半个字渣渣，不知道王狗娃为什么会来挑衅，还糊血手、亮刀子，这些下三烂的招式让王德胜既震惊又鄙视。

王狗娃当时斗志昂扬、热血沸腾，虽然战败，倒也豪气干云。在地上躺了半晌，他爬起来摸索着回了家，倒头就睡。但睡到半夜恶心不已，趴到炕边上咯了几口血，吓着了。他赶到镇卫生院敲开了急诊室的门，透视拍片子，结果是折了三根肋条。

过几天王狗娃上门找王德胜要医病的钱，王德胜稀里糊涂碰上了一次打杀，现在又要拿钱，当然不愿意。虽然杨红花劝王德胜掏钱了事，但王德胜就是不行。

王狗娃把王德胜告到镇派出所，所长是王狗娃的二爹。王所长八月份某夜得了讯儿，到镇南某村的一院荒窑里抓赌，恰好三个赌徒出门解手，看见远处灯火就悄悄跑了路，把赢了钱的王德胜留了下来。王所长他们要进门，被王德胜反锁了窑门，外面的人进不去，里面的人出不来，僵住了。王德胜冷不防撞倒了门扇，压住了王所长的大腿，他撞开了另两个警察，一溜烟跑下了沟底，气得王所长躺着胡吆喝。

王德胜稀里糊涂被抓，正巧遇上了严打，判了五年。

5

杨红花讲完这些，又叹口气：你哥要是没有这趟牢狱之灾，怕还糊涂攮浆着呢。

王德胜进了监狱。那年冬社火场上就没有了王德胜的身影。我认为失去王德胜的社火不能叫社火，正月十五因此寡淡成了寻常的十五。我半夜爬到王狗娃家的房顶上撒了一泡尿，要撒的时候手里没抓牢靠，辗转间扭伤了胯子，开学时还拐着走路。

其实后续的事情杨红花没有讲明白。王德胜进了监狱之后，王狗娃的女人咽不下这口气，扬言要把和王狗娃好着的女人的一对狗奶揪下来喂猪。两女人一开骂，有啥说啥，像是木槌捣了石臼，把事情的真相拼接了出来。原来王狗娃大闹王德胜的原因并不是因王德胜拉闲话导致女人挨了打，他有更难以启齿的缘故。

那个晚上，王德胜一脚踹开门，门“吱嘎”一响，王狗娃和女人都受了惊。虽然女人躲到了被子下，王德胜主动退到了院子里，但败兴的基调已经无法改弦。王狗娃赖着脸皮把王德胜送走之后，回到房里想把未竟之事继续办完，却发现自己不行了，一试再试没有起色，惊惧之下越加颓靡。王狗娃以为自己是暂时的熄火，没想到到了第二天，他依然没有苏醒的迹象。

恰好那女人来说王德胜拉闲话，王狗娃自然疑惑，王德胜爷们儿了得，怎么会嚼舌头？但王狗娃当时正焦虑，一口腔的水泡泡，一喝水五脏齐疼，愤懑得想杀人，他心里窝火，就借着怒气直接上门挑战去了。

只有王狗娃心里清楚，他报的不是鸟大的怨，是天大的仇。

当然，王德胜不是拉那种闲话的人。那个女人是挑唆事儿的长舌妇，她男人当日出工，回来和她犯了口舌，因她见男人进村口时和王德胜说了几句话，所以心里紧张。男人一进门，脸比猪还黑，女人就断定王德胜跑了口风，心里不整齐，一失态反被男人起了疑心，导致奸情暴露，只能把气撒到王德胜的头上。

杨红花刚说完话，镇上书记打来电话，叫我带嫂子去镇食堂吃饭。

镇上的席面简单得很，饭后王德胜便调度施工队迅速进驻工地。孟和祠的围墙上很快布起了纵横交错的脚手架，木石材料拉了过来，汇聚起了二十来个建筑工人。

王德胜计划先修补祠堂的门楼和围墙，之后再修补主祠，最后完成各处的涂色和彩绘工作。他大致算了下，时间不算宽裕，赶秋季结束要把工程完成。

王德胜也下手干活，他脱去白衬衫，撸起袖子翻了一会儿砂浆，杨红花劝了两回，他才放下铁锨，双手拍拍灰尘，说：我啥活都干过，翻砂浆是最劳苦的一种。

我想不通，王德胜怎么会去做了家具生意，他此前干过的那些事没一样是和木头打交道的。王德胜喊我上车去找个人。王德胜说：那时候我跟师父打铁，他有时候会叹口气，一副忧心的样子。有天我就问他为啥叹气。他说他是强木要金修，我跟着他怕是没有奔头，我是木命，金克木，我只会越弄越不行。师父还说，我五行冲金，铁是打不长的。我劳改的时候，真被人塞了一箱子刨子、锯子、墨斗，又巧又端地就学会了木匠活。

王德胜把车开进了王家庄。

我不解，这会儿进村干吗去？王德胜说：去了就知道了。

王德胜把车开到我家门口，给杨红花说：我给二叔说了，今晚你住他家，二婶给你把炕都铺好了。说完这句，他抬眼看我，见我正发蒙似的看他，他说：不欢迎嫂子去你家吗？

怎么会不欢迎呢？我是不知道王德胜葫芦里卖的什么药。

王德胜把车开到村文化广场，这里曾经是集体经济时候的大场，他就是在这个大场里把我爸修理了一顿。

黄昏天里跑过来一个人，一把抱住王德胜：德胜，你可算来啦！哟，还有咱宣传部的部长呢！我吃惊不小，来者居然是王狗娃。这两人啥时候走得这么近，原来的仇深似海呢，难道真是爱恨情仇随风、一笑泯尽恩仇——这不跟玩儿一样吗？

王狗娃只有一个儿子，已经翻过秦岭到贾平凹的家乡倒插了门，他一个人住三间砖房，院子里乱七八糟草木深沉，一脚踩进去让人心里发怵。

王德胜说：你把草除一下嘛，能藏只大老虎了。王狗娃说：有老虎还不得被你打死去。

王德胜说：你把镰刀找出来，我帮你割草，你看你烂糟成啥样子了！王狗娃只管笑。

进了上房的门，地上摆开一张掉了漆的橘红色小圆桌，边上摆了三只短腿杌子，桌上是一盘子猪头肉，一盘子花生米，一桶五斤装的散酒。

我怀着一团纷纷扰扰的迷茫和他们划拳、喝酒、吃肉，一直到了夜里十二点多才结束。王德胜累着了，他含糊地说了声睡觉，就爬上炕睡下了。说实话，那黑亮亮的被口真让人不敢直视，炕头部位被王狗娃瘦骨嶙峋的屁股溜上溜下蹭得油光如砥。

我靠在柜子前喝了一杯水，眼前浮现出一圈一圈的细密觳纹，我喝多了酒，脑瓜嗡嗡直响。等王狗娃收拾了桌子，我问他：你俩怎么回事，你把我哥弄进去了，他见了你咋还这么亲？王狗娃一辈子不学好，说起这事也不知道羞丑，他哈哈一笑，露出门牙上的豁口：我是德胜的恩人呢，不信你问他。

这就奇了怪了，王德胜要感谢您老不杀之恩吗？听王狗娃讲，我才知道了前因后果。

二十年前，王德胜回来那一天起，王狗娃就在等他上门算账。

王德胜暂时还没上门，但王狗娃知道，这一关是无论如何也避不开的。

虽然庄里人说起王德胜，都说他是个坏种，可他又是大气人。但王狗娃知道，王德胜好起来流蜜，小心眼起来却是个顶麻烦的人，持相同观点的人还有我爸。

王德胜“住进去”之后，我爸到处说王德胜罪有应得，自己从小看着他长大，能不知道这娃的德行，三岁看老嘛，这娃再不收煞就要吃枪子儿。

王德胜是不吃亏的，他在碾米铺的赌坊结算服务费用，因为掌柜的老婆多算了三个煮鸡蛋的钱，王德胜就扬言要把碾米铺烧掉，吓得老板塞了两盒红塔山才免了后患。

王狗娃的脑仁嗡嗡响，像钻进去了一窝小蜜蜂。

王狗娃制定了三套应急预案。第一套是把过错全赖给自己的那个相好，说是女人挑唆的事，他自己也很无辜。如今自己声誉受损，在圈子里也混不下去了，他和王德胜都是受害者。王德胜将此事撂下便罢，如若不然他就用第二套：跪倒在王德胜的脚下，涕泪横流，不停告饶。王德胜手段虽狠，但心地软和，平日里见人下话，有事都是好商量。如若还是不然，他就伺机夺门而出，去县上找他二爹，他二爹已经调到县公安局当了副局长，还怕降不住一个王德胜？

话虽这样说，但王狗娃心里还是紧张得要命，毕竟是输理又输人的事，要是再争执下去难保有啥好结果——但好歹见面探探口风再说吧，可是王德胜一直没有闪面。

王狗娃转悠着来到了王德胜家附近。站远处看，德胜家的门口干干净净，一只鸟都没有。他想，王德胜你死家里了吗，出来走走吧，让我看下你出息成什么样了。可是王德胜没出门。白天不成，王狗娃晚上又来，还是没看见王德胜的面儿。

王狗娃从王德胜回来那天开始，就一直噩梦缠身。

第一夜，王狗娃梦见自己正在女人身上行云播雨，就看见王德胜站在门口朝里看，王德胜一看一笑，不进来也不出去，他左脚在门槛里面，右脚在门槛外面。

王狗娃精赤着身子跳下炕，要去收拾王德胜，王德胜不笑了，他抿着嘴巴，不言不语，不闪不挪，专等着王狗娃收拾他。

王狗娃使劲挥拳可拳拳抡空，每一拳都毫不例外地嵌入到王德胜比败絮还虚空的躯体上去，累得王狗娃气喘吁吁、汗流浃背。

王狗娃打累了，刚一懈力，胯下一阵刺痛跟针扎一样，王德胜居然捏住了他的裤裆。王狗娃又惊又惧，大喊一声，从梦境里慌不择路地逃了出来。

王狗娃一摸额头一头冷汗，又惊惶地摸下裆里，软塌塌还在。王狗娃松了一口气，后面半宿就失眠了，盯着黑乌乌的房顶到天明。

接下来的晚上，王狗娃梦见王德胜上门来，他俩面对面站着，王德胜手拿一柄大红色短柄小斧，表情狰狞可怕，眉间透着杀气。

王狗娃想求饶，可是一张嘴，没有声音，而且动弹不得，虽然他的短刀就在桌上，他却手不能动，像被无形的绳子捆住了四肢。王狗娃知道自己是在做梦，也知道只要动一动手指头，就能从梦境中挣脱出来，回到相对安全的现实世界，可他就是动不了。最后费尽吃奶的劲，指头动了，听使唤了，胳膊也能动了，王狗娃一步步找回了自己的身体和意识，侥幸地挣扎着醒来，歇口气儿，就感觉院子里站了人。

王狗娃很害怕，越害怕越想考验自己的感官。他悄悄掀起帘子的一角，小心翼翼地看向院子，从南到北，从北到南，扫了两遍没有人。他又看树上，树上黑乎乎的看不清。王德胜怎么可能在树上呢？不会的，他又不是猴子和鸟。慢慢地意识落了地，心里踏实了点，谁能在梦里干掉自己呢？能在梦里干掉自己的是心脏病，他心脏强大着呢，你听它，一紧张就猛跳，跟个大泵一样。院子里除了月光还是月光，一层月光铺着一层月光，一层冷覆着一层冷，空荡荡让他心惊。

王狗娃端起缸子灌了一气冷水，把被子蒙在头上，不敢睡了。梦魇张牙舞爪，只吓唬心虚的人，但还没王德胜可怕，王德胜直冲冲就来了。

王狗娃忍不住了，王德胜你到底来不来？他断定这是王德胜故意整他的新方法。王德胜一旦来了，自己就是秋风萧瑟五丈原，完结掉了；王德胜不来，这事就在空里浮着，落不下来，升不上去，是挽在梁上的索套，悬在头顶的铡刀，让王狗娃自己吓唬自己。

王狗娃跑到王德胜家附近去窥探，恰好见到一个邻居，邻居将鬼鬼祟祟的王狗娃叫到一边：狗娃，别看了，你还是快点跑路，前两天德胜搞了些松木，说是要给你打棺子，等弄好了排场就要把你请进去！

王狗娃两股战战，一溜烟跑回了家，心跳得像战鼓。

第二天中午，王狗娃专程去了一趟镇上，提了两瓶西凤酒，切一斤牛肉、一副猪耳朵，腰里别了把剔骨尖刀，找上门去解决，大不了撕破卵蛋淌黄水，怕啥！

王狗娃敲门时，已经预设了照面时的光景，难免心里发慌脚下发虚。

等王德胜一开门，王狗娃又是一惊，手不由自主地伸到腰后扣住了刀把，“蹬蹬”退后两步，是一个进可攻退可逃的姿势。王德胜手里拿的正是一把大红把的小斧头，和王狗娃梦里的情形一模一样。王狗娃眉毛抖成了倒八字，此番难道真是在劫难逃？

没想到王德胜一愣，把斧头朝旁边一扔，伸出了手：狗娃你咋来了，快进来坐！王狗娃一愣，手不好放在身后，便拿到前面，两人握了下。这个照面始料未及，他直觉这是个陷阱，怕是要领进院子好关门打狗。王狗娃暗忖，他奔着根治问题的目的而来，总不能转身跑掉。王狗娃胡乱“嗯”了几声，边朝里走边观察王德胜接下来的动向。

王狗娃心里暗自奇怪。虽然是“进去过”，但王德胜气色并不见差，脸上看着瘦了一点，五官却更加坚毅，身材瘦了一圈，腰背更挺更直了些。

王狗娃进了院子，看见满地的木板、木条、木屑，还有未解的木料，地上散落着刨子、锉子、锯子、墨斗、鲁班尺等木匠工具，院子的正中央的确架了一口棺材，表面已经涂黑，杨红花正拿支毛笔小心为后挡板上的龙形图案涂描金粉，旁边支着个小炉子，煮着一小锅胶，“嘟嘟”地沸腾着。

王狗娃咽了一口唾沫，心想：我的天，这坏种等我自己进来躺哩，真他妈料事如神！

王狗娃的手又摸到腰后：你这是干啥呢？王德胜说：我在街道上接了个生意，有人要打棺材，我说自己是戴罪身不便做这活，人家说我是大红，钉的棺材辟邪，我就接了，描完金就算完成了。他招呼着王狗娃坐下，安了烟，叫杨红花拾掇两个小菜下酒。

王德胜说，他在服刑期间被安排劳动改造，学了点木工手艺，准备以此为生。此前，他还会打铁，但他的师父说了，他是有罪之人不能自立门户，不能拜祖师爷欧冶子；大红可以要但不能拜关帝爷，算是门墙外的弟子。自从他进了监狱，师父和他断了关系，让他一直心怀愧疚。

王德胜说：师父担心我要因赌犯罪，我也清醒得很，不能再给师父抹黑，叫师父安心点，这些事是极巧的，我稀里糊涂就进去了。王德胜说完，王狗娃臊得脖子都红了。

王德胜说：我得谢谢你，要不是你，我还是个只知道耍赌的懒汉二流子，整日做没用的事交没用的人，没有手艺过什么日子，这不是狗头上面割鹿茸、大公鸡挤奶的事吗？王狗娃张张嘴又哑了，这话听着是感谢，又像是别的意思。

王德胜倒酒：啥也别说了，我对不起你，当年我手重，打伤了你，我连干三杯，咱俩的事一水冲掉！王德胜说完，一仰脖子一饮而尽，连饮三杯，他把杯口朝王狗娃一敞。王狗娃眼圈一热，差点流下眼泪，他把酒杯举到眉前，低头作揖，杯底朝天。

那天，王德胜和王狗娃喝完西凤，又从德胜家的柜里提出一瓶太白，喝得底朝天才散掉。王狗娃从王德胜家里出来的时候酒嗝震天响，迎风打摆，用鼻音哼歌。他哼的是《潇洒走一回》，嘴麻了，调偏了，不仔细听还以为瞎哼哼呢。

半年过后，木匠王德胜就离开了孟和镇，带着那些关于耍赌、打他叔、娶杨红花、揍王狗娃、打铁耍大红的鸡零狗碎的故事，一别两宽再无音讯。

其实，德胜出来的那年，去找他的师父，可是老赵不见他。

赵明举已经六十多岁，但身子骨好，依旧是在打铁，这项古老的技艺越来越没有市场，但赵明举的铺子一直开着。

王德胜弯下颀长的身子，一杯罐罐茶水如早前双手奉上，师父视若无睹。王德胜要掌锤，师父大喝一声：贼子，这东西是你摸的吗？王德胜的肩便沉了下去，他跪在了炉旁。

隔年的正月初二，王德胜去给师父拜年，师父不开门，王德胜就在门口跪到半夜。白雪濡白了他的全身，师父并未起身出去看——赵明举或许知道、或许不知道这一幕。到了半夜，随着窗外的枯树枝"咔嚓"一声被沉雪压断，一个男人边敲赵明举的门边大喊：赵爷，你这是干啥呢，德胜都跪晕了，你再不出来他就死你院里了！赵明举的门才得以打开。

王德胜哆哆嗦嗦地被师父从雪地上搀扶起来，看见师父眼中含泪，师父说：戴罪之人，还怎么能上我的门？

王德胜还想跟着师父打铁，师父说：你不能再打铁了，好好去当个木匠。帮王德胜敲开师父门的就是王狗娃。

后来王德胜带着杨红花离开了王家庄，到外地打工去了。三年之后，赵明举在睡梦中溘然逝去。

6

修缮工程开工之后，王德胜每天都在孟和祠待着，他哪里都不去，只是在祠堂各处走走，干活、指点工人，有人劝他回去歇着，他也不走，吃饭时候就在街道上和大工小工一起吃饭，一碗炒面一碗面汤就对付了。

虽然给我搞了个“顾问”的身份，但我知道自己是外行，搬砖都搬不了几下，所以半天就回我老家陪了父母，侍弄家里的菜园子。半天去陪陪王德胜，这才知道他修缮孟和祠这事儿筹划了好些年，因为这是师父赵明举的遗愿。

在赵明举殁去的数月前，王德胜从南方赶回，见过师父最后一面——这件事几乎是神了，别人信不信，我反正是有点含糊。

说起这件事，王德胜至今感到不可思议，就像他上小学时候的一个雨季，不慎丢失了一只药店抓药过秤所用的铜质小秤砣，他当时心里很不好受，但半个月的雨季过后，他居然在学校屋檐下的溅水坑里发现了这个小玩意儿，已经铜锈斑斑，像是一块丑陋的石头。

远在南方的木匠师傅王德胜有天晚上做了一个特别奇怪的梦。他梦见的日子是清明节。

孟和镇下了一天薄薄的雨，黄昏时候王德胜去镇边的师父坟上烧纸——师父还没殁去，怎么会有坟呢？但在梦里，他确信师父已经殁了。

在老家，殁去的人如有坟头，后人就去坟上烧纸，没有坟头或者后人不便去坟头的，就地找个十字路口烧纸，所以路上到处都是黑色的纸灰，被雨濡湿了，烂糟糟狼藉一地。

师父的坟在镇北的麦地里，距离大路边还有一公里。

王德胜穿着一双旧的黄胶鞋，沿着田埂走进去，雨小，但润滋了一天的地面已经变得绵软。王德胜试探着走进去，有些没来由的奇怪，雾气突然大了起来，他甚至看得见雾气是如何步步逼近，一波跟着一波，借助风的鼓动和牵引，很快弥漫了整片麦地，白茫茫一片。好在田埂是直的，师父的坟就在田埂边上。

王德胜朝前走了一阵，没看见师父的坟，心里纳闷：难道师父的坟迁走了？要是迁走的话自己怎么会不知道呢？他边顺着埂走，边朝四野观察，黄土吃透了雨水，接通了地底的湿润，湿气漫散了开来，可以感知天地间的生气，这一切让他心底踏实。

王德胜继续走，居然怎么也走不到头。

这是孟和镇比较大的一块连片的耕地，家家户户的田地被纵横如棋盘的地埂隔开，有些人家怕地埂不好用，还立了木石的界桩，可是王德胜走了半个小时，居然没有看见一个界桩，大雾继续弥漫，把地面包得严严实实。

天色更暗了，地埂已经走到了头，前方居然到了路边，难道他穿过了整片的地块？王德胜回头看，大地寥廓深不可测，像是一汪水。就在这个时候，一阵社火打鼓的声音幽渺传来，大雾迅速散去。

路上过来了一个社火队，身长肩宽的大红走在人群中，大步飒沓宛如流星，其余人跟着一路小跑。

王德胜好奇了，他忘记了给师父上坟的事。

现在是什么时候居然要社火，这不符合常情。大红的气派和雄姿让他心里疑惑，这分明是自己非常熟悉的一个身影。

迟疑间社火队就走了过去，最后面是一辆推车载着一面鼓，鼓手夸张地捶着鼓面，但走到王德胜边上时，鼓声突然停下了。

王德胜站在原地，仍然想不通为何此时遭遇的净是些奇奇怪怪的事情。就在这时，大红从队伍的前端侧出了身子，朝他挥挥手，虽然大红没有说话，但是王德胜一下子就看明白了，大红挥手叫着的人就是自己，那人胳膊很长，一挥手，背后的披风就斜飘起来，王德胜毫不迟疑地大喊了一声：师父！他跑了过去，但是社火队移动的速度更快了。

王德胜人高马大，但并不笨拙，脚底下很溜，可他就是赶不到社火队的前面去。每当他感觉距离队伍的前端很近时，队伍的速度便会加快，他始终落后在队伍的尾巴边上，但当他停下喘口气时，师父就在行进间回头招手。王德胜想叫师父停步等他，又不好开口。

跟着社火队跑了二十多分钟，社火队的人鱼贯进入一个暗红色围墙的院子，王德胜跟了进去，看见一身打花匠打扮的师父站在院子里，他的身畔立着一面结实的杌子，杌子上面放着小炉子，炉子上搁着一个烧埚。

王德胜眼睛一热，眼窝里涌出了泪水，他一歪身子跪在地上，又喊了一声师父。

师父戴着石头眼镜，借着火光反射出了红闪闪的光芒，师父没有说话，他用手去试火色。火很旺，烧埚里的金属已经融化了。师父点点头，拿起了一把钢勺，舀了灼热的金属溶液，朝身后的墙上泼洒出去，灼热的液体甩到了墙上，弹散开来，溅开的焰火璀璨夺目。师父舀了三次，甩了三次。师父甩完了，呆立当场，王德胜的眼泪扑簌簌落在了地上，他哽咽难言，师父叹了一口气，突然就不见了。

王德胜呆呆地看着师父站过的地方，那里没有了杌子，也没有了打花的家什，但是师父背后的确是一面墙，上面在剥落着什么东西。王德胜站起来，走到跟前一摸，黏手，这才感到了视野里那一堵沉沉的黑影，他打着打火机看，自己是站在孟和祠墙外，具体方位是孟和祠的祠堂背后，剥落的是墙面上的泥坯。

梦中的王德胜跪到了地上，额头抵在了青砖上。

睡在床上的王德胜醒了过来，黑夜的黑很凝重。他心里特别想师父，想马上肋生双翅，跳下床就朝西北飞回去。

王德胜回家偷偷造访了师父，又偷偷离开了，这件事谁都不知道。

师父突然老了，颀长的身子猛然佝偻了下来，铁匠铺已经关了门。当年师徒一起捶打过的铁砧在院子的角落里默默趴伏，背上生了浓重的铁锈。铁砧跟人一样，天天捶打还好，一停下来精神气儿就不好了。

师父见了王德胜，淡定地隔着桌子说话，师父熬了罐罐茶，要给王德胜倒茶。王德胜慌忙起身，倒了茶双手捧上，师父便端了茶，叹了口气。

师父知道王德胜当了木匠，后来一直挺好，也很欣慰。

师父身体看上去还不错，王德胜却总想起自己那不吉利的睡梦。师父说他今年感觉身子一下子不行了，有些事想托付，又不知道向谁去说。

王德胜说：师父有什么托付的事，可以给我说。

师父说：要说这件事，我一直感觉能做的怕也只有你。王德胜就更想知道这是什么样的一件事情了。

师父说：有能力的时候，你去修缮孟和祠，把自己的罪孽洗一洗。王德胜想都没想就答应了。

当晚王德胜离开的时候，师父给了他两样东西。第一样是师父打花戴着的石头镜；第二样是一个军绿色布包。师父说，修孟和祠能用得到，不修的话就不要打开。

我问王德胜：你打开看了没？王德胜说：哪敢？一直放着呢。

王德胜回去之后，生意越做越好，但中途也出过乱子，败过一半家业。好在他又慢慢缓了过来，手里有点钱，就想把师父的嘱咐先揭过去。他提前半年就和县上领导联络，上级主管单位批复一下来，他一刻都不敢耽误，忙忙赶了回来。

正说话，给祠堂墙体配真石漆的师傅来了。

王德胜原来想把泥坯全部扒掉，换成新的砖石墙面，但后来一推敲，觉得还是应该保留原来的底色，老墙面显得更有年份。王德胜的方向和理念是早前确定了的，修是修补，不是重制，墙面可以仿制成原来的颜色，把泥皮换成真石漆。

王德胜把整个墙面翻新、晒干之后，又专门请来这位调真石漆的师傅，但是调了两天颜色，就是达不到王德胜要求的颜色。

今天下午依旧调制不好，师傅不厌其烦地调了几遍，最后来了情绪：没办法搞了，这活我干得多了，哪个雇主像你这么难伺候？

师傅转身坐到了墙角下，抹把汗，双脚伸展开来，闷闷地抽上了烟。

王德胜嘿嘿一笑：再试试，失败是成功之母嘛。师傅说：还有不生娃的娘呢，再要试不出来我就不搞了。

又试，也巧，这一遍果然就差不多了，然后照此颜色做，王德胜对这样的效果很满意，晚上专门请师傅吃了饭。

开工十多天之后的一个下午，王德胜打电话给我，叫我过祠堂来。

当天县上有会议，一开就是一个上午，他给我打过几次电话，我全部摁掉了。开完会，我给他回了电话，问他有啥事，急得跟尿醋一样。

王德胜说，原来想就是个花钱的事儿，没想到了不得，这个门楼上的飞檐把他难住了。

我直接把车开到了孟和祠的大门楼子底下，王德胜站在门楼下，出神地朝上看，手在胸前打哑语似的轻轻比画，居然没察觉我的到场。

后来王德胜回了神，忧心忡忡地说，祠中有八处飞檐的设计，四个大的在祠堂的穹顶四角，四个小的在大门的边角。大门朝南的两个飞檐已经破损过半，朝北的色泽暗淡，但形体完整。王德胜站在脚手架上细细端详这个破损的飞檐有着什么样的构造，已经看了两天，看不出个门道。从门楼顶部中央朝向边角，重重榫卯以蛇蜕皮的形式走了出去，仿佛内里缠绕着什么有筋有骨的硬质东西，渐渐翘起的斗拱柔和地支撑着飞檐从容挑起，这个结构可真是巧妙！虽然已经破损了一半，王德胜还是看不出前人是怎么做到的。

王德胜是一个心灵手巧的木匠，家具中的榫卯结构在他的脑海里纷纷跳出来，柜子底帐、丁字大格肩、棕角榫、闷榫角、抄手榫、走马销……这些榫卯的结构一一排布在他的眼前，不停地跃动，它们悬空组合、拆解、再组合、再拆解，可怎么都合不出眼前飞檐的形状。

这套结构综合了众多榫卯技术的隐秘，王德胜想破了脑仁，就是想不出来，以至于他在睡梦里都愁醒了来，看着窗外月色溶溶，他一声一声叹气。

有人建议将北面完好的飞檐拆解掉，研究里面的结构，照猫画虎，再做朝南破损了的飞檐。王德胜深知木质的飞檐已经有了年份，强拆没准会立即损坏，即便坏不了，一旦里面是无法拆解的死榫，那就更加麻烦，与其弄巧成拙，还不如不做。

王德胜请了一个会打七星斗柜的木匠师傅过来，师傅看了看，接过了王德胜递过去的烟，架在了耳朵上：我做七星斗，一天一格得六十个工，耐下性子就成，但这个飞檐我做不了。王德胜说：你是咱镇上最好的木工师傅，你不做谁还能做？师傅说：德胜老弟你别拿好话捧我，这结构里面缩了花子，把简单事给弄复杂了，这是要咱木匠的命啊，说实话我看这结构，两眼一抹黑，心里惭愧呀！

七星斗柜是药柜的经典款式，是一项顶费事的活。药柜要求高不过鼻，宽不超臂，要“平视观上斗，展手及边沿”“抬手取，低头拿，半步可观全药匣”，柜是一个整体，格子的抽屉却是各自零碎，一处差了毫厘，一个柜子全部糟蹋，如今师傅情愿做药柜也不愿修这飞檐，看来是真难。

王德胜站在大门口跟我说完这段，我能有什么办法，只能陪着他一筹莫展。

我安慰他，他面对的不是一个简单的砖木结构的建筑，它蕴含了很多很多的玄机，现在的人早被智能化牵着鼻子跑，手里功夫差，手脚都被机器代替了嘛。王德胜说：从前我还真没怀疑过自己的手艺。又说：这几天我一直看田野间的大树，想它们春来发芽，秋天凋谢，冬天枯成了一把柴，但隔年回春又绿，它们遵循着气候的节律和指令，苍茫大地存在多少玄机和隐秘，无从计数，村庄被平凡又神秘的世界包裹，你说咱们人殁了朝大坳里埋，几代人都埋进去了，我们太渺小了嘛……

王德胜后来说：兄弟，今天我啥都不干了，咱俩喝点儿去！

我还要回拒，他搡了我一把：我只和你说得来，走走走，啥话也别说！

7

王德胜不单叫了我，还喊了王狗娃，王狗娃开着一辆扎眼的粉红色电动车赶了过来，一进小饭馆的门就灌了一杯茶水，喘了两口气，眯着两只红眼睛说：起风了，吹得我眼睛都睁不开，这破天气！

果然，塬上起风了，窗外公路边的两排柳树甩起了柳枝，路上行人很少，三只流浪狗埋着头跑了过去。

王德胜要了两瓶国花瓷西凤，斟满三个雪花啤酒杯，叮地一碰，王德胜心里有事，一口抿了半杯。

我说：哥，你少喝点。

王狗娃也喝了一口，咂嘴声响，下去得少。他舔舔嘴唇说：德胜从小就是个人物，我算没有错看你，现在本事这么大，你师父说你迟早要回来，而且还要修祠堂。

王德胜苦笑：我师父还真没看走眼。

王狗娃说：你师父以前也是木匠，他给你说过没？他是先当木匠，后来当了铁匠，你两个正好是倒了个儿。

王德胜知道师父当过木匠的事儿，但知道的不多，他叫王狗娃讲讲师父。

当年你不在镇上了，你师父就跟我讲，说你是五行木命，做了金命的事儿，迟早要丢下这碗饭。他还说，将来你必然要和木头打上交道。

我听说，你师父早年拜许家沟许大胳膊学木匠，学艺还没满师，孟和祠的大门倒了一半，用一根椽斜撑着。那是七十年前的事情了。当时你师父就是十来岁的小伙子，许大胳膊带你师父去看，看了很久说这活没法做。许大胳膊说不行，你师父不认怂，他眯着眼睛在这飞檐的边上转来转去，又上手摸了几回，就跟着许大胳膊回去了。后来你师父趁夜里过去，提着一盏气死风灯，敲打一番，拆了飞檐一看勾了图，没几天就把活给做了。

许大胳膊是厚道人，也没想着责罚你师父，反而说自己能带这样一个徒弟可算是争脸了。但是往后三五年，你师父家的大儿长着长着就夭了，二儿子越长越是病恹恹的，一脸黄，胳膊腿子细得像麻秆儿。公社北面崖头的范阴阳说，明举是木命，要金修。你师父当时还不想从木匠行当里辞手，恰好他做的棺子就诈了尸。人明明死了，又从棺子里坐了起来，挣着爬起来咬人，可怕得很！挣了一会儿才死僵了过去。你师父也是没了办法，只好当了铁匠。

当是就坡赶驴，你师父在木匠行当里栽了跟头，当了铁匠之后，家里小二身体猛然就好了起来，瓷实了，胳膊腿子都硬邦了，三四年时间就长得跟墙一样高了。

俗话说，老虎追得猫上树，百行百业都有师父留压箱底的暗规矩。你师父文气，他说“鸳鸯绣出从教看，莫把金针度与人”，缝被子的娘儿们都知道留一手给自己，更不论其他行业的师父了——师父传艺必留一手，不然难免徒弟吃饱却饿了师父，但你师父没有啥私心，把啥都教给你了……

王狗娃说到这里，王德胜就抹了一把眼睛，肩膀抽抽了两下，趴在了桌上。那桌上很油腻，手搭上面像是捏着了许久没洗的抹布。我要拉王德胜起来，他摆摆手，要我别动他。

窗外的风更大了，树头摆得更厉害了，像是一群女人摸着电门甩起头。很快大雨如注，噼噼啪啪的雨点打在窗子上，雨点子溅了进来，落在我臂膀上，真凉。我把窗子关紧了一下。雨水在玻璃上慌忙冲开一道道细流，细流分叉，又组合、分叉，雨水很急，手足无措。

王德胜趴了几分钟才坐起来，用餐巾纸擦了眼睛，自嘲地说：我可真是个孽徒……

我们都无法安慰他，所以就端起了酒，一切都在酒里嘛，一切都不在酒里的时候酒还是管用，我们一口气干到底。

一瓶酒刚喝完，王德胜又说起师父刚去了的时候，他一直想师父。他坐在异乡旷野里的河畔，二斤酒灌进肚子里，心焦如焚却难得一醉。当时天很冷，冬天的夜像瓷瓮一样沉甸甸扣住四野，让人喘不上气，他就站在河边哭，哭声跌到河里，沿着河道回响。

王德胜说：我的师父是最好的师父，但还有个师父比他更厉害，知道是啥？他自问自答：那就是时间，它告诉你什么对什么错，说错的时候你已经犯了错，人证物证确凿，抵赖不过去。你浪费自己耗不起的光阴去证明自己的错，这得多傻的傻子呀？

我只能安慰他，那样的傻子还是很多的，这是人性的弱点和本能，所以就不要责怪自己，人嘛，终究还是要多原谅自己，再说你现在已经够好了……

王德胜说：我总想戴着师父给我的石头镜打一次花，让师父泉下有知，你不知道，他给我的包袱……

王德胜突然眼睛一亮：包袱里是啥，我从来没看过，是不是师父……他这么一说，我也开始有点振奋，只有王狗娃一个人蒙在鼓里。

王狗娃问：你说啥包袱？

王德胜说：我得赶紧走，回去把包袱拿来。我问：包袱在哪里？

王德胜说：在我南京的家里呢——我这会儿就走，开车到咸阳机场，明天赶回来。我就阻拦他：你喝了酒，不能走，等明天再说。

王德胜说：兄弟，我等不及了。

王德胜说完就站起身，大喊饭馆的老板，老板一过来，王德胜不由分说，递过去三百元，叫我和王狗娃继续喝，他要即刻启程。

我看看门外的雨，没有丝毫要停的意思，看王德胜着急地白了脸，我拉住他，好说歹说替他叫了一辆经常跑这条道的出租车。他话不多说，钻进车子就冲进了如织的雨幕。

王德胜一走，我和王狗娃继续喝了几杯，外面的雨很大，一时间还走不了，我们就说乱七八糟的话。虽然他和王德胜现在成了好朋友，但从心里，我一直不喜欢这个老懒汉，要不是他，王德胜当年就没有那五年的牢狱之灾，人生能有多少个五年？

这么一想，我就不想和他推杯换盏了，想赶紧回家睡觉，刚才我们喝得紧，把酒当了水，这会儿我的脑仁子已经有点麻酥酥的了。

等雨稍微一缓我就告辞回了家。我很担心王德胜，他喝了点酒，心情也不好，着实让人不能放心。

这一夜我一直做梦，直到凌晨才睡得踏实了些。

破晓的时候，王德胜打来了电话，我接起来，还没说话，他就喊了起来：我师父真厉害，原来这榫卯又套榫卯，里外足有三层……

我懵懂间明白了过来，很替王德胜高兴。

当日下午五点多，王德胜返回，他约我在临州宾馆见面。他从车上一下来，满面红光地捧着一只皮包，进楼厅、入电梯，直到进了宾馆房间，他打开皮包，小心翼翼地拿出一个写着“为人民服务”红字的军绿色布包。他把床上的被褥全部腾开，从布包里拿出一沓陈旧的黄麻纸，把纸张一张一张摆开。看他小心的样子，我打趣说：你不如拿支镊子摆弄，这些都是老文物啦。

那一沓图纸少说也有四五十张，床上当然只能摆一小部分，那上面是赵明举的手迹，全是毛笔勾就的榫卯结构。王德胜说，他一路上一直在想这一块块的榫头和榫舌，他让它们在自己的脑海中首尾相连、腰身相接，大致能对出个囫囵，今晚他要好好看看，把这东西摸个透彻。

我就劝王德胜，再急也不贪这么一晚上。他眼睛发肿，脸色又差，偏偏眼角眉梢又喜气洋洋，看着非常古怪，我知道他一夜没睡，净是跑路，肯定累坏了。王德胜在我的劝说下才勉强下楼吃了一碗手工面，吃完饭他胡乱抹下嘴巴：老弟，咱们一起回去看图纸。

我说今晚单位有事，我得加班，晚上我就不过来了。我叮咛他一定要休息好。

王德胜心头热得能煎鸡蛋，肯定是不能休息好的，杨红花回娘家住，正好少了打扰。我加班结束，已经夜里十一点多，从县委院子里看临州宾馆，那里的窗只有三个亮着，王德胜的房子窗户正好朝着我们这边，两块窗帘之间，透着一片融融的灯光，我就拨了下他的电话。

王德胜兴奋地说：你完了没？上来呀，我给咱要上点外卖，喝点酒，我高兴死了哇！

我当然不能再去跟着这个疯子半夜扬沙子。我说咱们明天见，你最要紧的是睡好觉，我听出来了，你把飞檐的门道已经掌握了……

王德胜说：那当然，我这人什么都不好，但就是心灵手巧……我边听他吹牛边朝家里走去。

街上没有人，初秋的风吹起路灯脉脉的暖光。

8

一个月之后，我回孟和镇去找王德胜，修缮的其他工程已经到了尾声。王德胜租赁了临镇街道的一个独院，拉开了摊子。他穿着背心，忙忙碌碌地在桌上尺来刨往、斧斫刀削，将木方分解成一堆曲曲拐拐的零碎。他和我边喝茶边讲解：木头不是死物，里面含着阴阳——一阴一阳，一盈一亏，平和中庸，以制为衡，了不得，可是现在没人做了，机器代替了，都打了钉子。

如今的王德胜缓过了神，又拿出了初回临州时笃定的样子，这时候我也对榫卯有了兴趣，和他攀谈，他能说老半天。

又过了一周时间，王德胜爬上了脚手架，将手造的零碎木件按照顺序安置在损坏的飞檐基础上，左右上下一顿敲打，一层层的斗拱就呈现了出来。王德胜看了新的飞檐，又去看北边原来的檐头，棱等长、角同度，模样完全一致，王德胜叹口气，对我说：这下好了。

隔了一会儿，又叹息似的重复：这下好了。

王德胜做完了飞檐，约我晚上八点半来孟和祠。

我问要干吗，他说来就是，不喝酒不抽烟，咱放个烟花耍一耍。我想也是，工程完成了，是该庆祝一下。

到了晚上八点半，我带着一箱三十六发的礼炮来到孟和祠，想着能放则放，不能放可以拿远一点放掉，这点情义总是要传达到位的。

杨红花站在孟和祠的门楼下方，王德胜站在孟和祠楼门前的空场子上。他戴着眼镜，圆圆的镜片有点莫名的滑稽，大概正是师父留下的那副石头镜。王德胜身着一件黑色的长袖衬衫，双臂又套了一层厚厚的护臂，身边放着一只黑黝黝的杌子，上面是一只金属的尖底金属钵子，旁边放着一只小号的电炉，上面架着一口黑乌乌的烧锅，里面是金属的液体，已经烧沸了，红透了，咕嘟咕嘟直响。

王德胜对我做手势，让我站远一点。

王德胜大声喝唱：

回望咸阳锦绣，前路只在临州；
夫子披星戴月，黑水吉星高照！

王德胜用左手掌起一把铁勺，疾快地舀起金属的溶液，手腕一翻，溶液流进钵子里，右手的一根木棒槌使劲捣下，那些金属的液滴直直朝着天空喷薄跃起，金色的雨点儿从地面朝着天上喷洒，辉煌灿烂，但顷刻间就冷凝熄灭，固态的金属块粒纷纷落下。

王德胜又开始喝唱，一唱一舀一打：

一打五谷丰登，麦苗壮、糜子黄，秋收万斗！
二打三蓄兴旺，牛如虎、马为龙，遍地流油！
三打天地尊神，旱时雨、涝时阳，风调雨顺！
四打万世太平，狼锁口、虎归山，万物生发！
…………

王德胜嗓门真好，我是第一次听他这么唱，也是第一次听这样的调子，它好像并无特意地设计，只是粗犷地吼了出来，却声声入耳自成韵律。或许，王德胜的师父，那位可敬的打花匠也曾在这块地面上这样肆意地嘶吼，只是那稍纵即逝的火花，映照过的年轻的脸庞，早已不知所踪。但他们的愿景却保持了朴素的一致，永续流传在这苍茫大地。

云朵近在眉梢

1

操作间里，和面的师傅拿一块中号洗衣盆大小的面团在案板上摔得震天响，几把揪出拳头大的小块，一块一块揉，短时间内把面揉得又匀又劲。师傅揉面时，脚板子大小腿屁股腰腹胳膊没一处不着劲，一套动作貌似复杂实则简约，一点儿都不浪费多余力气。师傅把揉好了的手腕粗细、一拃长短的面团变戏法似的扽上几个来回，变成了大宽、韭叶、二柱子、二细、毛细、一窝丝、荞麦棱子等不同形状的面条，扔到锅里。须臾，面条在沸水中如花绽开，熟透浮起，捞面师傅一筷头戳下去刚好盛一碗，推到汤锅前，操起铁勺，添牛肉渣蒜苗香菜，舀汤，最后一把将碗推出操作台，顾客自添辣子油，一碗面被端走了。

从一个外行的眼里看来，这是一碗牛肉面的流水操作，里面的环节无一不要紧，且都有技术含量。我能干好哪一个环节？说不准。我可以说通过锻炼没准能和面或盛面，谁知道呢？既然我看着都难，那么谢家宝做起来就更难了。

可不是，谢家宝正坐在后厨的角落里择菜，蒜苗、大葱、芫荽，三摊子捡了一个小时没抬头，这小子读书时候就认真，到这里卖力气更踏实。

待谢家宝择菜完毕，我趁他起身时从牛肉面馆撤身，转移到大路对面“避风塘”的凉棚下。我看表，已经到了晚上七点半，要了一杯奶茶，可以坐得长久且心安理得一点。

A 城的牛肉面馆开得早，打烊也早，大店到了下午一两点就关了门，这种小店才会开到晚上。他们开始打扫卫生，未到晚上八点半，桌上就倒栽了四脚朝天的凳子，师傅们渐次走出了牛肉面馆的门。

谢家宝依旧孤僻，出门之后和同事没打招呼，可能还没融入这个新的集体，像是学生转学了一样，得有个适应期。

谢家宝走在街上，一边肩膀高，一边肩膀低，脖子一点勾。路过一家服装店橱窗玻璃时，他侧头看自己的侧影，可能也发现自己像是一个颀长的问号，所以他昂首走了几步，但很快又佝了下去。

“谢家宝!”

谢家宝回头看见我，脸上一点慌乱：“曹老师，你怎么在这里?”

我说：“正巧，我来 A 城办点事。”

我们并肩走。

此时我还没想好劝返计划从何实施。从临州县到 A 城三百多公里的路上，我想到了好几种开头，但此时无一例外地感到了方式上的陈旧和乏力，此刻发现早前我对这件事情的预计有点盲目乐观。

“咱俩一起去吃点东西。”谢家宝还在支支吾吾，我想搂他的肩，又怕过度亲昵会打草惊蛇，只好拍拍他的肩，这个小动作让他放松，或者他挺久没听过乡音，见了故乡人也亲，总之他顺从地听了我的话，我们便乘坐出租车，抵达 A 城某大学对面，在黄河岸边一处露天啤酒广场坐下，要了烤肉和炒菜，还有一箱崂山啤酒。

“你打工赚复习的学费吗?”

“不是。”

“你学习可以，再复习一年吧。”

“但也好不到哪里去。”

“这世界就是这样，不是所有人都要去 985、211……”

“我是不想念书了。”

“想赚钱？你这段赚了多少?”

“没赚多少。”

“那你还在这里混个啥劲?”

“我爸……”

谢家宝说起了他爸，那个因交通事故丧失了左腿的男人胡子拉碴的脸晃动在我眼前，同时晃动的还有那空空的裤管。

那天他爸撑着一支拐杖笃笃地敲响了我的门，开门看见老谢，我腋下一紧，仿佛被一只看不见的手可劲捏了一把。

这个风雨飘摇的单亲家庭在今年高考之后迎来了巨大的冲击，谢家宝度过了一次终生难忘的失败的高考，他与本科居然失之交臂，但他平日确有挑战一本的能力。现实就是这么残酷，多少人的一生被这一两分改写，人造规律往往比自然规律还要硬逞。

老谢找我，要我劝谢家宝回来继续读书。按道理，老谢要找的人不应该是我，这事情我可以拒绝。我带过谢家宝两年，孩子学习不错，做人非常本分，可以特别称道的是擅长长跑，一万米跑完气不带喘——他家距离学校有十公里远，其中有五公里山路，所以从小就身轻善跑，锻炼出来的。

老谢找我是因为谢家宝在家里总提起我，实不相瞒，我讲课不照大纲来，满嘴跑火车扯犊子，孩子们喜欢听，乱七八糟过瘾。

老谢那天老泪纵横，说谢家宝是觉得读书无望，所以考试也不好好考，考上了谁供他上大学。家里给自己看病，经济上拉了骆驼，孩子就想早点挣钱，把家庭重担早早转移到他身上去。

老谢在说话间把身后装着土鸡蛋的篮子推到身前，猛然跪了下去。我赶紧把他扶了起来，请他放一百个心，我一定把谢家宝劝回来。

谢家宝吃肉很凶，一看就是很久没有沾过荤腥，喉咙里长出手了。

“曹老师你咋不吃?”

“我不饿。”我摸了下兜里的烟，心里没底，有点紧张。

谢家宝风卷残云地吃了些东西，喝了一杯啤酒：“曹老师，是不是我爸找过你?”

“不是，你爸是干啥的?”

“我以为是我爸找了你呢。”

“咱俩碰上了，多说几句话。”

“行，我来A城举目无亲，今天看见你，心里一热……”

“怎么，激动?”

“嗯，那会儿看见老师，我真想哭。”

谢家宝真瘦，四肢细长，背微驼，肩肘上的骨头似乎要从黑红的皮肤里支棱出来。

看着谢家宝，我眼睛一酸，也想流眼泪了。

2

二〇〇三年高考之后，我背着一个硕大的蛇皮提袋，离开临州县来到A城。当时为什么这么轻率，我至今说不上来，那时父母关系不和，三天两头吵仗打架，让我不厌其烦。我甚至厌恶学习，父母用孩子的前程编织了他们生凑一起活受罪的纽带，这总让我觉得，他们的痛苦似乎是我带来的。无论是谁都想不到我会离家出走，没准是梁静茹给我的勇气。

我家在A城有一家亲戚，是开百货店的姨和姨夫。我来A城时暂住他们家，他们对我的到来充满了猜疑，所以尽快和我的父母取得了联系。父母早知道我有跑心没守心，此时看来木已成舟，所以只能叮嘱我照顾好自己而已。

那时节正好秋老虎肆虐，天热得离谱，我到处走，想找一个能赚钱的事情做。我考虑要不去工地试试，所以在某天早晨走近了一个正开工的建筑工地，工地围墙坍塌了，露出一个豁口，豁口左边是“百年”，右边是“大计”。我站在豁口处朝里看，成群的工人正戴着橘红色的安全帽从院子一边狭小的住宿区向另一边广阔的工地走去，有人手里抓着一个馒头，张大嘴巴吃，有人手拿瓦刀和大锤，有人在说笑，有人黑着脸，不知道是风吹日晒变黑的，还是心里不畅快。远处一个塔吊，有个人影如猴子般沿着塔体“嗖嗖”朝上攀缘……不知不觉，我手心就捏了把汗。早晨的风带着一点清爽，可是太阳快出来了，太阳一出来也就不清爽了。

我的胸口仿佛压了东西，我确信这样灰头土脸的生活是我不能忍受的，与其说是精神上不能接受，不如说肉体的懒惰并不打算把我交出去。

可巧，我在鹿鸣书店门外看见了招工启事，上前询问，书店经理热情洋溢，边说话边拿支笔在一些表格上划拉，他问我住得远近、原来是干吗的、店里做事辛苦能不能坚持等等。我说：“你们的启事写错了。”经理正埋头写字，抬头朝上推了推眼镜：“啥启事？”我说：“启事的事不是事情的事吗？你们写白了。”经理嘿嘿一笑：“年轻人，可以啊，是个细心的小伙子。”又说：“你回头再想想，要是愿意的话明天来，来了就可以起工资。”

在亲戚家已经住了一周时间，第七天的晚上，我姨和姨夫为一点儿鸡毛蒜皮的小事吵了一架，我知道了，亲戚家我已经住到头了。所以我此时必须要进入这个书店，不管是鹿鸣是鸡叫，还是猪嗷嗷吼，我必须把自己塞进去。

隔日到书店，经理热情洋溢地讲了下规章制度和需要注意的事项。

“你要把书分类摆好，文学啊、经济啊、管理啊、社会啊、教辅啊，种类要分清，对哪本书放哪儿要一清二楚，就跟一个妈妈去幼儿园接孩子一样，一大群孩子跑了出来，你要一眼看清，一把拎出来。顾客喜欢翻书，翻完了不放回到书架，怎么办？你要随时整理，把扒拉乱的书全部回归原位……”

经理叫陆柏森，五短身材，谢了顶，头皮瓦亮，整天风风火火地在店里忙碌，脚下蹦蹬飞快，像是踩了风火轮。虽然人是急性子，脾气却好，我上班头一天，因吃饭时候要轮流替换，分两拨来去，我走得稍远，吃了一碗面，回来就被副经理批了一顿。

副经理批完之后还要罚钱，陆经理说我头天来情况不熟，怪自己没把事情说清楚，以后注意就好。

副经理叫王骁，身材高大，脸黑额窄，喜欢批评人，没事就在上下两层的店面里出进巡逻，要是看见有店员坐着歇脚或者靠了书架打瞌睡，他就像上紧了发条一样来了劲。

和我一起来的一个女店员图方便，给新入店的书本贴防盗磁条时，没有贴到书页夹缝，全部贴到了书的扉页上。王骁很生气，说女店员是猪头，贴了跟没贴一样，撕掉磁条防盗检测仪就瞎了，真不知道她颅腔里装的是人脑还是豆腐渣。

女店员生气了，说不干了，转身就走。王骁乘胜追击，说“白屎壳郎稀罕黑屎壳郎十个火车皮都拉不完”，又说“这样在哪都吃不开”。等那女的走了，他还得意扬扬斜着眉眼说三道四。

突然从两列书架中间传出一个声音：“老兄，得饶人处且饶人，都把人赶走了还那么多话？”王骁表面上凶巴巴的，听了这话却没还嘴，脸上挂着一副不愉快的表情，晃晃悠悠走了。

我站在书架边整理书本，想看一下书架背后站着什么样的猛人。几十秒后，走出来一个男娃，身骨瘦小却眉宇清明。他刚才打抱不平，但脸上并没有生气的神情，他和我一样，套着书店咖啡色的围裙，围裙前面写着“鹿鸣书店”四个字，下面是书店的联系电话。

我看那个男娃，他也在看我。我虽然个子高，却觉得自己似乎矮了半个头。男娃的眼神笑眯眯的，但无端有点远人之感，我羞怯起来，不敢迎着他的眼睛直视过去。

男娃伸出了手，我们握到了一起，那只手又瘦又凉。

男娃说：“我叫姜韬，第一次见你，我就觉得会和你建立不一般的友谊。”我有点紧张，答非所问：“她贴错磁条，你既然敢说王经理，为什么不劝下让她别走？”姜韬说：“她犯了错误，干吗要留？”我说：“那你不是劝王经理别骂了嘛。”姜韬说：“他太过分，我看不下去。”他又问：“你来A城只有几天吧？”

没想到我和姜韬熟络起来会这么快。

姜韬说经理陆柏森是个好人，心特软，在他手里犯了错叨叨两句就过了，不记仇；王骁喜欢骂人、罚钱，爱搞小动作，跟陆柏森说伙计们的坏话，背后又在伙计们面前说陆柏森的坏话，典型的两面三刀。

我和姜韬一见如故，当天临下班时，姜韬说："要不搬过来和我住。"我求之不得，没过两天我就搬了过去。

3

姜韬的居处位于城市楼群中的一个"村庄"，城市化进程已经逼近到这个城中村的边缘。

姜韬住在一户人家的二楼，从外面看，二楼和一楼的楼体颜色有点差异。姜韬说，因为二楼是给平房戴了帽子——平房上面本来是没有二层的，后来才有，所以又强加了一条外楼梯，像斜挎了一条别扭的肩带。我说："这样的房子安全吗？"姜韬说："有什么不安全的，有的人家帽子加到三楼，不一样住满了人？这世界你要觉得安全就安全，你要觉得危险就危险重重。"

姜韬的房间很简陋，里面有两张单人床，唯一的电器是一个电炒锅。姜韬晚上会自己做饭，炒菜扯面或者拉条，他拉面拉得跟筷头一样粗，可以穿牛鼻子拽了耕地。我拉得比他好，从此拉面就成了我的活儿。

姜韬的床边摞着十来本书，有《诗经》《文选》，也有高考的复习书。

姜韬早晚要看书，晚上关灯迟，早晨开灯又早，我睡眠也不好，两人都醒的时候话就多，天南地北，志怪传奇，道听途说，家乡轶事，说到太晚，往往一个人说着，另一个睡了，一天才算结束。姜韬说："'钓因鹤守，果遣猿收'，咱们随便点好。"姜韬一掉书袋，我就听不懂，姜韬说："垂钓时让仙鹤看钓竿，果子熟了，派个猴儿上树收获果实，总之就是让人偷懒，你说美不美？"

说到为啥外出打工，我们相视一笑，都无奈了。

我说："小时候每到夏收，我们全家就去地里干活，太阳晒得厉害，爸妈割麦扎捆，我带着我弟拉着架子车往大场里拉麦捆子。有一次车拉到坡上，缰绳压在了车轱辘下，我叫我弟把住车，我爬车底下掏绳子，刚钻到车肚子下，他那么小个人拽不住车，车朝我压了过来，车轴撞破了我的头，血流了一脸，我爸过来边骂我边背着我去卫生院缝了七针，针头生攒，可把我疼死了。”姜韬嘴里“嘶”着，替我肉疼。

我说：“我爸骂我们弟兄，话特别粗，不留口德。其实他心里疼我们，我白天缝了针，他叫我以后小心，大忙天的人连庄稼都顾不过来，谁能顾上你们？他说等夏收完了杀只鸡，给我和弟弟吃大腿，可是夏收完了他又忘了，家里生计紧张，哪有闲钱吃喝，不如卖了鸡把盐罐子添满、油瓶子灌起来。”

“有一次一只鸡跑出门，被车撞死了，回头我妈炖了给我俩吃，等我爸回家来，鸡屁股都没了。我爸说鸡屁股有毒，谁吃谁拉稀，我弟大半夜朝外跑了五六次，脸都拉绿了。”我说：“我就想多赚钱，家里要盖两层的洋楼，将来宽宽活活过日子。”

姜韬说：“不是我打击你，我看你也没挣大钱的潜力，要我说，你还是回去好好读书。”我问：“你怎么不回去读书，你脑子这么好使？”姜韬说：“我被吉林一个大学录取了，没去。”我笑出了声。姜韬说：“你可别不信，我把录取通知书扯成了片片，撒了一地。”我说：“那你是疯了。”姜韬说：“可不是。”姜韬又问：“你干吗不复读一年？”我不说话，躺在那眼睛直盯着屋顶。院子里的女主人正在高一声低一声训她家小儿子，那个孩子只有两岁半，正是跑来跑去撒欢子的好年龄，跟个小老鼠一样，总悄悄溜到门口的巷道里去。

姜韬有一把木吉他，没事的时候边弹边哼上几句：

…………

那天，黄昏/开始飘起了白雪

忧伤，开满山冈/等青春散场

午夜的电影，写满古老的恋情

在黑暗中，为年轻歌唱

…………

当岁月，和美丽/已成风尘中的叹息

你感伤的眼里，有旧时泪滴

相信爱的年纪，没能唱给你的歌曲/让我一生中常常追忆

…………

姜韬说话时节奏明快，唱歌时就变得沧桑，声音漂浮在木吉他薄亮的音色之上。姜韬一唱歌，我就安静地听，有时姜韬唱完了，我们依旧默默无语，同时陷入了惆怅。我知道姜韬心事重重，他不说，我不问。

我拿了吉他过来，在弦子上一刮，吉他发出了沉闷的“呜呜”声，这六根线到我手里就是平淡无奇的细铜丝，到了姜韬手里就能“叮叮咚咚”发出规矩而清澈的音乐，姜韬是个神奇的人。

我很崇拜他：“你唱歌咋这么好听啊……”

姜韬说：“文艺指引人寻找精神上的自由，清代的儿歌里面都知道这种感觉，天上大星管小星，地下抚台管军门；只有知府管知县，哪个管得唱歌人？”

在姜韬面前，我感觉自己好像什么都不懂。

姜韬知道的怎么就这么多呢？天地间似乎没有他不知道的东西。

4

姜韬那年收到了吉林某大学的录取通知书，如果他顺利上学，活动范围应在该校南岭校区周边。

姜韬有个女朋友，叫乔朵，家住 V 城东郊。

乔朵高考前三天不幸摔伤了左边胳膊，打了石膏，挂着吊瓶单臂作答，成绩一败涂地。姜韬在隔壁教室答题，心里还想着另一边的乔朵，两

人共同度过了一段非常糟糕、不堪回首的高考时光。

乔朵的故事在三天之后登上了《V城日报》社会版，那张报纸至今被收藏在姜韬的书柜里。乔朵不是稿子里唯一的主角，还有两个同在V城的考生和她做伴，他们统一在“人生最重要的节点上”，不同程度地受到了命运的捉弄，但他们仍然很坚强地与命运抗争。在那个版面上，一家洗浴城老板拿出三千元买了矿泉水，在考试当日无偿提供给高考学生及家长；一家公交公司连续五年用红纸印了标识，免费送高考学生到考场……乔朵等三人是那一版报纸中最不喜气的三张面孔，别人出现的时候都是“信心百倍地说”和“欣喜地说”，他们却只能“坚强地”向下一次高考表态。虽然报纸的结语为他们送上了特别的祝愿，但坚强的乔朵依旧反复哭湿了枕巾。

高考结束之后，姜韬和乔朵约定明年再考，姜韬愿意拿出一年的时间陪乔朵。乔朵才从高考的失利中重新树立了信心，但又觉得姜韬留下来专陪自己并不理智，她心里也不畅快。姜韬信誓旦旦，他第一志愿报了吉林一大学汉语言文学专业，显然考不上，除了第一志愿，其余他也没有兴趣。

没想到姜韬真被那所大学录取了。说实话，姜韬心里也动摇过，怎么能不动摇呢？十年寒窗图什么？还不是战战兢兢走过高考的独木桥，把身子塞进象牙塔中去？现在进了心仪的大学校门，明年考未必会比今年更好，说放弃有这么容易吗？但动摇归动摇，姜韬还是放弃了。

姜韬的父亲是V城一所大专院校的应用文课讲师，个头瘦小，眼睛高度近视，是一个行为处世都一板一眼的老夫子。姜家三兄弟姜韬是老幺，三兄弟无一例外地经历了被严加管束的恐怖岁月，大哥的额头上至今留有一道细细的疤痕，那是做错了事，被老姜一拳撂倒碰到椅子的尖角磕出来的。老姜所秉持的棍棒主义的成效是显而易见的，大哥现在在V城建设局当副局长，二哥走得远，在西北某冶金公司当了经理。或许是因为年龄渐大，老姜对满世界的睥睨之态开始被慈悲代替，姜韬的生活与哥哥们相比就要轻松很多。但是老姜的底线是早恋这根高压线，年轻的姜韬选择了直面，这给自己带来了灭顶之灾。

老姜的慈悲是形式主义，经不起稍大尺度的考验。

老姜狠狠地揍了姜韬，他最恨学生早恋，过去还向学校学工处建议，要限制男女生发展情侣关系，原因是“孩子们还小容易走入歧途”，但学工处并未采纳他的建议，在他们看来，姜夫子的保守是过去书脊上的牛皮绳，那是属于更早时代的偏见。

老姜最痛恨的事情就发生在自己的眼皮底下，这不是灯下黑、两张皮吗？无耻之尤！

老姜更不能容忍的是姜韬居然拿前途开玩笑，所以他狠煲心灵鸡汤，使鸡汤又稠又多，像是苏联寓言故事《杰米扬的汤》里的杰米扬一样，不停上汤，让美味的鸡汤变成了一种负担。

老姜记性很好，读过的经典段落能一字不差地背诵出来，他一阵理论教育，一阵实例解析，一阵背诵经典格言，最后又回归实际：“只有一次的生命能这样折腾吗？你以为你是姜韬？你首先是我老姜的儿子，你可以不优秀，但绝对不可以这么荒谬和厚颜无耻！”

姜韬在老姜背诵鸡汤文的时候哭了，非常悲恸。他原先只知道自己身处一个没有温度的家庭，但不知道自己会有这么荒谬的一个父亲。本来心里泛着种种疑惑，现在一下子捋顺了。他要的不是大学，而是为了离开荒谬的父亲。他和老姜从未同频共振过，在文理科的选择上，老姜选择理科，他选择文科，为此吵了架；吃牛肉面，他喜欢二细，老姜喜欢没有一点拉面气质的韭叶……他们从未尿在一个壶里过，还谈什么父子亲情，荒谬至极！

姜韬和老姜一吵架，新仇旧恨喷薄而出，那些让人憋屈的过往在他眼前如幻灯片一样播放，一次冲突演变成了日积月累的陈账清算，局势变得不可收拾。

老姜说：“你要是不断了这个念想就滚出这个家，天有多远滚多远，你要是再回来我把你狗腿折断！”

姜韬一怒之下，把大学录取通知书撕成碎片，手一扬就下了雪花。在母亲的号啕声里，姜韬一脸怒气离家出走。

姜韬去了趟乔朵家。

姜韬一路上从车窗看见原野哗哗后退，他的嘴角提了起来，他身属乔朵，即便为乔朵付出生命都可以，更不论身外之物。

找到乔朵之后，姜韬先没说跟老姜闹翻的事。姜韬和乔朵去城里的圣德寺烧了香，又去了城边的大水库。

那天天空透亮，太阳热情洋溢地照着，天空高远澄澈，一眼能瞅几里远。姜韬站在清凌凌的水畔，把自己和老姜吵架的事情大致说了一遍，说到自己撕毁录取通知书的时候，他扬起手臂意气风发地重现了撒纸片的情景。

乔朵瞪大了圆圆的眼睛，气得满脸通红。她万万没想到姜韬可以为了她做出这样的事，一时间又悲伤又欢喜。但她还是可怜兮兮地挽着姜韬的胳膊，央求姜韬快回家去，别跟父亲置气。姜韬说回不去了，他想清楚了，这些年为了迎合老姜，一直被老姜拿捏挟持，自己要追求的东西老姜一点都不懂。他现在清醒了，他不想再和老姜纠缠，也不想再学习。他要出去赚些钱，回来就要和乔朵在一起，自己的书不念了，念来念去还不是被老姜绑架。

乔朵要求姜韬继续去上大学，姜韬不要，乔朵退而求其次，要求姜韬去外面转转就回来。姜韬说不能回家，他要去赚钱，到时候回来就可以另立山头，摆脱老姜的控制。乔朵深受感动，她信誓旦旦地说要等姜韬回来一起高考，如果姜韬不回来，她就站成一块石头。

姜韬离开 V 城之后，来到了省会 A 城。

姜韬跟老姜置气的时候觉得自己很强悍，去 A 城的路上依旧觉得自己天不怕地不怕，但真到了 A 城地面，人一下车，双脚踩实，迎接他的却是一阵发虚。

你敢对世界喊话，但世界未必回应。

本来想着半年时间挣几千块回去，但一经入世就有些发蒙。

每天有多少人在赚钱，这世间流转最快的就是钱，人如蝼蚁，货如轮转，钱如流水，从你手里到我手里，转眼又到他手里，击鼓传花似的，但姜韬坐到游戏的圆桌上才发现，钱在兜圈子，但轮不到自己。

姜韬在广告公司打过杂，为报社送过报纸，最后在书店落住了脚，在这里算干得长的。姜韬没回去过，因为没赚到钱，不好回去。

我说："你这么想什么时候才能回去?"姜韬说："没事，她会等我。"

姜韬说起这些事情的时候，已经到了十月底。燥热的天气适时地下了场雨，房子的简易屋檐有点松动，房东钉了一块铁皮勉强维持。夜里十一点多，雨点敲打铁皮发出密如鼓点的"当当"声响。

姜韬刚把这件事说完，只听他一声惨叫，腾地坐起身子，在脸上扒拉着往地上甩东西。打开灯一看，是房顶掉下来一只壁虎。

5

谢家宝显然被我的讲述吸引了，神色很专注，这让我欣慰，起初的那点紧张感仿佛也抽丝剥茧般地被祛除，我从小就擅长讲故事，这个技能一直没有退化。

即便A城正在经历炎热的秋老虎的天气，晚间十点半之后，也凉了下来。

我们所坐的地方对着A城大学的正门，大门下方时不时有年轻的大学生出入，那些青春洋溢的女孩子穿着比他们古拙的校门还简约的衣裳，前凸后翘极为放肆。谢家宝朝那边看，我也朝那边看，红灯停，绿灯行，简约的女孩子们迈开大长腿，从校园门口走向马路另一边。

我说："家宝，我知道那件事对你伤害挺大。"

谢家宝不明所以："我不明白……"

我说："那女生叫雷佳妮，是不是?"

谢家宝面颊红了红："曹老师你别说那件事，你说你的故事吧。"

雷佳妮，谁的少年时光里少得了这种女生？她们自恃面容姣好，仗着身边追逐者众多，眼睛就长到了额头上，并把这种短暂的点缀当成抬高自己身价的阶梯。那些怀春的小屁孩为了这镜花水月的塑胶爱情就带着匕首、钢管打群架，今年高考前夕也发生过此类事件，一男生手拿不锈钢水杯把自己的情敌修理惨了，警察来的时候他手里还攥着那只已经扁了的水杯。

好吧。那我继续讲我和姜韬的故事。

二〇〇四年元旦那天，A 城一位知名作家来鹿鸣书店签名售书。同城几所大学的文学名教授、评论家来参加开售前的现场研讨活动。

有人说这本小说是《平凡的世界》之后，全景式反映西北农村生活的一部佳作，作者的良知和对人性的洞见让人印象深刻，该书“展开了一幅浮世绘般的俗世画卷”，有竞争茅盾文学奖的实力；也有人提到了《白鹿原》，从儒家和道家的角度谈了小说里的人物，说某某人物有白嘉轩的影子，某某人物有鹿子霖的感觉，面对这种高仿式人物形象的分析和溯源，作家脸上的笑容越来越生硬。

我看过的小说不多，但《平凡的世界》和《白鹿原》恰好看过。我对这群人心生仰慕，有文化可真好，他们随口说出一行字，不用落纸上只在耳边转个圈，听着就那么妥帖上档次。

但也有人例外。

其中有一位老师被人称为完颜先生，头发乱糟糟像没堆好的柴草垛子，眉头皱成了波浪线，坐没坐相，一滩泥巴样儿贴在椅子后背，或一手支撑着头颅，双眼茫然地四下里瞧，即便说话的时候也是烟不离口，完全无视书店大厅里张贴的禁烟标识，我就觉得这个人闲云野鹤，个性鲜明，有点意思。

姜韬说：“先别看他装模作样，一会儿说话肯定得洋蒜。”我问：“你咋知道?”姜韬说：“我刚到书店时他就来过，云里雾里高谈阔论，给人上生理卫生课。”

果然，完颜先生一开口，就谈了书中的性描写，说像是蒙了一层油纸，既捅不开又显厚，作者戴着镣铐跳舞，拎着裤子不知道要脱还是要穿，缺乏敢写的胆气、写深的才气、写透的锐气，进而建议作者要把厚的写薄，把糙的写诗意，写得更深刻更有象征意义。最后他说，“性是深刻的、重要的表现方式”“无性不成书”。完颜先生语毕，大家笑声四起，那位小说作者也频频点头，一副心悦诚服的样子。

完颜先生说完这段，喉头有点干，他用手指把凌乱的头发往平整里抹了两把，冲王骁做了一个握杯的手势。王骁朝着姜韬使眼色，姜韬转身躲走，不想给完颜先生递水。王骁便朝我勾勾手指，我倒了一杯水端了过去。完颜先生摆摆手，叫王骁过来说：“这水没颜色，我记得你店里有上好的拿铁，好过瘾的。”王骁佝下腰身听了这句，给我说：“去换杯拿铁上来。”完颜先生又说：“我随口说说而已。”但王骁一个劲儿地为自己的“怠慢”道歉，结果还是给调了杯拿铁。

签售活动结束之后，已经到了下午五点，陆柏森请完颜先生赐一幅墨宝，要挂在书店，完颜先生也不推辞。

书店厅口的空阔处摆了方桌，铺开了宣纸，准备了墨汁和毛笔。因为桌子小，完颜先生就叫王骁站在桌头准备挪动纸面，他要边写边把垂下桌面的纸挪到桌上，防止越拽越长。完颜先生一脸凝重，把笔在墨盒里翻了十来回，在纸上试试笔锋，然后抓着笔，一摇三晃地走到三米之外，转身谋划如何下手。他定定地站了几十秒，猛窜到桌前，一笔戳到了纸上，墨汁“唰”的朝前一溅，险些溅到王骁的衣服。完颜先生不写则已，头一个字一气呵成，是一个“窗”字，后面是“外”，第三个是“飞”，飞字的弯很长，像是一条使别子的长腿，蹬出了纸，踩上了桌面。

完颜先生飞快地写出“花”“盈”“尺”“舍”四个字，又写完一个“下”字，最后一竖很长，他被一竖的惯性带着倒退了四五步才刹了步子，长舒了一口气，大家纷纷鼓掌。完颜先生再一次走到桌前，继续写下一个字，却不再大开大合，沉着了下来，龙飞凤舞，专注地在纸上放浪起来。每到一个横，他就要“哼”一声，每到一个捺，就要“啊”一声，一个竖折弯钩，嘴里隐约发出“嗯嗯呀呀”的混合鼻音，仿如老猫念经，最后一捺终于完成，他嘴里“哎呀”一吼，余音袅袅地作了总结，他把笔放到桌上，朝四面鞠躬作揖，大家掌声四起。

“窗外飞花盈尺，舍下红袖宽衣。”完颜先生给纸上钤印，接过工作人员手里的毛巾擦了把脸：“艺术就是女人，仰望她不如×倒她。”大家似乎都明了他的意思，哈哈大笑。

人散后，书店里安静了下来，陆经理招呼人把完颜先生的书法作品裱起来，姜韬摇摇头：“这词不正经，挂出来不好。”陆经理说：“博人眼球嘛，名人效应，蹭个热度。”姜韬说：“心不正，写出的字毛毛糙糙，这字体朝哪靠？野路子上瞎跑，丢人。”陆经理说：“好些人双手能写梅花篆，但没他名声响，没用。咱书店说穿了就是个生意场，不是文化馆，较啥真儿啊？”

6

那天下班后，姜韬说心里不畅快，想喝点啤酒，叫我去附近的阳光巷走一趟。

姜韬说：“我小时候写毛笔字，我爸站边上。我要是身不正，尺子就下来，啪一声，疼得我咧嘴。有一年冬天，我在院子里的水泥地上写字，我妈泼了一盆子脏水，水正好洇到了字上，晚上一降温，第二天结了冰，冰把字包在了下面。我爸说你写的字被过路人踩，这样不好。我爸的教诲是对的，干什么的人不能不敬畏自己傍身的技艺，只此一点，我就看不上这个写字如杀猪的完颜先生。”

听得出来，从某些角度看去，姜韬对老姜还是很欣赏的。我说：“没准你是该回去一趟了。”姜韬没说话，紧走了几步：“没准你也该回去了。”

我说：“你现在还能写字吗？”

姜韬说：“还能，写得不好。干什么都要天赋，像我爸，写了半辈子，总说自己没长进。有一次市文化馆搞活动，上面来了中书协的什么理事，我爸带了三幅字去，给人家看，那人说：‘老先生，你要是想陶冶情操，可以，但要是想写出成绩，这样怕不行。’捧着我爸书法作品的是我大哥，和文化馆馆长是老友，文化馆馆长心里着急，想提醒书法家口下留情，但又不能明示，人家书法家不管，只顾说。我爸也没啥不服气，上天就是这样的嘛，生你到土里，金里去不得。后来我爸就写得少了，他心里也明白，一辈子走不进去，天赋挡着呢。”

我说：“你给我写一幅字。”

姜韬笑了：“行，不过写得不好，可别见怪。”

我说：“写这么一句话，‘过好日子，做有钱人’。”

姜韬侧脸哈哈笑了：“这话好，踏实，我喜欢。”姜韬刚一说完，就撞到了对面走来的行色匆匆的男人身上，男人的军绿色挎包掉在了地上。

我赶紧把包捡起来，拍了拍土，还了回去。那个男人穿着一身咖啡色的工服，他低头翻了下包，抬头脸色就难看起来：“我包里的药倒了，咋办？”他把包的底部往上翻了一下，迎着路灯，可以看见两支中指粗细的蓝色药剂瓶已经碎了，液体洇湿了布面。

姜韬和我面面相觑，我们突然意识到早前忽略了这条暗巷的不安全性。报纸上也报道过此类消息，这样的骗局多不胜数，坏人往往看中独行的女性或者学生下手。我额头上一下子出了汗：“你好好走路，变什么方向，我看着你是拐了一下。”男人说：“我在他身前拐，又不是背着他，他不会躲一下，眼睛瞎了吗？”姜韬对我说：“你别嚷嚷。”他问男人：“你这东西多少钱？”男人伸出了五根指头：“这个数。”估摸是五百块的意思。姜韬说：“我手里没这么多钱。”男人说：“有多少？”姜韬说：“我只有五十块钱。”男人说：“先拿来。”姜韬刚摸钱，男人看见姜韬脖子上挂着一块石头：“这个石头也给我。”姜韬说：“这个不行。”男人打了一个呼哨，巷口走来了一个男人，侧巷出来了两个男人，把姜韬和我包夹了起来。

男人从腰里摸出把弹簧刀，在空中绾了两朵花子：“给不给？要钱还是要命？老子杀了你俩跟捏死两只臭板板儿一样。”我的腿已经抖开了。姜韬说：“你们可以跟我出巷子，我去银行取钱，但石头不能给。”男人说：“我傻啊，你出去跑了怎么办？”说着就上前抓姜韬的石头，姜韬打开了他的手："你欺诈还不行，换抢劫了？"又蹿出一个小个子男人，尖声尖气地喊："就抢你了怎么的？你个王八蛋！"姜韬看看我："石头不能给，是乔朵给我的。"他给我使了眼色，手里隐晦地打了手势，意思是自己跟他们绞缠，让我跑出巷子呼救，我看了看男人手里的弹簧刀，没有迈出步子，我跑了姜韬咋办？

这时，巷子里走过来一个正在嘟囔着唱歌的男人，姜韬喊："有人抢劫！"那个男人的脚步声本来还算舒缓，一听这话倒转身跑了。

小个子男人说："你他妈敢喊人！"跳起来踹了姜韬一脚，又照着姜韬头脸挥了几拳。我心跳越来越快，忍不住大喊一声："别打了，我这里有一百多，你们放开他。"挎包男伸出手："拿出来。"我身上只有五十块钱，想叫他们别打人，喊话只是权宜之计。

算是驼子背碓窝，此时巷子里开进一辆闪烁着红蓝暴闪灯的警车，警笛呼啸而来，我还有点害怕，他们手里有刀，但姜韬已经忍耐不住，他突然朝路中间跑去，边跑边呼救。警车猛刹，发出一阵刺耳的刹车声。

待警察下车，那几个人已经跑得不见了人影。

当时那把刀距离我和姜韬只有几十公分，因为太突然倒没觉出特别恐惧，待回到住处简单洗漱之后爬上床，我的身子才开始瑟瑟发抖。说实话，我很害怕那辆警车如果不及时出现我俩会怎么样，或许我们会变成两具尸体，第二天就以无名男尸的称谓出现在A城各大媒体的头条吧？不敢想象。

或许就在那个时候，姜韬和我一样，都开始想家了。

第二天我们到书店，一天没见副经理王骁，才知道王骁回老家去了。他的父亲殁了，回老家安埋去了。

一天重复一天，一周时间很快过去，王骁回来了。

不过七天时间，王骁如同放在火上熏了似的，本来黑着的脸更黑，而且健壮的身子暴瘦，整日里憔悴发苶。我们不知内情，只是觉得他苶着也好，一天天凑合着上班，我们才轻松呢。

经理陆柏森眼见如此，就请大家吃个饭。店里总共八个人，刚好坐满一桌。王骁喝酒挺凶，我们都陪不住。我们劝王骁，陆柏森摆摆手，叫他喝，能喝就喝，管够。

王骁喝得五迷三道，终于喝不下去了，他把酒瓶朝桌上一撴，号啕大哭。

王骁的父亲在王骁小时候就和别的女人好上了，最后和王骁的母亲离婚，开启了新生活。这两年他的父亲罹患重病，自知不久于人世，所以主动找王骁和前妻示好，想求得原谅，但王骁和母亲都躲着这个男人。自从父亲离开王骁的母亲之后，王骁居然和他再没有说过一句话。

王骁在母亲的影响下一直对父亲保持敌对的态度，直到父亲死后，他从“那个把父亲带走的女人”那里得知，父亲这些年一直想请王骁来“家里”坐坐，他愧对儿子，尤其在患病之后，就更加脆弱，整日里念念叨叨，说自己得了报应。

父亲有写日记的习惯，其做法跟某些民国先生相似，每日都简单记载当日所做之事，居然记了三十多年，笔记本写了十二本。这些笔记本作为父亲的遗物被转交到王骁手里，王骁一页一页翻过，才发现这么多年以来，父亲经常像隐身人一样出现在自己身边——他站在学校的白杨树下，站在故园的墙外道上，或者站在鹿鸣书店的门厅外，悄悄观察着自己的儿子。

父亲最后一次见他是半年前，病入膏肓的父亲乘坐火车，经过一个小时的车程来到书店，形销骨立地站在远处看自己的儿子，他迟疑地想，要不要和儿子搭话，徘徊很久，最后悄然离去。

王骁号啕大哭，三个女店员抹起了眼泪，姜韬此时表露出了他真实的情绪，他也哇哇大哭，简直比王骁还难过。

当夜回到住处，姜韬翻来覆去难以入睡。

我说：“你该回去看看了。”

姜韬倔强，嘴上不认自己心软，但我看得出来，他的确是想回家了。

在我的劝解下，姜韬终于愿意回家去看看了。

姜韬从前一点都不急，现在突然着急了。他第二天一到书店就请了两天假，要回家去。

我有点担心，怕姜韬不会再回 A 城，但姜韬说他一定会回来。

已经快晚上十点了，A 城大学的门口依然热闹。

我说："和你一样，我也是农家子弟，除了读书，咱们基本没有办法改变命运，这话你得信。"

谢家宝怔怔地看着 A 城大学的门口，那眼神孤僻却并未丧失所有的亮光，我知道，我刻意寻找的这个位置今晚发挥了应有的作用，我历来认为，这样的观摩能够激发一个学生对美好未来的向往。

我想，如果那个关键人物再来个电话，谢家宝大概率会回心转意。

我拿出手机发微信，催促那个叫雷佳妮的女生。

谢家宝把眼光从大学校门转回到我身上："老师，我想知道你的朋友回来了没有。"

"当然回来了。"

"这就是故事的结局?"

"世界从不辜负有心之人。"

"那个叫乔朵的女孩呢?"

"姜韬回去和老姜达成了和解，当年他参加高考，和乔朵一起再度考到了吉林长春，不过姜韬上的是一个师范大学，而乔朵上的是一个税务学院。"

"后来呢?"

"两人后来都在长春就业，这两年应该生了二胎，我们联系少了，不过我总想去长春看看。"

"曹老师，你说多少人能和姜韬一样圆满呀?"

"你也可以的，一个人要回头，时间永远不晚，何况新的学期才刚刚开始。"

谢家宝又沉默了。

我的心提到了嗓子眼儿，这事情成或者不成关键就在今晚，雷佳妮这个小王八蛋，一直不回复我的微信，我心里跟猫爪挠了一样。

谢家宝的电话响了，我心跳加速。

他看看手机，显然对来电有点惊讶，然后他做了一个失陪的手势，转身到了河畔，站在栏杆边接听电话。

远处的灯光投射在河面，河水妖冶地摇晃着。

十多分钟后，谢家宝坐到了我的对面，笑呵呵地说："曹老师，我再想想。"

我舒了口气："嗯，要回头永远不晚，记住我的话。"

我的手机来了微信，正是雷佳妮，她发了一个笑脸："曹老师，搞定。"

今晚的事情圆满落幕，我客气地问谢家宝还要吃喝什么，他说他已经吃不下去东西了。

于是我们作别，谢家宝脸颊红扑扑的，一笑露出一嘴白牙。

7

回到宾馆，我坐在窗前，边抽烟边看城市灯火汹涌。

刚才我编了一个故事，几乎都要把我自己骗过去了，可是回头想起姜韬，心情重新变得复杂。

姜韬根本不是那样一个幸运儿。

那年姜韬离开 A 城，回到了 V 城。

隔两天的早晨，我刚上班换了工服，姜韬就打电话到书店，告诉我他晚上回来，听口气情绪不怎么好，我就猜可能出了什么问题："你回家了没？"姜韬说回了。我又问："见到她了没？"姜韬慢慢说："也去了，先就这样吧，回来说。"

晚上一下班，我回到住处，开了门，房里是黑的。开了灯，看见桌上有拆开的方便面，但差一壶水，没泡，姜韬在床上躺着。

我坐到姜韬的床边，姜韬坐了起来，眼眶晕着黑圈，嘴唇皴裂，粘着血痂，一副蔫耷耷的样子。我大吃一惊："你怎么了，打架了吗？"姜韬说："没有。"我问："你怎么成这样子了？"

我问："还没吃饭吧？"姜韬又躺了下去。

我说："走，先吃饭。"姜韬说："浪费时间。"又说："不出去了，麻烦。"

我说："走吧，找个亮堂的地方吃饭，也说一阵话。"

姜韬问："旭宸，你看我像是个傻×吗？"

我愣了下："你这么聪明，说什么胡话？"

姜韬说："不对，我就是一个傻×，从前我不知道，说别人是傻×，其实我才是一个彻底的傻×。"

我说："我给你泡面。"

姜韬抱住了我："我是个傻×。"

姜韬哭了，眼泪打湿了我的胳膊。

姜韬离开几个月，对老姜的极端不满开始松劲儿，心里慢慢自我质疑。怨气在入世的摸爬滚打中被消耗了，自己的轻率被辩证了、确认了，没有什么东西能比生活更现实、更坚硬，姜韬不由自主地一遍遍重新梳理着自己面临的困惑。

姜韬和老姜像是两个不配套的齿轮，天然保持着互不相让的消磨，时间能让它们慢慢兼容适配吗？这是姜韬不敢追问的难题。

姜韬不愿意回家，有个原因是害怕老姜。冲动时人是无所畏惧的，那种鲁莽的勇气缺乏物质性的支持，是花拳绣腿。最后虚的凶狠渐渐退却，实的胆怯慢慢沉淀，留下的只有清醒。老实说姜韬也想过回去。但一想混了个一事无成，外面饭难吃，回家气难淘，没脸见老姜，他宁可身体上吃点亏不能叫精神受折磨。老姜家教严，姜韬的二哥初中时给同班女生写情书，差点被老姜揍死，揍的原因是因为情书百十字却出了五六个错别字，还未走到道德品质低劣的责罚层面上去，用老姜的话讲，是犯了可耻的基础性错误，还耻笑二儿子："这样写都好意思拿给人看，真是人不要脸树剥皮！"一想到这些姜韬就害怕，初到 A 城是不想回去，现在是不敢回去。

回到 V 城，姜韬在车站坐了半个小时，一些人高高兴兴出门去，有亲人相送；一些人高高兴兴回家来，有亲人相迎。对常人来说，似乎出门和回家都是一件很幸福的事情。

姜韬在犹豫，回去，还是不回去？

姜韬扔硬币，数字一面的话就回。果然是一元，一元复始嘛。

姜韬再扔一遍，花卉图案的一面就回。果然是菊花——菊花摆，哀乐奏，坟头草长——连硬币都知道他回去要完蛋呢！

姜韬又扔了一遍，用手捂着想了想，怎么猜都是要回家，还猜什么猜。姜韬下定决心先回家，虽然免不了挨顿敲打，打着疼，但换个踏实。

姜韬坐了公交，到了自家小区门口又踟蹰一阵，直到看门的跛脚老头看见了喊他："姜三儿，回来啦，姜老师天天等你回来呢！"姜韬才知道这事儿搞得有点大，整个小区的人都知道姜家老三离家出走了。

姜韬飞快地回家了。这会他又怕遇见邻居，每见到一个人都得打招呼，一打招呼自己就脸红。

姜韬进了单元门，朝上爬到三楼，幸好没见到邻居。他蜷屈了指头准备敲门，又敲不下去，迟疑间自己骂自己：老姜再猛也不能把我杀了吧？不过是殴打和谩骂，不过是老三样，硬顶着吧！他敲了门，心跳到了嗓子眼儿，气粗腿软。隔了七八秒，门开了，老姜愣了一下，握了门把的手僵住了，说了一句："回来啦？"姜韬居然应了一声，就进了门，像是放学回了家。

老姜半张着嘴，有点缺氧似的喘。

姜韬站在客厅，手足无措，时间让他和这个家里的一切都产生了隔阂。

老姜端详着儿子，越看越气粗，最后怒吼一声："畜生！"朝姜韬的左边脸颊印了一记耳光。姜韬明白，老姜修理孩子有着严格的程式，左边打了不算完，一般都是左右开弓，像是贴对联，一边都不能少。老姜准备打姜韬右边的脸，手都举了起来，见姜韬没吱声，只等他下手，他却哆哆嗦嗦地把手放了下来，用手捶打姜韬的肩，捶一下姜韬倒退一点，一直把他捶到了进户门口。老姜抱住了姜韬，把头枕在了姜韬的右边肩上，哭出了声。

姜韬他妈从厨间出来，炒饭的铲子叮当一声掉在地上。她抓住儿的手号啕大哭，姜韬心里瞬间酥软，既羞愧又难过，把老姜和妈妈搀扶着坐到沙发上，自己坐到了茶几边的小凳子上。

老姜哭完了，齉了鼻子，眼睛红红地开始训话：“三儿啊，你怎么能一言不合就跑了？一家人有啥商量不好的，你性子一起来就跑，你这是啥路数？你是个不负责任的人！”姜韬点点头，接受了老姜的批评。

去年姜韬走后，老姜起初以为姜韬躲了起来，孩子都是精神上的强者，现实生活中的弱者，出门吃啥花啥？他坚信姜韬用不了几天就会回来。但过了三天，还是不见姜韬的人影。老姜慌了，给亲戚、姜韬的同学逐一打电话问，上门找，一家一家排查，没讯儿。老姜急火攻心，血压噌得拔高，住了十天医院。住院期间，姜韬的大哥在电视台上登启事，二哥在电线杆上贴照片……老姜说话间从书柜中拿出一张“寻人启事”，照片上姜韬的脸是黑白的，看见“有重谢”三个字，姜韬有点想笑。

老姜说他不是不同意姜韬和乔朵，是不同意姜韬拿自己的前途开玩笑。后来他也想通了，孩子大了，也不能事事由大人做主，相比较把姜韬逼出家门，还不如让姜韬复习一年等等乔朵，没准还能考更好的学校。

老姜越想越后悔。想着一两个月姜韬能回来的话，把这事许了算了，可是儿子没有回来。姜韬听老姜开明至此，一感动，也变得眼泪汪汪。老姜多强硬啊，跟关汉卿一样是一粒响当当的铜豆子，世上没有一个磨眼能让老姜屈服。但是老姜在自己面前服了软，这不是说老姜站不住理，是因为老姜对儿子的这份隐形的爱，这份老姜从来说不出口但深埋心底的情感。没想到老姜为了配自己的小鞋，硬是削短了自个儿的脚丫。姜韬坐不住了，双膝跪地，哇哇哭了起来。

老姜劝起了儿子，问他出去是怎么混的。其实从姜韬一进门，老姜就看出来了，姜韬混得不怎么样，混得好不好，打眼一看就清楚。姜韬混得不怎么样却恰好遂了老姜的愿，说明姜韬没有干违法乱纪的事，老老实实干营生的人才会混成这样。

老姜说："流自己的汗，吃自己的饭，干再小的事情也不丢人。"姜韬他妈说乔朵十月份找过姜韬，听姜韬没消息，还哭了。事后老姜说这女娃娃挺乖，他妈也喜欢，整天唠叨说是老姜拆了好事，把姜韬赶跑了。

说话间老姜从柜里拿出一个相框，里面是姜韬撕碎的大学录取通知书，已经被熨帖地拼合到一起，虽然尽量拼到严丝合缝，但依然看得出当初撕烂的犬齿痕迹。姜韬百感交集，小时候，老姜说姜韬迟早得吃冲动和执拗的亏，这话真应验了，叫他单名一个韬字，是叫他明理不莽撞。

说话间天就晚了，当夜父子俩睡在一起，说了很多的话。

8

老姜的深明大义让姜韬深感意外，他睡下了还掐胳膊，生怕这不真实的一幕是镜花水月的虚幻。半夜他梦见老姜反悔了，老姜又开骂了，不但骂还要打，娴熟地左右开工，把他打得像个陀螺一样转圈圈。

姜韬从梦里醒过来，已经到了早晨，窗外人声喧哗，送牛奶的三轮车小喇叭放着《兰花草》，在小区楼下绕麻花，声音忽近忽远。

姜韬起了床，恍惚间似乎又回到了读书时。读书时节其实只过去了几个月，人为地给人生加了个塞，就远得看不见了来路。

早饭是熟悉的馒头和小菜，他妈知道儿子喜欢吃猪大肠，起早去菜市买了卤大肠，这种从前因老姜认为臊气太重而不得公然登上饭桌的猪下水如今被匀称地切成了丝，认真地在盘中摆成一绺一绺。

姜韬慢慢夹起来，尝了一口，微微有点臊气，是一种让人馋得想起过去的味道。姜韬很快就打开了胃口，他凶恶地吃尽了盘中的大肠，舔舔嘴唇，口齿无一处不舒坦。他抬头，老姜笑眯眯地说："多吃点，冰箱里还有。"

姜韬想起那些年老姜看见猪大肠一脸厌恶的样子，恶声恶气地说着"吃大肠就是吃屎"之类的话，全家喜欢吃大肠的就姜韬一人，所以他妈有时候带他到野摊上吃。

吃完早饭，姜韬满心欢喜地向乔朵家出发。

乔朵家在市区东郊，姜韬家住市区西郊，乘公交三十分钟，姜韬坐了出租车过去，只用十来分钟。

虽然这条路他曾走过好多遍，但这次比以往任何时候都更踏实、更欢欣。

姜韬敲乔朵家的门，这扇深蓝色的铁门现在已经重刷了大红色，显得有点怪异的喜庆，姜韬心里莫名紧张。他大声叫："朵朵，开门！"

门里传来走路的声音，开门的不是乔朵，是乔朵他爸老乔，老乔一开门瞅见是姜韬，居然眼一瞪，就要关门。

姜韬忙用脚别住门："叔，我是姜韬，你不认得我啦？"老乔停了手，面无表情地说："你咋回来了？"

这句话就有点古怪了，姜韬说："我怎么就不能回来了？"老乔："哦……"姜韬说："叔，先让我进去成不？"老乔开了门。姜韬纳闷着走进去，边走边问："乔朵呢？"

进了院子，姜韬怔住了。

乔朵住的房间门口贴着副对联：上联，桃面喜陪嫁；下联，梅香和衬妆。对联上的红色依然很艳，翻起的边角因风吹发出鸟类振翅的轻响。

姜韬心一沉，胸口像被什么东西箍住似的一闷，他转身朝着老乔闷声问："叔，怎么回事？"老乔说："哦，她出嫁了。"姜韬蒙了："你说啥？"老乔指指院子里的凳子："孩子，坐下说。"又说："十二月她就出嫁了。"姜韬坐了下去，坐不坐由不得他，他腿软得像是面条，根本撑不起摇摇晃晃的身躯："她说她会等我的……"姜韬目光涣散了，他喃喃说："乔朵说她会等我的……"一句话风车般转了几圈。老乔叹口气："娃，坐下，叔给你说。"

乔朵被发现"有情况"是在十一月。女儿吃东西怕起了荤腥，还会犯恶心。老乔生了疑，但不便问，就让乔朵妈过问。这一问，乔朵还真有了事，已经两个月了。

老乔知道女儿和姜韬好，现在这年轻人，不比他们年轻时候把得住底线，丢不起脸。老乔问是谁的，乔朵只管哭，不说话。

老乔这气啊，手举了半天没下得了手，倒把自己抽了两耳光。

事已至此，老乔说这娃是谁的谁得负责是吧？你不说，咱找谁说理去？你个大姑娘，你要把先人臊得从坟壳壳里跳出来啊……

乔朵还是没说出这人是谁。

老乔一算时间，乔朵高考后在V城电子城一家店里卖了一个月的家电，那时候他知道女儿下午下班之后，有时会有个黑色尼桑车送她回家。他当时还多了个心眼，他问那车是谁家的？乔朵说一起打工的。老乔当时还想，打工的能开起车还打什么工，这不是扯淡吗？后来虽然女儿开始了复读，但有时候在巷口还是能看见这辆车，他就觉得很不是味，女儿隔上几天总要被这辆车从学校送回一次。

之前老乔给女儿说过，姜韬这孩子不错，但是太冲动，一言不合就和家里闹掰，不可靠。加上姜韬出走之后，老姜还来乔朵家闹了一回，老姜倔得出奇，看那样子就是轴得不像话的书呆子，女儿要嫁了老姜家自己心里也不放心。乔朵只管听，听完干自己的事，一言不回。

其实老乔还有个不满处，是姜韬个子矮，乔家有仨女儿，个个都随了她们的妈妈，条子展脱得很，姜韬个子有点小，但人家孩子为了自家乔朵跟家里闹决裂了，自己还能多说什么？走一步算一步吧。

老乔日思夜想怎么搞断女儿和姜韬的联系，没想到女儿前事未了、后事又起，搞了这么一出！

老乔叫乔朵把肚子里的孽种处理掉，别说现在的世道乱七八糟，年轻人自由了，脸皮子厚，这事就不丑了！不光彩就是不光彩，丢人就是丢人，别人家的孩子能乱搞，能怀了孩子又打掉跟抱了一阵抱枕似的面不改色，老乔家不行，赶紧做掉，做得干干净净！

乔朵和老乔夫妻对峙了几天，那个给乔朵带来麻烦的人自己上门了。是电子城商厦做生意的南方老板，福建福州人，比乔朵大八岁，精瘦精瘦的，比姜韬还个头小，眼珠子滴溜，精干得很。他倒不推卸责任，只要求老乔家把乔朵许配给他，他对乔朵真心真意，会对她负责到底。

乔朵现在是碌碡推到了半坡，仓促间老乔也没了主意。从前乔朵是黄花闺女，品学兼优的好学生，是最乖的幺妹，乔朵上面两个姐姐都嫁了远处，老乔想着把乔朵留身边养老，还想过找个男娃入赘，这会看见乔朵就心烦，干脆嫁出去利索。

听了这话，姜韬还迷糊着呢，很多事没省过来。

老乔说："我家朵儿对不住你，我这老脸没处搁，她出嫁连个喜宴都没有，直接就被带走了。但这事也得怨你呀，你说你跑了干啥……"

姜韬喃喃地说："没道理啊，乔朵干吗要这样？"他对自己说了一句，又朝老乔说了一句，最后朝着乔朵的房门口又说了一句，来来去去就一句车轱辘话。

姜韬说："我要问她。"

老乔说："乔朵去福建了，她还有脸回来？"

姜韬心里压着一座山回了家。

姜韬对父母说乔朵出了远门，他没见着。

老姜坐旁边给姜韬说回来再高考的事，姜韬一句都没听进去。心里乱糟糟的，只知道自己为了乔朵放弃了上大学的机会，闹得众叛亲离，父母讨厌兄长嫌弃，而乔朵说能站成石头等他回来都是屁话，背地却做出如此龌龊下流的事情。这会姜韬在家里发呆，人家没准摸着肚皮提前给孩子缝了小衣裳小鞋袜。想到这里，姜韬的心一阵收缩，疼得直咧嘴巴："他妈的这算什么事啊！"

下午，姜韬去了电子城商厦，找到了老乔说的那家店铺，也套出了小老板的电话，小老板把店交给堂弟打理，自己带着新婚的妻子回了福州。

下午三点时，姜韬搭了去A城的车。老姜本来说下午把最近出差刚回家的大儿和媳妇娃娃叫过来吃个团圆饭，姜韬心里像塞了几把刀，出口气都拽得心疼，一点都坐不住，只想提前走，他骗老姜说自己过去还有事，得赶紧点离开。老姜挺无奈，拉着儿子的手嘱咐几句，送他去了车站。

上车之后，老姜在窗边说："你要是想好了就回来参加高考，念书这事情什么时候都不晚。”

车开动的时候，姜韬看见父母的身影由近而远，越来越小，终于被南来北往的人流淹没了。姜韬紧蹙眉头，转过脸，眼泪悄悄滑落。自己为这么一个女人跟家里人闹翻，不值得，要不是这次硬着头皮回来，还一直被蒙在鼓里，早明白总比一直糊涂着强，这样想想，倒有点庆幸，唉，这时候居然还庆幸上了。

9

姜韬的话骤然多了起来。

白天，姜韬在书店里变得严肃了起来，该干啥干啥，不跟我说话，也不跟别人说话，话比平时少了；晚上一回到住处，就开始说他的经历，深更半夜不睡觉，能说到夜里三点。此前姜韬和我一起的时候也是话多，但不是这么个多法。

姜韬说事，先粗后细，十二岁前讲要点，大概时间久远，要点也不算太多；十二岁之后，逐渐详细，能划重点的地方多了。

乔朵其人，原来隐藏在姜韬放弃前程、离家出走的宏大叙事背景里，如今慢慢显现出了立体的形象。

姜韬高一的时候认识了乔朵。那会儿乔朵学习尚好，姜韬还不如她。姜韬坐在乔朵后排，总用脚踢乔朵的凳子。乔朵脾性温良，姜韬一踢，乔朵不好发怒，两颊泛起桃花，气得呼哧呼哧喘小气儿，别说踢，骂也骂不回来。姜韬又很顽劣，持续踢了一周时间，他就喜欢看乔朵又生气又无奈的样子，乔朵气哭了他也不管。

那时学校楼道搞粉刷，楼梯刷了猩红色的漆，乔朵备了只图钉，在油漆工的漆桶里蘸了下，和板凳成了一色，尖儿朝上搁在了姜韬凳子上。姜韬一落座，一声惨叫，人跟弹簧一样跳了起来，即刻血染裤子。

姜韬不知道是谁的恶作剧，屁股疼了好几天。一天放学时，乔朵迟走了三五分钟，向姜韬道了歉，她只想扎他一下而已，没想到会出血。然后把课间跑去学校诊所买来的一瓶云南白药、三个创可贴交给了他，并且叮嘱，回家要趴着敷药，要用创可贴把药粉搂住……

姜韬在乔朵的自责中发觉了乔朵的好，渐渐的，他开始一天见不到乔朵就会着急一整天。

一直讲到高考那年，以后的事情我已经知道。

姜韬说："往事如烟，一年时间就如烟了，跟屁一样消散了。"

我不知道怎么安慰姜韬，所能做的只能是安静地倾听。

既然姜韬来 A 城是为了乔朵，但乔朵现在已经不见了人，姜韬为什么还要待在 A 城呢？但如果姜韬要离开 A 城，我自己倒不知道怎么办了。

我还是劝了姜韬："你回 V 城继续参加高考，还来得及。"

姜韬说："我还没有想好。"姜韬在想什么啊？我只能拍拍他的脊背："赶紧回去，父母都在等你。"

父母只要还在人世，就会一直等在原地。

人生可真不公平，你把火药全部灌入了一根炮管，那是多么灼热的情感，几乎是把整个生命倾倒其中，丝丝缕缕不剩，药引却委委屈屈地捻弄在别人的手里。

姜韬的离开是忽然之间的事。

这事情和完颜先生有关。

有天中午日暖，书店来了一个女孩子，下身穿条牛仔裤，上身风衣敞开，露出一件黑色毛衫，胸前写着一行白色的英文句子：who the fuck is。

女孩说她是完颜老师的学生，今天来找陆柏森要点陈账。

陆柏森不解，他用左手的食指把滑动到鼻头的眼镜朝上顶了顶："完颜先生在我们这里没有账，我们只欠书商和出版社的钱。"

女孩朝大厅里悬挂着的完颜先生上次留下的墨宝努努嘴巴："这不是？"

窗外飞花盈尺

陆柏森有点摸不着头脑："这不是完颜先生送给我们书店的吗？"

女孩笑盈盈地说："斗大的字，可不是豆大的血汗可以练出来的，您不是书法家，怕是不好理解老师的付出。"

陆柏森纵是老江湖，也没见过这样的事情，万万料不到完颜先生杀了个回马枪。

陆柏森说："咱们借一步说话，去我办公室？"

女孩说："就在这里说吧，完颜老师是不宰人的，明码标价，公开透明，按平尺收钱，横平竖直，都是能算来的账，一点儿也不复杂。"

陆柏森本想带女孩去办公室，好好说道，没想到女孩不上当。

富有战斗精神的副经理王骁上场了："跟这些蠢东西聒噪啥，摘下来还他们去。"

女孩听了这话，脸上一下子浮起了两点红晕："你还是个领导，说话怎么这么没水平？"

王骁朝前挺下胸脯："你们这是讹人晓得不？我他妈今天就想治治你的病！"

女孩更生气了，她把鼓囊囊的"who the fuck is"也朝前一挺："怎么，你个包公脸还想黑我，你以为我怕你？"

陆经理一看起了争执，顾客的眼睛都朝这边看，他赶紧把王经理劝了下来，把女孩请进了他的办公室，不过几分钟后，女孩就出来了，怒气下去了不少，走过王骁面前，恶狠狠地剜了他一眼："轮不上你说话的时候就别说话，这不，该给的一毛钱都没少，就凭你？"

王骁黑着脸不说话。

我看不明白，姜韬说："没事别贪小便宜，都是自己找下的。"

我问："难道是咱店里被设计了？"

姜韬说："这个完颜我是看出来了，别看表面装大拿，他心里最脆弱，怕硬东西，不信有机会我给你验证一下。"

这不是废话嘛。

没想到完颜先生还真被姜韬给验了一下。

当日下班后，姜韬喊我喝啤酒，喝完酒回到住处已经快十一点，因为酒后燥热，我们趴在门口的铁栏杆上吹着凉风说说话。

姜韬突然说他既想去找乔朵问清楚，又想回V城，把失去的时间弥补回来，现在没了主意。我当然支持他的后一种选择。

正说话，不远处的巷口路灯下拐进来两个人，树叶已经凋谢，路上一览无余。他们钻进了路灯昏黄的灯光里，又钻出了灯光。男人穿着黑色呢子大衣，戴着棒球帽，双手插在兜里，女孩裹着短窄的小外套，下面是两条修长的腿，被紧窄的裤子勒得曲线毕现。

姜韬和我对望了一眼，都觉得有点意思，这个时候来这里转悠的男女，除了泻火再没别的什么事情可干。

男人走着走着，脱了帽子挠了下脑壳，原来是完颜先生，女的形象瞬间变得具体，那是白天来书店讨账的女孩，那一行英文又浮现在我的眼前。

完颜先生和女孩朝巷子里面走，在我们住处斜对面的民宅前停了步，两人面对面争执了几句，看样子是女孩还想朝里面走，嫌这里距离巷口太近，完颜先生觉得可以了，他在女孩的脸上捏了一把，女孩才答应了他。

他们进了院子，两三分钟后，完颜先生在前面走，女孩走在后面，到了二楼，完颜先生开了最东边的门，走了进去，那个小间的灯亮了。

姜韬和我意兴盎然，这两个讨厌的人来这里找乐子，激发了我们心照不宣的窥探欲。

姜韬说："我猜他们五分钟后出来。"我却说："蔫牛拉犁不行，干别的未必就差劲。"姜韬哈哈笑了："要不打个赌?"我说："你百分百输，完颜没准根本就不回家去。"姜韬说："他必定要回去，他嫌这里脏，脏的地方只适合干不卫生的事。"

完颜的房间突然灭了灯，十多秒之后，灯又开了。

姜韬说："别看他裆里有雄性的那点特征，其实精神上就是二尾子，仗着有两三个钱，人前装体面，高傲起来眼睛里装不下黑珠子，这种货我一眼看穿，上去给他两拳，他得跪着喊爷，你信不信?”

我却思索这俩人在里面是怎么捣鼓的，一想就心里燥腾腾的。

姜韬说：“你不信，一会我让你看。”

十多分钟后，女孩从门里出来，边走边拢头发，走到台阶边上又低头绾了鞋带。完颜先生从背后优哉游哉出来，边走边拉上裤裆上的拉链，点了烟，从背后揽女孩的脖子，手伸下去罩在一边的胸脯上，女孩好像有点不悦，一把打开了他的手，噔噔噔噔跑下了楼梯。

我看得认真，转身，发现没了姜韬的身影，叫了几声没有回音。我顾不上继续观察完颜和女孩，赶紧也下楼去，在楼梯半腰就听见巷子里传出一声“哎哟”，不是完颜先生还能是谁？我瞬间出了一身汗。

巷子里灯光暗淡，只能靠着熹微的天光看过去，姜韬站在那里，身影小小的，身前跪着完颜先生，完颜先生已经没有了平日里的狂狷，他连声说：“好汉，别打我、要钱我有、别打我、要钱我有……”回环往复就是两句话。女孩站在不远处，尿急似的抱着肩、夹着腿瑟瑟发抖。

姜韬手里拿着一根棒子，朝前走一步：“不就有几个臭钱吗，还真会瞎白话。”说着把完颜先生的帽子摘下来，扔到地上，用脚蹂了蹂：“你遮掩什么，穿上衣裳又装大人物?”

完颜先生跪着朝后退了两步远，黑色的呢子大衣沾满了灰尘，姜韬又朝他的头打了两拳，完颜先生号叫了两声。

姜韬说：“我就知道你是这样子，装模作样的虚心大萝卜。”

姜韬给旁边的姑娘说：“你也不是什么好货，大晚上跟这种人瞎跑什么啊，你们是婊子配色狼，你听见了没有?”

姑娘哆哆嗦嗦地说：“别打了，我这里有五百多，全给你……”

姜韬笑了：“有钱就了不起？赶紧滚，以后别来这儿转悠!”

完颜先生狼狈地站起身，带着女孩深一脚浅一脚地跑了。

我从黑暗中走进了灯光里，有点不认识姜韬了：“你干吗要这么做?”

姜韬说：“我给你验明他的正身。”

我气愤地转身朝回走，这一幕让我想起了前段时间我们挨地痞勒索的事情了。

姜韬说："兄弟，明早我就要走了，去找乔朵。"

我站住了。

10

姜韬要找到乔朵，问一句话。我想，这句话乔朵能讲明白吗？

姜韬睡得很安稳，不安稳的是我。

我翻了半夜饼子，翻饼子还不能出声，怕吵起姜韬。有一阵我突发奇想，要不把姜韬捆在床上，没准姜韬正发间歇性的癔症，熬到了早晨就能清醒过来。我更清楚，姜韬是明明白白的，他决定做一件事，谁都劝不回来。

我不知道自己是什么时候睡着的，叫醒我的是闹钟。

闹钟的声音很尖锐，如六月的麦芒扎着耳廓。我静静地躺了一阵，一动不动，我对醒来这件事感到恐惧。我不敢转过身子去看，姜韬的床铺必然是空的，等了几十秒，我还是决定确认一下姜韬已经离开的事实。

姜韬把被子叠了。被子是蓝色的，棉絮瓤子不匀称，所以叠不规整。我溜下床，赤脚站了一会儿，地上很凉，窗外的树枝在摆动，起风了。平时我们一睁眼就说上了话，但今天早晨，房子里阒静无声。窗户敞开着，姜韬每天起床第一步就是开窗户，到他离开的早晨仍然保持了往日的习惯。

桌上放着一张书店的便签，姜韬在上面写了一行字：云若满了雨，就必倾倒在地上；树若向南倒，或向北倒，树倒在何处，就存在何处。

我又倒在了床铺上。那个瘦小的姜韬，肝胆硬邦邦的姜韬，这会没准还在火车站等车，我真想三两下穿上衣服，再去挽留一下。这个念头一晃，又很快被摁了下去。姜韬是劝不回来的，他不等到我醒来，也是害怕这样伤怀的告别。

姜韬说他去一趟就回来，回来之后就要回家，准备新一年的高考。他劝说我，回家罢，回家罢，现世消磨不够，自己还要给自己怄气，傻透了啊。

我说："你回来再说。"姜韬苦笑了下，他的笑仿佛石蜡，带着经年难解的敷衍和薄脆，这个笑镂刻在我的心上，数年之后，我才更深刻地领会到笑容里的凄迷与荒凉。

我们的对话是有相当体量的。姜韬人走了，房子里少了他瘦小的身躯和玩世不恭的笑，也少了那些频频闪闪发光的话语，房子骤然大了不少。

我晚上从书店回到住处，院里的灯光淡漠地照上二楼，我站在门口，"叮叮当当"地摆弄钥匙，房子的空旷提前伸出双臂，揽住了我的神。屏息，开灯。灯光很白很亮，很白很亮的灯光充斥了房间，使房中的空旷更加一览无余。

陆柏森找我问话，姜韬去哪了，什么时候回来？我回答说不知道。陆柏森颇为无奈，无故旷工一周就会把人开走，叫我给姜韬把话带到。有同事或故作关心，或鬼祟地询问姜韬的来去，我烦透了。三天之后，没人问了，似乎姜韬是个多余的人，已经彻底消失了。

姜韬离开的第三天就用公用电话打回书店，刚刚抵达福建的姜韬告诉我，天蓝得透亮，云朵又大又蓬松，又很矮，几乎擦了额头来去，姜韬嘿嘿笑，不像是去找人问话搞事，倒像是游玩。

我听见姜韬的声音几乎要掉下眼泪，有一些叮咛，却不知如何开口。姜韬笑着再见，此后再也没有打来电话，正如我所担心的，姜韬在浩瀚的人海中失去了踪迹，像一片树叶掉进了沉沉密林。

一周之后，我收到了姜韬从福州寄来的一张明信片，背后写着两行字：

南方气候真好
云朵近在眉梢

我渐渐开始厌恶休息，倒更喜欢忙碌起来，忙碌的头脑会被忙碌本身支配，四肢被忙碌占据，心情扔到一边，但多忙碌还是得回去睡觉，睡觉意味着等待睡觉，这个时间无限空阔。房子的空旷漫无边际，我一次又一次被梦境俘虏，悲伤地从深夜惊醒，天花板上流动着黑夜的黑，心里难过至极。

时间来到了深冬。

自姜韬走后，我不止一次地感到了 A 城对我的排斥。

冬天的太阳远了，阳光薄了，路边的树进一步用干枯的枝干抱紧了自己卑微的身躯，一切都无可挽回地朝内收拢。

有一天我回到住处，看见巷口的十字路口多了一小堆深褐色的荞麦皮。

A 城谁家殁了人，就会到家附近的十字路口倒荞麦皮，通知阳间少了一个人。

我推开院门，看见正房门前铺着一块门板，门板上是一只刚刚宰杀的公鸡，公鸡的气折在腔子里，还没完全断掉，濒死尚不甘心，一条壮硕的腿子打太极般顺时针划着缓慢的椭圆。

房东的老爹从夏末起，就不在院子里转悠了，房东没说老爹生病，只说转亲戚去了，看来老人是病了很久。

在门板上宰杀公鸡是 A 城旧民殁去的第一个仪式，正房里灯光很亮，映衬着人影散乱。我知道院子的偏房里摆着一副早早打好的“材枋”。姜韬说过，这家经济条件不错，用了防虫防腐最好的柏木料，按照“铜帮铁盖豆腐底”的规格制作，虎头棺椁、彩画雕刻，姜韬还打趣说：“老爷子活着爱凑合，死了倒不想含糊。”

老人在七十三岁上殁了。七十三、八十四，阎王叫你商量事，这事只能商量一次，去了就不得回家。

第三天开始吊唁，我恰逢休息。一天里听他家亲戚朋友往来不绝，每有人来，门外迎客的人会大喊一声：“看客!”等人进到院里，有人喊一声："压纸！"孝子们举着哭丧棒相迎，人在灵堂前点香化纸跪拜，男的亲手点香，女的由孝子代点，完毕之后，孝子陪客叩首施礼。

我便买了纸，拿钱上了礼簿，纸和礼金都上了双份，我看见自己和姜韬的名字落在了白纸黑框的丧事礼簿上，宛如我们还在一起。

第五天清晨五点多，院子里热闹了起来，碘钨灯照得院子里亮如白昼，大家喝了"起灵汤"，孝子和执事们各自就位，总管拿腔拿调地喊了一声"起灵！"几个青年人就将棺材抬了起来，同时房东举起了一只白碗，朝着棺材砸了去，可是白碗未碎，房东连砸三遍，白碗还是坚强地拒绝分崩离析，房东旁边跪着的弟弟看不下去，他站起身一把夺了碗，在棺材上摔了，碎片子在灯光下闪烁了一下，暗淡地四散在院子里。

四杆唢呐开道，凄凉地吹开暗夜里的道路，带着灵车渐渐远去。天也应景，一会儿工夫，轻薄的雪花飘洒下来，越向天明越是绵密，到我去上班时，地上已经落了一层雪。

A 城雪落无声。

慢慢临近春节，我既想回家，又担心姜韬回来房中无人，正犹疑间，房东找了我，半年房租快到期了，房东不想再这样按月出租，他想开小旅馆。

房东没好意思挑明说，我明白了。

这样按月出租赚不了几个钱，四周边的小旅馆，白天钟点房，那些荷尔蒙沸腾的男女出进一下就是二十元，几波儿下来不是上百元？晚上还有野鸳鸯厮守通宵，更加经济。原来老爹不让儿子这样租房，嫌不干净，房东没有反对，现在房子易了主，房东硬气了，一院子的体制都要变化了。

我想，命运无疑是最有效率的说客，它总给你不得不向北走或朝南去的理由。至此，继续等待姜韬回来的信念已经消磨殆尽。我看见自己内心深处的怯懦，我不能接受带着累累伤痕归来的姜韬，这样的结果不忍卒读，潜意识里我只想软弱且可耻地把一切都翻页——姜韬从此只能住在我的心里。

我给房东和书店都留了老家的座机电话号，再三叮咛，一旦姜韬回来，请务必告诉他：我一直在等他。

腊月的一个黄昏，经过半天旅途劳顿，微微感冒的我眯着眼睛下了车，站在了临州县客运站，被横行的浩荡西风迎面打了一拳头。

我顿时感到了脚踩故土的安稳，熟悉的天光和灯火交融，流动在人们身上头上，散发着柔和的神性之光，我流下了眼泪。

贫瘠的家乡多么安稳，能让执拗的远行客放心地哭出声。

11

谢家宝因何离开临州县，拒绝复习，其中原因，身边同学比他的父亲更加清楚。

谢家宝用周末去工地打工赚的钱给女同学雷佳妮送了一件价值不菲的生日礼物，那姑娘看似文静，其实在校外结交了一个混混儿，外号就叫光头强。因这件不合时宜的生日礼物，光头强和谢家宝发生了激烈冲突，谢家宝人瘦，但性子刚烈，一个头槌撞折了光头强的鼻梁，被一伙混混儿揍得鼻青脸肿。雷佳妮向着光头强，便把那生日礼物中折起的一页信纸贴到了学校一楼的厕所旁，谢家宝受不了这等侮辱，学习成绩一落千丈，坚持到高考过后便离家出走。

我掌握到谢家宝的行踪走了不少的弯路，最后找到雷佳妮，她考上了二本，已经放飞了自我。她在网吧和同学玩魔兽，忙碌得都没时间听我废话，但好歹发现了这件事里蕴含着的商机，她百忙之中伸出了一只手，散开五根青葱般的白嫩手指："要我帮忙，加微信，转五百块钱。"

我把钱转给她，跟她约定，我找到谢家宝的时候需要她打电话劝劝谢家宝，她答应了我的条件，手下键盘敲得噼里啪啦。

那日透过她侧面的窗，我看见故乡的白云飘浮在八月的天空，白云就在她的头发边上，便不禁想起当年姜韬留给我的那句话：南方气候真好，云朵近在眉梢。

后 记

记得上学那会儿，我应是校园里最纯正的文学青年。但凡有时间，我都在宿舍或者教室看书，小说、文史居多。为表纯正不可“洗手上岸”，我甚至没有考取会计资格从业证——财经类专业学生的基本证件，我当时早早给自己定了一个目标，要去做和文学有关的工作，要在省刊发表小说，一生所求，再无其他。

工作之后，写作一度中断，觉得天赋不够，工作压力也不允许自己三心二意。但断断续续，又开始写，在人生的无常中我们可以选择，因为初心作祟，它好像是一直默默地指引着我们灵魂的指针，朝着心之所向。

到今天，依然有很多人问我，为什么要看重发表这件事？因为发表的媒体是杂志，这是一个写作上的尺度问题。一个人要写着玩，让身边人说写得好，这是件很容易的事，事实上，身边一些写作者也是冲这个目标去的，但专业性的认可，依然需要杂志去认证。

所幸身边有好友数人，多年来互相鼓励扶持，都是朝着杂志进发的同路人。小说家李学辉先生说：“风里雨里，杂志上见。”我深以为然。《清明》杂志主编赵宏兴先生说：“阅读分固态和动态，固态阅读的对象是经典文学，动态阅读的对象则是杂志，杂志保持了动态的文学风潮，透过它，你能看见文学的现场。”我更深以为然。

我们需要杂志的尺度考量，在经典文学的指引下，去把握动态风潮所向，明白站在哪个山头上可以随风起飞，明白目标所向。

在这本小说集中，两部中篇小说《打花匠》《云朵近在眉梢》，是从我还未出版的长篇小说《尘芒》中摘选成篇的。《打花匠》讲述了一位扮演社火大红及打花匠的不良青年王德胜浪子回头的故事。这篇发表在2022年《朔方》第一期的小说经过编辑许艺老师的指导，精练了不少。按照她对作品的要求，我借机对长篇进行了删减，居然删下了两万多字。

小时候的我们能接触的娱乐方式太少，沉寂的小镇最盛大的节日便是过年，最热闹的事儿莫过于颇具魔性的耍社火。十多个社火队在镇上来回流动，锣鼓喧天，家家灯火璀璨，镇子一年里小心藏起来的光芒全部被释放了出来。

故乡甘肃省灵台县的社火是典型的陇东社火，它只有身势的表达，没有语言的对白，一般演《出五关》《黑虎搬三霄》等历史、神话故事，社火队里的大红（关羽）是最受人们欢迎的角色，因剧情的设计，大红常胜不败。大红的表演以《出五关》最为隆重，也最为耗时，除非在某些重要人物的家门口，或者逢上了大喜之事，《出五关》才能耍全，一般耍一段即可。大红耍社火的时候，有父母带小孩子过来，孩子站在地上或者由大人抱着蹲坐，大红以一腿为轴，抬起另一条腿在他们头顶“过关”，用指尖揩一下脸上的红色油墨，在孩子的眉间点一下，护佑孩子健康成长，孩子的家长就会拿出几元钱谢过大红。

小时候觉得大红可真是一份好差使，人前耍足了人，还能收钱。因为扮了大红，仿佛就和别人不一样起来，其实大红在浓妆和彩衣之下，一样是血肉之躯，是和我们父辈一样的农民大众，大家一起经历繁忙的农事、冬夏的冷暖，忍耐西北农村的贫瘠和荒芜。

民间俗语说：“香火娱人，社火娱神。”这句话说得极好。庙中、道观里冉冉的香火气，是人用猜测的方式与上天交谈，消除心里的疑气；社火是耍给神的游戏，其间庄重，不言而喻。

让我更感兴趣的，是传说中的土烟花——“打花”的技艺，虽然闻名已久，但我并没有看过。恰好有知晓这事儿的朋友，他的祖父曾是我们老家塬上知名的打花匠之一。由此我知道了故乡的打花匠在打花中有两种演绎方式——“捣”与“泼”，前者是将金属烧熔之后倒进烧埚，以杏木棒垂直捣下，让液体朝天飞溅；后者则是用勺子将金属的液体泼洒到墙上，让液体四散绽开。

我能感受到打花匠的喜悦，他们用稍纵即逝的火花照亮了农村大地干冷的黑夜；我更能感受到看客的喜悦，那一点璀璨的光芒能让人暂时忘记眼下的辛劳，对未来产生一点期待。

在这篇小说中，主人公王德胜所做的营生贯穿了整个故事，大红、赌徒（过去农村里的确有专业赌博的人）、铁匠、木匠等具体身份构筑起一个又一个的故事。

小说中的人物形象，那个时时忙于宣传工作的“我”确是曾经的我，王德胜、杨红花、赵明举、王狗娃，这些人物在现实中并没有原型，和以往一样，我依然靠自己的想象力，完成这个没有丝毫“影子”的乡村故事，并希望写出一群有心有肺的“好人”。“好人”不是完人，好人有着明显的瑕疵，背负深重的阴暗，理性的岸堤围堵着欲望的澎湃，他曾经失控，也曾经摔倒，但最终，他穿越黑暗、迎接光明。

我塑造的人物，都颇像自己的性格，因此总感狭促。《赞美从一只杯子开始》中焦头烂额的“我”——一个房奴，一个背着“生活”的壳、困难辗转的人；《倒春寒》中的向晖是因家庭变故遭受了负面影响的大孩子；《启程》中骄傲的李万基，最后不得不为自己没边没沿的狂狷买了精神颓丧的单；《天空飘来座头鲸》中的志明先生，父亲的出走影响了他的一生；《云朵近在眉梢》中流落在外的男孩们……王德胜是我最后完成的人物，他突破了以作者的心态衍生的，处于尴尬境地的，固化的被生活“悬空”的人物形象的尝试。王德胜率性而为，有我希望拥有的果敢和热烈；他幡然悔悟，有我对自己偏执和狭促的反省。这正是一个写作者的幸福，我可以通过写一个人，去观照和警醒自己的内心。王德胜通过被宽恕，进而恕人，像是进入了一个多元宇宙，他去挽救其他篇目中处境尴尬又无措的人物——但这只是我的一厢情愿，生活中没有救世主，文学中也是没有的。我们往往可以创造一个人物，让他受罪、煎熬，甚至绝望地死去，让他饱尝生活无情的压榨、感情中最扎心的痛苦，但我们无法帮助他们……我对待自己的人物某些时候堪称粗暴，应向他们致歉。

在以往，我的写作绝大部分依靠想象力完成，这使我误以为想象力是用之不竭的可再生资源。而如今，我却突然感到，想象力断崖式的捉襟见肘。前段时间，一个朋友和我交流，他告诉我，想象力是重要的才华，才华是可以用尽的，再往后，需要写人生的体验，这话和我的想法不谋而合。

不管才华是否耗尽，我仍将继续走自己的路。在此感谢平凉小说丛书的发起人马宇龙先生，能够忝列为丛书作者之一，我深感荣幸；感谢宋亚平、尚元、吕春文、田华等文学挚友的鼓励和建议，让我完成了书中的作品；感谢妻子李晓霞，在我孤独行进的这些年，始终没有劝阻我“上岸”，去走所谓的俗世“正道”，也从未嘲笑过这种事倍功半的笨人才去坚持的爱好；感谢摄影师张勇老师，本书的封面照片是他的作品；感谢我的朋友仇睿红，她是封面照片里的主角；也感谢《朔方》《飞天》《星火》《广州文艺》等杂志，小说集中数篇作品先后在以上刊物有幸刊发。

曹鹏伟

2022 年 12 月